Fantasy

Herausgegeben von Friedel Wahren

Von VALERIO EVANGELISTI erschienen in der Reihe
HEYNE SCIENCE FICTION & FANTASY:

Der Inquisitor-Zyklus

Weitere Bände in Vorbereitung

Valerio Evangelisti

Das Blut des Inquisitors

Zweiter Roman
des Inquisitor-Zyklus

Deutsche Erstausgabe

WILHELM HEYNE VERLAG
MÜNCHEN

HEYNE SCIENCE FICTION & FANTASY
Band 06/9125

Titel der italienischen Originalausgabe
IL CORPO E IL SANGUE DI EYMERICH
Übersetzung aus dem Italienischen von Barbara Kleiner
Das Umschlagbild malte Ciruelo
www.dac-editions.com

Umwelthinweis:
Dieses Buch wurde auf chlor- und
säurefreiem Papier gedruckt.

Deutsche Erstausgabe 4/2001
Redaktion: Rainer-Michael Rahn
Copyright © 1996 by Arnoldo Mondadori Editore S. p. A., Milano
Copyright © 2001 der deutschsprachigen Ausgabe by
Wilhelm Heyne Verlag GmbH & Co. KG, München
http://www.heyne.de
Printed in Germany 2001
Umschlaggestaltung: Nele Schütz Design, München
Technische Betreuung: M. Spinola
Satz: Schaber Datentechnik, Wels
Druck und Bindung: Presse-Druck, Augsburg

ISBN 3-453-17899-8

Inhalt

KAPITEL I

Verseuchung

Der Nachtfalke trat zur Tür der inneren Höhle und kratzte mit dem Daumennagel einen Kreis darauf. Sofort öffnete sich ein Guckloch, und ein finsteres Auge erschien.

»Wer bist du?«, fragte der Klexter mit hoher Stimme.

Statt einer Antwort pfiff der Nachtfalke kurz durch die Zähne.

»Passwort?«, fragte der Klexter.

»Vorherrschaft.«

»Ihr könnt rein.«

Die vom Nachtfalken geführte Gruppe trat einer nach dem anderen in den zentralen Raum der Klavern, der schon unglaublich überfüllt war. An den Wänden saßen der Kludd, der Klaliff, der Zyklop und der Klokard in ihren Nischen und forderten von Zeit zu Zeit vergeblich dazu auf, den Neuankömmlingen Platz zu machen. Auf vielen der weißen Umhänge waren große Schweißflecken zu sehen. Doch am meisten litten die Vampire und Schreckensherrscher, die sich unter der Kaiserlichen Loge zusammenscharten und in schwere schwarze Umhänge mit heruntergelassener Kapuze gehüllt waren.

Perkins zupfte den Nachtfalken an seinem roten Umhang.

»Wer ist das?«, fragte er und wies dabei auf einen korpulenten Typen, der in Purpur und Gold gekleidet war und sich angeregt mit dem Klaliff unterhielt.

»Aber den kennst du doch schon«, schnaubte der Falke. »Das ist Sam Green, der Kaiserliche Hexenmeister. Und der in Grün neben ihm ist Sam Roger, Vortrefflicher Zyklop von der Klavern 297. De fakto ist er in dem Klan die Nummer zwei.«

Perkins prägte sich die Namen ein. Sein Organigramm der Ritter des Unsichtbaren Reiches war fast vollständig.

In diesem Moment schaltete der Zyklop neben seinem Altar ein aus Neonröhren zusammengesetztes Kreuz ein. Sofort verstummte der Lärm, und ein rosiges Licht breitete sich in der Klavern aus.

Gefolgt von seinen Würdenträgern durchquerte der Kaiserliche Hexenmeister den Saal und stieg auf die Tribüne. Ehrfürchtig küsste er einen Zipfel der Fahne der Konföderation, ließ seinen Blick einmal über die ganze Versammlung schweifen und streckte den linken Arm mit ausgestreckten Fingern von sich. Völlige Stille trat ein.

»Brüder Klansmänner, ehrenwerte Ritter des Ku-Klux-Klan«, begann der Hexenmeister mit voller Stimme, »ich erkläre dieses Klonklave der Klavern Nr. 1 von Atlanta in der Reichsherrschaft Georgia für eröffnet. Bevor wir beginnen, überlasse ich jedoch das Wort dem Kludd des Klans für das Gebet.«

Der Kludd, ganz in Schwarz, wie es sich für einen Geistlichen gehört, legte bedächtig die Finger zusammen.

»O Lord! Wir Klansmänner anerkennen unsere Abhängigkeit von Dir und Deine Güte uns gegenüber. Möge jeder Klansmann das Böse meiden und stets für das Gute kämpfen. Wir erflehen Deinen Segen für unseren Kaiser, den Kaiserlichen Hexenmeister und alle Würdenträger der Regierung des Unsichtbaren Reiches. Dear Lord, zu Deinem Ruhm und unserem Wohl bitten wir Dich in aller Demut darum, im Namen Dessen, der uns lehrte, für den Sieg der Gerechtigkeit zu kämpfen und uns dafür zu opfern. Amen!«

»Amen!«, wiederholte der ganze Saal zerknirscht.

Der Nachtfalke, der die Tribüne erreicht und an einem Tischchen Platz genommen hatte, schlug zweimal mit einem Hämmerchen auf die Tischplatte. Noch einmal ergriff der Kaiserliche Hexenmeister das Wort.

»Brüder Klansmänner, dieses Klonklave ist kein Moment ungetrübter Freude wie die anderen, die ihm vorausgegangen sind. Wir alle wissen, dass es unter uns einen dreckigen Schnüffler gibt, einen Diener der Nigger und Juden in Washington. Wir kennen auch seinen Namen, Stetson Kennedy ...«

Perkins zuckte zusammen. Das hatte er nicht erwartet, dass die Geheimpolizei des Klans seine Identität schon enthüllt hatte. Im Stillen dankte er der weiten, in die Stirn gezogenen Kapuze, die es ihm erlaubte, sein Erschrecken zu verbergen.

»Herauszufinden, hinter welcher Maske dieser Mistkerl sich verbirgt, ist nur noch eine Frage von Tagen, wenn nicht von Stunden«, fuhr der Kaiserliche Hexenmeister fort, und seine Stimme bebte vor Zorn. »Wir waren daher gezwungen, nur hundertprozentig vertrauenswürdige Klansmänner zu diesem Klonklave einzuladen und die neuen Anhänger außen vor zu lassen. Eine unerfreuliche Entscheidung, aber notwendig ...«

Erleichtert atmete Perkins auf. Er wurde also als ›vertrauenswürdiger‹ Klansmann eingestuft. Dan Duke, der stellvertretende Staatsanwalt von Georgia, würde die Nachricht zu schätzen wissen.

Der Kaiserliche Hexenmeister richtete noch einige Drohungen an den mysteriösen Stetson Kennedy, dann beendete er seine Begrüßungsansprache rasch.

»All das wird uns nicht daran hindern, in den verbleibenden Monaten des Jahres 1952 die Aktion der Gerechtigkeit fortzuführen, die der Klan vor fast neunzig Jahren begonnen hat und die noch kein jüdischer Politikaster hat unterdrücken können. Doch nun will ich das Wort unseren Gästen überlassen, die Mitglieder in Klans anderer Staaten und Regionen sind und uns mit ihrer Gegenwart beehren.«

Zuerst ergriff Doktor E. G. Pruitt das Wort, Großdrache des föderierten Klans von Alabama, dann J. B. Stoner, Kludd von Tennessee. Sie hielten allgemeine Reden, die den Kluxern, die Zeremonien doch gewöhnt waren, einige Äußerungen der Langeweile entlockten. Der Zweite riskierte gar, die Versammlung gegen sich aufzubringen, als er vorschlug, alle Nigger nach Afrika zurückzuschicken.

»Ich glaube nicht, dass ich mit dem Typen einverstanden bin«, bemerkte ein Kluxer hinter Perkins. »Wenn wir sie alle nach Afrika schicken, wer macht dann bei uns die Drecksarbeit?«

Die Aufmerksamkeit ließ rapide nach, da schlug Cliff Carter, der Nachtfalke, mehrmals mit seinem Hämmerchen auf den Tisch.

»Ruhe! Nun hat das Wort ein wirklich besonderer Gast.« Er wies auf einen Mann in Grün und Rot, der soeben auf die Tribüne kam. »Doktor Lycurgus Pinks, Kaiserlicher Imperator der Ritter des Ku-Klux-Klan von Montgomery!«

Perkins hörte diesen Namen zum ersten Mal, die Person aber erschien ihm auf Anhieb bemerkenswert. Während die Mehrheit der Klansmänner dem Typus des Südstaatenamerikaners entsprach, mit einer Neigung zu Fettleibigkeit, groben Gesichtszügen und ungehobelten Manieren, schien der Neuankömmling direkt *The Birth of a Nation* von Griffith entsprungen zu sein. Feine, etwas scharfe Gesichtszüge, Spitzbart, schmale blonde Koteletten, blaue Augen, die ein wenig matt wirkten. Der typische Südstaaten-Gentleman, obendrein erheblich jünger als der Großteil der Anwesenden, wenn man von den vielen Kindern absah. Perkins betrachtete ihn aufmerksam.

»Es heißt, wir Klansmänner hassen die Nigger«, begann Pinks mit erstaunlich heiserer Stimme. »Das ist völlig falsch. Wir lieben gehorsame Nigger, die treu und brav arbeiten und wissen, wo ihr Platz ist. Ich habe selbst viele von ihnen auf meiner Farm, ich sorge für sie und tue alles, damit sie glücklich sind.« Mit einem Mal sprang Pinks' Stimme eine Oktave höher. »Aber heutzutage wissen immer weniger Nigger, wo ihr Platz ist. Aufgehetzt von den Niggern im Norden, wollen sie nicht nur wählen, sondern auch ihre Kinder in die Schulen unserer Kinder schicken oder sogar auf die Universität. Während die Judenclique die Weißen aus dem Süden daran hindert, die Karriere zu machen, die ihnen von Rechts wegen und ihrer Herkunft nach zusteht!«

Es war klar, dass Pinks in eigener Sache sprach. Das machte die Zuhörer neugierig und fachte die Aufmerksamkeit wieder an, die schon gänzlich zu erlöschen gedroht hatte.

Nach einer wohlkalkulierten Pause sprach Pinks in ruhigerem Ton weiter. »Ich bin Biologe. Bis vor zwei Jahren arbeitete ich am California Institute of Technology, wo ich als einer der qualifiziertesten Wissenschaftler galt. Ich untersuchte die Erbkrankheiten bei Niggern und den natürlichen Dreck, den sie im Blut haben. Den Juden, die uns regieren, passte die Sache nicht in den Kram, und Professor Pauling, der unsere Forschungsgruppe leitete, schmiss mich raus. Merkt euch diesen Namen. Professor Linus Pauling.«

Ein aufgebrachtes Raunen lief durch die Reihen der Kapuzenträger. Nicht aus Sympathie für Pinks, der ihnen zu andersartig und zu distanziert erschien, sondern aus Hass auf die klugscheißerischen Wissenschaftler aus dem Norden, die hier den Ton angeben wollten.

»Es ist traurig, aber wir müssen es zur Kenntnis nehmen«, fuhr Pinks fort. »Heute ist die Biologie, wie im Übrigen auch die Medizin, in den Händen von Juden und Kommunisten. Bald wird es keinen protestantischen Weißen aus dem Süden mehr geben, der Arzt oder Professor ist, und wir müssen unsere Kinder den Angehörigen von widerwärtigen degenerierten Rassen anvertrauen, die mit schauerlichen Krankheiten behaftet sind. Glaubt mir, es wird nicht mehr lange dauern und wir haben auch Ärzte mit schwarzer Haut.«

Wieder lief ein Raunen durch die Zuhörerschaft, diesmal wirklich empört.

Pinks strich sich mit dem Finger über den Schnurrbart, dann stemmte er die Arme in die Seiten und sprach wieder lauter:

»Zum Glück ist der Klan wachsam, bereit, wieder ins Feld zu ziehen wie vor einem Jahrhundert, um unsere Frauen und Kinder vor der afro-jüdischen Verseuchung zu schützen. 1867 ist es der Klan gewesen, der den Süden gerettet hat. Und wieder wird es der Klan sein, der die kommunistische Verschwörung zerschlägt. Steht auf, Ritter des Ku-Klux-Klan! Es ist Zeit, hart durchzugreifen!«

Begeistertes Gebrüll antwortete der Aufforderung des Kaiserlichen Imperators und ließ die verblendeten Scheiben der Klavern erzittern. Mit einer Spur Neid auf der Stirn umarmte Hexenmeister Samuel Green seinen Kollegen, der seine Befriedigung hinter einem versonnenen Gesichtsausdruck verbarg. Die Umarmung wurde von den feierlichen Klängen des *The Old Rugged Cross* untermalt, das der Kludd angestimmt hatte und in das alle Anwesenden kräftig einfielen.

Das Klonklave schloss mit einigen Mitteilungen von geringerer Wichtigkeit, dann drängte die Menge der Kluxer zum Ausgang.

Pinks' Rede hatte Perkins nachhaltig beeindruckt. Er hätte gerne mehr gewusst über diesen Typen, der so ganz anders war als die übriger Kluxer. Doch wie an einen Würdenträger von so hohen Graden herankommen?

Er war auf dem Weg zum Ausgang auf die Whitehall Street und überlegte, ob es sinnvoll wäre, auf einen Sprung nach Montgomery zu fahren, als Cliff Carter ihm unerwartet zu Hilfe kam.

»He, Perkins!«, rief der Nachtfalke, während er von der Tribüne herunterstieg. Dann, als Perkins zu ihm gekommen war, flüsterte er ihm zu: »Geh nicht weg. Die Mitglieder des Klubs der Ritter treffen sich in einer halben Stunden im Café Wingo. Der Kaiserliche Hexenmeister wird da sein, und die Gäste von heute Abend.«

Perkins' Augen begannen zu leuchten, doch sofort huschte ein Schatten über seine Stirn. »Muss ich gerüstet kommen?«

»Nein. Keine Waffen und keine Uniformen. Es soll ein einfacher Meinungsaustausch sein.«

Während er in der äußeren Höhle Mantel und Kapuze in seinem Garderobenschrank verstaute, sah Perkins andere Mitglieder des Klubs der Ritter, der Aktionseinheit des Klans, zu der er erst kürzlich zugelassen worden war. Einer von ihnen, ein gewisser Nathan Jones, bat ihn um eine Zigarette. »Hat man dich auch zum Schwarzen Felsen bestellt?«

»Ja«, antwortete Perkins. »Carter hat gesagt, die Repräsentanten der anderen Staaten würden auch da sein.«

»Das wird vermutlich langweilig. Soll ich dich mitnehmen?«

»Nein, ich bin mit meinem Wagen da.«

Perkins drängte es, Dan Duke von der Versammlung zu berichten, wie er es jedes Mal tat, wenn es eine geheime Zusammenkunft gab. Er hielt den Wagen auf der Peachtree Street an, in der Nähe einer etwas abgelegeneren Telefonzelle. Wie er gehofft hatte, war der Staatsanwalt zu Hause.

»Ich bin auf dem Weg ins Café Wingo, das sie auch Schwarzer Felsen nennen. Es ist eine improvisierte Zusammenkunft.«

»Eine Expedition?«, fragte Duke in leicht besorgtem Ton.

»Nein, heute Abend nicht. Es sind Gäste da. Hast du jemals etwas von einem Doktor Lycurgus Pinks gehört?«

Einen Augenblick lang herrschte Schweigen.

»Lass mich nachdenken. Ist das nicht der Typ, der aus einer Klinik verjagt wurde, weil er Versuche mit farbigen Patienten anstellte? Aber er gehörte zu einem Klan, der zu eurem in Konkurrenz stand.«

»Er muss sich mit Green geeinigt haben. War er im Gefängnis?«

»Nein. Es stellte sich heraus, dass seine Versuche von irgendeiner Regierungsstelle genehmigt waren, ohne Wissen des Leiters des Forschungsteams, in dem er arbeitete. Soll ich dir jemand schicken, Stet?«

»Nur um die Autonummern zu notieren. Ich glaube nicht, dass Gefahr für mich besteht.«

Wingo's Café war ein Lokal im östlichen Teil von Atlanta, das die ganze Nacht geöffnet hatte. Als Perkins dort ankam, saßen viele Ritter schon im Speisesaal an einem Tisch, der aus vielen Tischen zusammengestellt worden war. Der Kaiserliche Hexenmeister thronte zwischen dem Kaiserlichen Imperator und dem Großdrachen Pruitt vor einem halben Dutzend Flaschen schlechten Bourbons. Der Rauch war so dicht, dass einem die Augen tränten, was Pinks schrecklich zu stören schien.

»Der Koch in diesem Lokal ist ein ziemlich unverschämter Nigger«, sagte der Hexenmeister. »Er weigert sich, uns Klansmänner zu bedienen.«

»Worauf wartet Ihr noch, ihm eine Lektion zu erteilen?«, fragte Pruitt.

Der Hexenmeister schüttelte traurig den Kopf. »Offenbar ist er nicht leicht zu ersetzen. Ich konnte nur erreichen, dass der Wirt ihn von uns fernhält.«

Mit verächtlichem Ausdruck hob Pinks den Kopf. »Nie würde ich Essen anrühren, das ein Nigger gekocht hat, den ich nicht kenne. Bei all den Krankheiten, die die in sich haben…«

Perkins saß an einem Ende des Tisches zwischen dem Nachtfalken und einem Taxifahrer mit Namen Slim. Er bestellte einen Hamburger, trank zwei Bier und folgte der Unterhaltung schweigend.

Es war eine Folge von belanglosem Geschwätz, umso lebhafter, je mehr Flaschen geleert wurden. An einer bestimmten Stelle allerdings fuhr Perkins zusammen, weil er zum zweiten Mal seinen wahren Namen nennen hörte.

»Wenn wir diesen Stetson Kennedy nicht fertig machen, sind wir bald lahm gelegt«, sagte Green, schon beinahe betrunken, zum Vortrefflichen Zyklopen Sam Roper. »Letzte Woche hat er unser Passwort an die Redakteure dieser Radiosendung *Superman* weitergegeben. Jetzt lachen sogar die Kinder über uns.«

»Die Neueinschreibungen gehen merklich zurück, Majestät«, bemerkte der Nachtfalke bitter. »Ich fürchte, sie werden bald ganz aufhören.«

Das war keine geglückte Bemerkung. Offenbar liebte Green es nicht, wenn die Schwächen seines Klans vor Gästen erwähnt wurden, denn er warf dem Nachtfalken einen vernichtenden Blick zu und wechselte sofort das Thema.

Es verging eine Stunde, bevor das wichtigste Thema der Zusammenkunft angesprochen wurde. Pinks hatte fast immer geschwiegen und keinen Tropfen Bourbon angerührt. Er hatte die Zeit damit verbracht, Gläser und Besteck vor sich zu peinlich genauen geometrischen Mustern anzuordnen. Als er sah, dass die Mehrheit der Anwesenden, etwa ein Dutzend insgesamt, in eine schläfrige Volltrunkenheit zu versinken begann, konnte er den Zorn, den er bis dahin in sich angestaut hatte, nicht länger zurückhalten.

»Ich hatte Sie um Hilfe gebeten, und Sie haben mir noch keine Antwort gegeben«, zischte er Green an. »Soll ich das als Ablehnung verstehen?« Seine Stimme war noch heiserer als sonst.

Der Kaiserliche Hexenmeister zeigte eine gewisse Verlegenheit.

»Oh, das hätte ich fast vergessen. Aber was war noch einmal genau Ihre Bitte?«

»Vor allem, dass das Rauchen eingestellt wird und die Fenster geöffnet werden. Ist das zu viel verlangt?«

Verwundert gab der Hexenmeister dem Nachtfalken ein Zeichen. Maulend ging Carter und öffnete das einzige Fenster, das nicht auf die Straße ging.

Etwas entspannter fixierte Pinks Green aus seinen Porzellanaugen. »Wenn ich mich nicht täusche, ist Baton Rouge euer Gebiet.«

»Ja, es ist die einzige Provinz, die wir in Louisiana haben, abgesehen von New Orleans.« Der Kaiserliche Hexenmeister runzelte die Augenbrauen. »Warum interessieren Sie sich für Baton Rouge?«

Pinks sah sich um. »Hier sind zu viele Leute. Ich hatte Sie um eine private Unterredung gebeten, und Sie haben mich auf diese Party gebracht.« Der leise und gepresste Ton seiner Stimme verriet große Wut.

»Ich dachte, Sie bräuchten Hilfe bei irgendeiner Expedition. Deshalb habe ich den Klub der Ritter zusammenkommen lassen.«

»Gibt es eine Möglichkeit, allein zu reden?«

»Na ja, in meinem Wagen.«

»Worauf warten wir?«

Eher verärgert stand Green auf und ging hinaus, gefolgt von Pinks. Es verstrichen fast zwanzig Minuten, die die Männer sich damit vertrieben, die letzten Gläser Bourbon zu leeren. Perkins plauderte mit Slim über dies und das, in dem Versuch, ihm ein paar nützliche Informationen zu entlocken.

»Nächste Woche müssen wir uns um zwei Gewerkschaftler kümmern, die im Chestnut-Sägewerk Ärger machen«, verkündete der Taxifahrer mit belegter Stimme. »Und dann um Nigger, die in ihren Taxis weiße Frauen befördern, obwohl das vom Gesetz verboten ist. Ich kenne mindestens einen, und der wird das teuer bezahlen.«

»Und Baton Rouge?«, sagte Perkins auf gut Glück.

»Davon weiß ich nichts; ich weiß nicht einmal, wo Baton Rouge liegt. Ich verstehe nicht, warum der Hexenmeister auf diesen studierten Heini hört.«

»Er ist Kaiserlicher Imperator von Montgomery«, bemerkte ein Ritter namens Mecks.

Der Nachtfalke, der verärgert schien, weil er von der Unterhaltung zwischen Green und Pinks ausgeschlossen worden war, zuckte mit den Achseln.

»Der Klan, den dieser Typ da in Montgomery hat, ist winzig. Mit solchen Leuten verplempern wir unsere Zeit.«

Als der Kaiserliche Hexenmeister zurückkam, war er allein. Er wirkte aufgebracht. Er setzte sich, griff nach einer Flasche und reagierte ungehalten, als er merkte, dass sie leer war.

»Was zu trinken!«, schrie er. Dann flüsterte, beziehungsweise hauchte er fast: »Mein Gott! Dieser Pinks ist vollkommen verrückt.«

Der Nachtfalke war äußerst zuvorkommend. »Gibt es Probleme, Majestät?«

»Probleme, und ob!« Green stand auf, ohne abzuwarten, dass der Kellner ihm noch Bourbon brachte.

»Aber hier kann ich nicht darüber reden. Bring mich nach Haus.«

Einen Augenblick lang befürchtete Perkins, nicht mehr in Erfahrung bringen zu können, doch dann hatte er eine Eingebung.

»Mein Wagen springt nicht an. Könntet ihr mich mitnehmen?«

Nachtfalke sah Green an. »Auf Perkins ist Verlass.«

»Ist gut«, sagte der Kaiserliche Hexenmeister barsch. »Hauptsache, es geht schnell.«

Alle drei gingen hinaus, während die anderen Kluxer noch zu einer letzten Runde Bourbon sitzen blieben. Zunächst schwieg Green; dann, während der Wagen mit dem Nachtfalken am Steuer in die Ivy Street einbog, brach der ganze Ärger, den er in sich trug, aus ihm heraus.

»Dieser kleine Idiot! Ich dachte, er wollte über eine Fusion zwischen Klans verhandeln. Dabei ist er bloß ein Verrückter.«

»Aber was will er denn von uns?«, fragte Carter.

»Von uns? Nur, dass wir ihn in Baton Rouge machen lassen. Das muss man sich mal vorstellen: Er will in der Gegend eine Epidemie auslösen.«

Perkins schauderte. Carter drehte sich zum Hexenmeister um.

»Soll das ein Scherz sein, Majestät?«

Müde ließ Green sich im Sitz zurücksinken. »Schön wär's! Er sagt, es gibt eine Krankheit, die nur die Nigger befällt, und viele von ihnen haben sie im Blut. Er will das ausnützen, um ein Massaker anzurichten.«

»Hört sich ganz nach einem Märchen an«, brummte Carter.

»Er hat mir Fotos gezeigt. Zum Kotzen. Die Adern im Gesicht der Neger waren ganz angeschwollen, so dick wie Taue, und die Augen sind aus den Höhlen getreten. Blut überall. Die Krankheit bringt praktisch die

Adern zum Platzen, ich weiß nicht, wie. Ich weiß nur, dass ich nach diesen Fotos mindestens einen Tag lang nichts werde essen können.«

Der Nachtfalke lachte kurz auf. »Na ja, eine solche Lektion könnte den Niggern bei uns auch nicht schaden.«

Green hob die Schultern. »Du hast nicht begriffen. Dieser Pinks will nicht diesen oder jenen Nigger fertig machen. Er will, dass so gut wie alle Neger von Louisiana krepieren, die südlich von Baton Rouge nämlich.«

Perkins wurde innerlich eiskalt. Er schluckte mühsam. »Aber warum Baton Rouge?«

»Weil dort eine Geschäftsstelle der Gesellschaft zur Förderung der Niggerschweine, der NAACP, eröffnet worden ist. Und dann, weil die Krankheit sich anscheinend nur in Malariagebieten ausbreitet.« Green machte eine Pause. »Habt ihr verstanden? Dieser Schwachkopf will die Nigger wie die Fliegen krepieren lassen, und obendrein verlangt er unsere Unterstützung. Ausgerechnet jetzt, wo wir voller föderaler Spitzel sind, die uns ausspionieren.«

Jetzt war auch der Nachtfalke beeindruckt. Er fuhr langsamer. »Was haben Sie ihm geantwortet, Majestät?«

»Ich habe gesagt, er soll sich ja nicht mehr bei uns blicken lassen. Ich habe ihm gesagt, dass unsere Leute Nigger brauchen, die arbeiten, und keine Leichen. Aber keine Chance, den zur Raison zu bringen. Dann habe ich ihm gesagt, er soll keinen Blödsinn machen, wenn ihm seine Haut lieb ist. Der hat bloß idiotisch gelacht und ist gegangen.«

»Sollen wir ihm eine Lektion verpassen?«

»Das ist nicht leicht. Es ist unglaublich, aber in Montgomery hat der eine Anhängerschaft. Das einzig Mögliche ist, unsere Leute in Baton Rouge zu verständigen. Sie sollen Augen und Ohren offen halten und

19

uns jede von Pinks' Bewegungen in der Gegend melden. Das Gleiche gilt für die anderen Klans von Louisiana. Doch ich hoffe, dass dieser Verrückte es sich noch anders überlegt.« Green stieß einen leisen Pfiff aus, dann murmelte er: »Kaiserlicher Imperator, was für ein alberner Titel!«

In dieser Nacht schlief Perkins wenig und schlecht. Am nächsten Morgen rief er sofort nach dem Aufstehen Duke an und bat um eine Unterredung. Sie trafen sich um elf im Smith Palace, wo ein sympathisierender Anwalt ihnen für ihre geheimen Treffen seine Kanzlei zur Verfügung stellte.

»Die Geschichte kommt mir absurd vor«, bemerkte der stellvertretende Staatsanwalt, ein kräftiger junger Mann mit einer offenen Art, nachdem Perkins ihn ins Bild gesetzt hatte. »Und doch passt es mit der Persönlichkeit zusammen. Wenn er nicht so ein fanatischer Rassist wäre, könnte Pinks heute vermutlich ein allseits geachteter junger Wissenschaftler sein.«

Perkins dachte einen Augenblick lang nach und schloss dabei die Augen halb, wegen der Sonne, die kräftig durch die halbmondförmigen Fenstern hereinschien.

»Kennst du die genauen Gründe für seinen Rausschmiss beim California Institute of Technology?«

»Ungefähr. Sein Chef, Professor Pauling, kam drauf, dass Pinks das Blut der farbigen Patienten absichtlich kontaminierte. Er warf ihn raus und versuchte auch, ihn anzuzeigen, aber da griff eine Regierungsstelle ein – frag mich nicht, welche. Sie waren an Pinks' Versuchen interessiert und drehten es so, dass die Anzeige nicht weiter verfolgt wurde.«

»Was rätst du mir, dass ich tun soll?«

Duke runzelte die Stirn. »Kannst du nach Baton Rouge fahren?«

»Ja. Ich habe ja immer noch meinen alten Job als Vertreter für Enzyklopädien. Denen vom Klan sage ich, dass mich die Agentur für ein paar Tage aufs Land schickt.«

»Gut.« Duke schob einen Stapel Akten beiseite und setzte sich auf einen Mahagonitisch in der Mitte des Raums.

»In Baton Rouge melde dich beim zuständigen FBI-Beamten Hugh Cleggs und nenn ihm meinen Namen. Ich habe ihn vor Jahren kennen gelernt, in Lafayette. Ich glaube, auf ihn ist Verlass.«

Bevor er aufbrach, machte Perkins an dem baufälligen Gebäude Halt, in dem die Arbeiterbewegung von Colombo ihren Sitz hatte, eine offen nazistische Gruppe, bei der er Mitglied geworden war, kurz nachdem er sich beim Klan eingeschleust hatte. Der *Führer* der Gruppe, Homer Loomis, ein bulliger Typ mit vierschrötigem Gesicht und überschwänglicher Ausdrucksweise, hatte noch nie etwas von Lycurgus Pinks gehört und verfügte auch über keine Verbindungen nach Baton Rouge. Er nannte Perkins allerdings den Namen eines Leiters der Schlumberger Corporation in Houma, die einzige Kontaktperson, die die Organisation in Louisiana hatte.

Am frühen Nachmittag des darauf folgenden Tages kam Perkins in Baton Rouge an, den Kofferraum des Wagens angefüllt mit Enzyklopädien, die zu verkaufen er nicht die geringste Absicht hatte. Auf dem Rücksitz hatte er auch gut sichtbar ein Heft des *Southern Outlook* platziert, einer ultrakonservativen Zeitschrift aus Birmingham, die er als Agent vertrat und die ihm schon mehr als einmal behilflich gewesen war, um zu den exklusivsten rassistischen Zirkeln Zutritt zu bekommen.

Obwohl ihm noch immer das Blut stockte beim Gedanken an die Gefahr, die er abwenden sollte, verspürte er doch keine Angst. Er hatte sich mit der Entschlossenheit eines Missionars in dieses Abenteuer gestürzt, nachdem er in seiner Kindheit in Jacksonville Zeuge von kriminellen Ausschreitungen seitens der Klans geworden war, die ihn tief traumatisiert hatten. Stetson Kennedy war nicht mehr existent. Jetzt gab es nur John S. Perkins, aufgespalten in die Persönlichkeit des fanatischen Klansmanns, die er täglich zur Schau stellte, und die Figur des Rächers, die in ihm heranreifte in der Erwartung, sich zu erkennen zu geben und dem Klan den definitiven Schlag versetzen zu können.

Unter sengender Sonne fuhr er durch die malerischen Vorortstraßen von Baton Rouge, auf der Suche nach einer Telefonzelle. Als er eine fand, die frei war, schlug er im Telefonbuch die Adresse des FBI nach.

Cleggs war verblüfft über die Frage, die Perkins ihm stellte, kaum dass er das Büro betreten hatte:

»Kennen Sie einen gewissen Ibek?«

Verwundert kratzte sich der FBI-Mann das tadellos rasierte Kinn. »Nein. Wer zum Teufel ist dieser Ibek?«

Perkins grinste. »Wenn Sie mir geantwortet hätten, dass Sie auch Herrn Öbek kennen, wäre ich auf der Stelle wieder gegangen. Ibek steht für ›Ich bin ein Klansmann‹.«

Cleggs lächelte seinerseits. »Ich verstehe. Sie sind Kennedy. Duke hat mir Ihren Besuch telefonisch angekündigt.« Er ging zum Schreibtisch, setzte sich und schob den wuchtigen Ventilator beiseite. Er wies auf einen Sessel. »Setzen Sie sich, Mister Kennedy. Was kann ich für Sie tun?«

Das Gespräch war sehr kurz. Nach Dukes Anruf hatte Cleggs sich die Daten von Lycurgus Pinks besorgt, doch dieser war in der Stadt noch nie auffällig geworden. Der lokale Klan machte viel Ärger, doch er war mit der Organisation von Green und Roper verbunden und nicht mit Pinks' ›Rittern des Ku-Klux-Klan von Amerika‹. Außerdem gab es in der Stadt keinerlei Epidemien und es waren auch keine besonderen Krankheiten aufgetaucht.

»Was wollen Sie jetzt tun?«, fragte Cleggs, während er Perkins an der Tür die Hand schüttelte.

»Oh, ich weiß noch nicht recht. Ich glaube, ich fahre nach Houma, wohin der einzige Faden führt, den ich in der Hand habe.«

»Dann also viel Glück. Aber passen Sie auf. Um nach Houma zu kommen, müssen Sie durch die Malaria-gebiete von Louisiana.«

Perkins blieb noch ein paar Stunden in Baton Rouge. Er kaufte eine Lokalzeitung, ohne irgendetwas Interessantes darin zu entdecken; er aß in einer Bar zu Abend, die so aussah, als würden dort Klansmänner verkehren, und musste sich völlig harmlose Gespräche anhören; er vergewisserte sich in einem Krankenhaus, dass es keine epidemischen Krankheiten gab. Gegen Abend machte er sich schließlich auf den Weg, in der Absicht, kurz vor seinem Ziel in einem Motel zu übernachten.

Er kam durch Addis, Plaquemine, Seymourville. Hinter White Castle begann die Hitze wirklich erdrückend zu werden; die Besiedelung wurde immer dünner. Er kam an Gruppen von Bäumen vorbei mit morschen und mossbedeckten Stämmen, zu deren Füßen Tümpel aus dunklem, reglosem Wasser standen, halb verborgen unter einem Teppich aus verfaulten Blättern. Hin und wieder musste er die Windschutzscheibe säubern von den vielen Insekten, die in Scharen daran kleben blieben. Die Luft war von ihrem Summen erfüllt.

Er war versucht, in Donaldsonville Halt zu machen, doch es war noch nicht spät in der Nacht, und er fühlte sich munter. Er fuhr weiter, während die Hitze krankhaft und fast unerträglich wurde.

Pierre Part erschien ihm wie eine Gespensterstadt, die verlassenen Straßen waren in Mondlicht gebadet. Von dem Zeitpunkt an begegneten ihm keine anderen Autos mehr, sodass er schon fürchtete, von seiner Route abgekommen zu sein. Sein Hemd war durchnässt von Schweiß, und eine merkwürdige Unruhe begann sich in ihm auzubreiten. Er beschloss, in einem Motel Halt zu machen.

Beim ersten, das er sah, war das Schild nicht beleuchtet; es schien völlig verlassen zu sein. Er fuhr noch ein paar Meilen weiter, während ein feiner Nebel, der aus den Sümpfen aufstieg, sich träge auf dem Asphalt ausbreitete. Es herrschte tiefe Stille, unterbrochen nur vom Zirpen oder Summen der allgegenwärtigen Insektenschwärme. Die Schwüle war so groß, dass er sogar daran dachte, das Hemd auszuziehen. Die Angst vor Insektenstichen hielt ihn davon ab.

Er musste in der Nähe von Napoleonville sein, als er ein zweites Motel sah. Diesmal war nicht nur das Schild erleuchtet, sondern eine ganze Negerfamilie saß auf der Veranda, in knarrenden Schaukelstühlen. Unwillkürlich atmete Perkins erleichtert auf. Er parkte den Wagen auf dem verlassenen Vorplatz und ging auf die Veranda zu.

Erst wenige Meter davor merkte er, dass etwas nicht stimmte. Keiner der Neger hatte sich umgewandt, um ihn anzusehen. Die einen starrten auf den Boden, die anderen zum Himmel, immer weiter schaukelnd. Der Älteste summte eine unverständliche Melodie.

Es waren ein älteres Paar, zwei jüngere Paare und drei Kinder. Zögernd trat Perkins näher, sein Herz hämmerte wie verrückt. Er hatten die Anomalie in diesen Gesichtern sofort bemerkt.

Das Gelb, das sich in Flecken auf der dunklen Hautfarbe ausbreitete, sprang zuerst ins Auge. Doch eindrucksvoller war die Schwellung der Blutgefäße, die rund um die Augen und am Haaransatz besonders stark war. Das Gesicht der beiden Alten schien ein bloßes Wirrwarr aus geschwollenen Adern, ähnlich wie eine Brut fetter Würmer. Und doch waren die Augen, die daraus hervorsahen, lebendig und die Münder geöffnet. Aus denen der Kinder lief allerdings ein dünner Blutstrahl.

Perkins war versucht, zum Wagen zurückzulaufen und auf der Stelle abzuhauen. Er zwang sich jedoch, das nicht zu tun. Wenn sie am Leben waren, dann verdienten sie die Rücksichtnahme, die man einem Kranken schuldet.

Er trat zu dem Alten, der vor sich hinsummte. »Opachen, braucht ihr Hilfe?«

Der Mann wandte sein Gesicht langsam um, als ob ihn diese Bewegung die größte Mühe kosten würde. Das Aderngewirr pulsierte und wand sich. »Das ist ein schönes Motel«, flüsterte er mit schwacher Stimme. »Man fühlt sich wohl hier.«

Perkins schluckte. »Sicher. Aber geht es euch auch gut?«

»Es kommen immer viele Leute vorbei«, murmelte der Alte. Dann hustete er und rötlicher Schaum lief ihm übers Kinn.

»Ich rufe einen Arzt«, sagte Perkins. Aus dem Augenwinkel sah er jedoch, dass auch die alte Frau mühevoll den Kopf drehte und versuchte, etwas zu sagen.

Er legte ihr eine Hand auf die Schulter. »Sprechen Sie, Missis. Können Sie das?«

Die Alte gab ein Gurgeln von sich und schob den Unterkiefer vor. Dann gelang es ihr, den zahnlosen Mund zu öffnen. »Es ist das beste… das beste Motel im Land… bestimmt.«

Perkins blieb reglos stehen, während ihm ein Schauer den Rücken hinunterlief. Mit einem einzigen Satz nahm er die Stufen zur Veranda hinauf und stieß die Eingangstür unter dem *porch* auf.

Sie war nicht verschlossen. Im Vorraum sah er eine Gruppe von Kindern, die hin und her liefen und leise Schreie ausstießen. Ihre Gesichter waren ein schauerliches Gewirr von roten Adern. Es gab kein Telefon.

Er schloss die Tür wieder und lief zum Wagen. Als der Motor ansprang, drückte er das Gaspedal ganz durch. Sein Herz schlug so rasend, dass er nach Luft rang.

Der Schweiß tropfte ihm von den Augenbrauen und brannte ihm in den Augen. Mit Mühe und Not wich er einem alten Neger aus, der auf seinem Fahrrad in Schlangenlinien dahin fuhr. Als er verlangsamte, um ihn zu fragen, ob er Hilfe bräuchte, sah er das entstellte Gesicht. Er ertrug den Anblick nicht und gab wieder Gas.

Die Lichter von Labadieville ließen ihn aufatmen. Fast sofort bemerkte er jedoch, dass es nur ein einziges Licht war, extrem hell. Es war ein mindestens fünf Meter hohes Kreuz aus zusammengenagelten Brettern, an denen Kerosindosen befestigt waren, die unter großem Qualm brannten.

Ein paar Kapuzenträger in einer Uniform, die etwas anders war als die seines Klans, bewachten den Eingang zur Stadt. Er bremste und blieb stehen. Einer der Kluxer kam zu ihm her und hob die Kapuze. Er sah die Gesichtszüge einer Frau mit Hakennase und wirrem, strohfarbenem Haar.

»Salve, Fremder«, begrüßte ihn die Frau mit leicht französischem Akzent. Sie warf einen Blick in den Wagen. »Sieh an! Sind Sie Journalist beim *Southern Outlook*? Da kommen Sie ja gerade recht.«

Perkins versuchte, sich wieder zu fassen. »Ist etwas passiert?«, fragte er mit heiserer Stimme.

»Und ob! Gott straft die Niggerschweine hier in der

Gegend. Sie sterben wie die Fliegen an einer verdammten Krankheit, die sie im Blut haben.« Die Frau richtete sich wieder auf.

»Schreiben Sie das ruhig. So konnte es nicht weitergehen. Aber früher oder später demonstriert Gott die Überlegenheit des weißen Mannes. Habe ich Recht?«

Perkins versuchte ein Lächeln, doch er brachte es nur zu einem düsteren Grinsen. Wie das der Frau, die er vor sich hatte.

KAPITEL II

Der Turm der Gerechtigkeit

Pater Arnaud de Sancy, Prior der Dominikaner von Carcassonne, betrachtete die hageren und strengen Gesichtszüge des Mannes, den er vor sich hatte. »Aber wie alt seid Ihr eigentlich?«, fragte er in reinster *Langue d'Oc* und zog eine Augenbraue hoch.

Eymerich kräuselte die Lippen zu einem schmalen Lächeln. »Achtunddreißig. Ich bin 1320 geboren.«

»Erst achtunddreißig Jahre alt!« Pater de Sancy runzelte die faltenreiche Stirn. »Und schon seid Ihr Großinquisitor von Aragón! Ich dachte, Klemens V. hätte ein Mindestalter von vierzig Jahren festgelegt.«

Eymerich breitete andeutungsweise die Arme aus.

Herr de Berjavel, der einige Schritte davon entfernt stand, fühlte sich aufgefordert einzugreifen.

»Die Ernennung von Pater Eymerich war eine der letzten Amtshandlungen von Papst Klemens VI. Und die Aragonier mussten die Weitsicht dieser Wahl anerkennen.«

»Das weiß ich, Herr Notar.« Pater de Sancy wandte seinen Blick auf das schimmernde Band der Aude, die sich unter der Festung durch dunkelgrüne Felder dahinschlängelte. »Ich habe den Empfehlungsbrief von Abbé de Grimoard gelesen. Doch vielleicht ist Euch das Erstaunen eines alten Mannes begreiflich.«

»Oh, so alt seid Ihr doch nicht.« Die fülligen Gesichtszüge Herrn de Berjavels brachten ein breites Lächeln hervor. »Jedenfalls, wenn Ihr einen Stock braucht, so ist Pater Nikolas Eymerich in jeder Hinsicht der richtige Mann für Euch.«

Das Gespräch fand auf den Stufen der Festung von Carcassonne statt. In der Nähe zweigte ein Laubengang ab. Durch ihn gelangte man zum runden Hauptturm, genannt Turm der Gerechtigkeit, in dem die Kanzlei der Inquisition untergebracht war. Vor kurzem hatte die neunte Stunde geschlagen, und eine leichte Brise linderte die Hitze des Nachmittags etwas, der lang und sonnendurchglüht zu werden verhieß.

Eymerich begann ungeduldig zu werden. »Verzeiht, Vater Prior, doch ich wüsste gern den Grund, weshalb Ihr mich habt rufen lassen. Bei Tisch habt Ihr nicht darüber reden wollen.«

In den blauen Augen des Alten, die in ein Netzwerk von Fältchen eingebettet waren, blitzte es listig. »Sicher seid Ihr sehr klug, doch Ihr seid auch sehr jung.« Er seufzte. »Ihr habt Recht. Es wird Zeit, zu ernsthaften Dingen überzugehen. Herr Notar, begleitet Ihr uns?«

Berjavel neigte leicht den feisten Nacken. »Wenn Ihr mich nicht braucht, Pater... ich müsste einem Verhör beiwohnen.«

»Dann stoßt Ihr später im Turm der Gerechtigkeit wieder zu uns.«

Nach diesen Worten bog der Alte mit raschen Schritten in den Laubengang ein, gefolgt von Eymerich. Schmale Schießscharten öffneten sich in Abständen in der massiven Wand zur Rechten und gewährten einen Blick auf die riesigen Gebäude, Gänge und Befestigungsanlagen, die den Kern der Zitadelle bildeten. Ein starker Salpetergeruch erschwerte die Atmung.

Fast am Ende des Ganges angelangt, machte Pater de Sancy Halt.

»Wir kommen gleich in einen Raum mit vielen Menschen darin, doch ich versichere Euch, dass er ständig geräuchert wird.«

»Warum sagt Ihr mir das?«, fragte Eymerich misstrauisch. »Gibt es denn noch Fälle von Schwarzem Tod?«

»Ja, leider. Selten, aber es kommt vor.«

Pater de Sancy fügte nichts weiter hinzu und trat über die Schwelle der Tür, die den Gang abschloss.

Der Rauch der Fackeln, die widerwärtigen Ausdünstungen und das Stimmengewirr der Menschen, die sich in dem Raum aufhielten, verursachten Eymerich ein Erstickungsgefühl. Sie befanden sich in einem runden Raum mit sehr hoher Decke, der ein ganzes Stockwerk im Turm der Gerechtigkeit ausfüllte. Durch die Fensterchen, die in tiefe Nischen mit steinernen Sitzbänken darin eingelassen waren, kam nicht genügend Licht. Dort saßen Menschen unterschiedlichster Herkunft und Stellung: Bauern in groben Kitteln, Kaufleute mit besticktem Turban auf dem Kopf, schwarz gekleidete Winkeladvokaten, die Pergamentrollen auf den Knien hielten.

Doch das größte Gedränge gab es in der Mitte des Raums, und zwar vor den mit Papierstößen überladenen Tischchen, hinter denen junge Dominikaner mit eifrigem Gebahren saßen. Dutzende Frauen und Männer versuchten Nachrichten über einen Gefangenen zu ergattern, den Grund für die eigene Vorladung zu erfahren oder dringend eine Unterredung mit diesem oder jenem Inquisitor zu erwirken. Gewöhnlich waren die Antworten ganz allgemein und wurden widerwillig gegeben. Wenn der Druck zu groß wurde, sorgten zwei Bewaffnete dafür, dass er sich verringerte, indem sie die Bittsteller in den ersten Reihen mit brutalen Stößen zurückdrängten.

Zunächst wurde der Eintritt Eymerichs und des Priors nicht wahrgenommen; dann bemerkte einer der Dominikaner sie und stand auf, sofort gefolgt von allen anderen. »Womit kann ich Euch dienen, Pater de Sancy?«, fragte er so durchdringend laut, dass er den Lärm übertönte.

Sofort trat völlige Stille ein. Einige Leute aus dem

Volk knieten nieder; wer einen Hut trug, nahm ihn ehrfürchtig ab. In den Augen vieler lag Angst.

»Fahrt ruhig fort mit Eurer Arbeit«, antwortete der Prior mit einem Lächeln. »Ich ziehe mich mit meinem illustren Gast in mein Studierzimmer zurück.«

Die Menge wich auseinander und ließ die beiden durch bis zu einer Tür ganz hinten im Raum, die in der Rückwand eines großen Kamins verborgen war. Eymerich musste sich bücken, um dem Prior durch einen schmalen, in Stein gehauenen Gang zu folgen. Jemand schloss hinter ihm die kleine Tür.

Ein paar Augenblicke lang gingen sie im Dunkeln, dann traten sie in einen von oben erhellten kleinen Raum.

»Das ist mein Refugium«, sagte Pater de Sancy lächelnd. »Es ist nicht sehr bequem, aber abgeschirmt von indiskreten Ohren.«

Es handelte sich um einen halbkreisförmigen Raum, ziemlich eng und mit sehr hoher Decke. Das Licht fiel durch zwei auf halber Höhe der Wand angebrachte Schießscharten, die zu Fenstern üblicher Größe erweitert worden waren. Sie erhellten einen kleinen, mit Papieren überladenen Schreibtisch, ein paar Stühle und Säcke voller Bücher und Akten, die an den Wänden hingen.

Der Prior setzte sich an den Tisch und wies Eymerich einen Schemel an. Dann beugte er sich mit plötzlich ernster Miene nach vorne.

»Abbé de Grimoard sagt alles nur erdenkliche Gute über Euch. Das genügt mir nicht. Besitzt Ihr Mut? Und wie viel?«

Eymerich runzelte die Augenbrauen, gab jedoch keine Verwunderung zu erkennen. »Mut ist etwas, was sich nur an den Taten messen lässt. Bis heute hatte ich ausreichend davon.«

»Eine schöne Antwort«, bemerkte der Alte. Sein Gesichtsausdruck entspannte sich etwas. »Vielleicht seid Ihr ja wirklich der richtige Mann. Solltet Ihr jedoch den Auftrag annehmen, den ich Euch erteilen möchte, so muss ich Euch ganz nachdrücklich darauf hinweisen, dass Ihr wirklich sehr viel Mut brauchen werdet.«

»Ich höre Euch zu«, war Eymerichs ganze Antwort.

Einen Augenblick lang maßen die beiden Gesprächspartner einander. Aus den Augen des alten Inquisitors sprachen Gerissenheit, Weisheit und Erfahrung in der Einschätzung von Menschen und Dingen. Er würde seine Worte abwägen und seine Mimik kontrollieren müssen. Doch das war er gewohnt.

»Habt Ihr schon einmal von Castres gehört?«, fragte der Prior.

»Ja. Da machen die Pilger auf dem Weg nach Santiago de Compostela Rast. Aber ich war noch nie dort.«

»Dorthin werdet Ihr gehen. Und wenn man eigens einen Inquisitor Euren Ranges aus Aragón kommen lässt, könnt Ihr Euch vielleicht vorstellen, wie schwerwiegend das Problem ist.«

Eymerich zog eine Augenbraue hoch. »Ketzerei?«

»Auch. Die verbliebenen Katharer sind nicht mehr so zahlreich wie früher, trotzdem ist diese Brut nie ganz ausgestorben. In Castres wie im gesamten Languedoc findet sie außerdem in einer gewissen Feindseligkeit gegenüber der Herrschaft des Königs von Frankreich weitere Nahrung. Laufend verbrennen wir Katharer, und sofort treten andere an ihre Stelle.«

»Vielleicht verbrennt Ihr nicht genug«, bemerkte Eymerich eisig.

Der Prior deutete ein Lächeln an. »Ich weiß, dass Ihr den Ruf der Unerbittlichkeit genießt, doch ich versichere Euch, dass auch wir unsere Arbeit verrichten. Nein, nicht die traditionelle Häresie ist das Problem.«

»Worum geht es also dann?«

»Offenbar grassiert in Castres ein krankhafter Kult, der auf der Profanierung des Blutes beruht. Etwas Magisches, Diabolisches, von dem man sich keine rechte Vorstellung machen kann. Die Anhänger werden *masc* genannt, ein allgemeiner Begriff, den die Leute hier aus der Gegend auf alles anwenden, was Angst macht. Bis jetzt ist keiner von ihnen gefangen genommen worden.«

Eymerich verspürte eine unerklärliche Regung des Widerwillens, als ob die Kälte dieser feuchten und stickigen Umgebung in ihn hineinkriechen würde.

»Profanierung des Blutes, sagt Ihr. Meint Ihr geweihtes Blut?«

»Nein. Ich kann Euch nicht viel sagen, weil diese *masc* im Dunkeln und unfasslich bleiben. Es sieht jedoch so aus, als würden sie eine übernatürliche Krankheit verbreiten, die in die Blutbahnen eindringt und sehr rasch zum Tod führt. Eine Art von Pest, die sie dort den ›Roten Tod‹ nennen.«

»Hexerei«, kommentierte Eymerich mit einem leichten Achselzucken. »Verzeiht, Pater de Sancy, aber ist es möglich, dass Ihr hier in Carcassonne, in Toulouse oder Avignon keinen Inquisitor habt, der einen derartigen Fall untersuchen könnte? Musstet Ihr eigens mich aus Aragón kommen lassen?«

Wieder erschien ein Lächeln auf den Lippen des betagten Priors. »Eure Verwunderung ist berechtigt. Wenn Ihr hierher berufen worden seid, so aus zwei Gründen. Erstens, weil Ihr weder Franzose noch Okzitane seid, den lokalen Streitigkeiten also ferne steht.«

»Das scheint mir eine unzureichende Begründung«, erwiderte Eymerich in kaltem Ton. »Auch in dieser Festung gibt es Patres verschiedener Nationalität.«

»In der Tat; der Inquisitor, den ich vor Euch nach Castres geschickt habe, Pater Jacinto Corona, stammt aus Valladolid. Doch noch ein zweiter Grund hat unsere Wahl bestimmt. Abbé Grimoard zufolge besitzt Ihr ein besonderes Talent für Politik. Stimmt das?«

»Ich weiß nicht, ob das stimmt. Außerdem sehe ich nicht, was das mit einer Sekte blutrünstiger Ketzer zu tun hat.«

Pater de Sancys Augenbrauen zogen sich wieder zusammen.

»Habt Ihr je etwas von Simon de Montfort gehört?«

»Ist das nicht der Heerführer, der im vergangenen Jahrhundert die Albigenser besiegt hat?«

»Genau der. Ihr wisst vielleicht nicht, dass Simon de Montfort während des Kreuzzugs in Castres seinen Bruder Guy als seinen Stellvertreter eingesetzt hat, dem dann sein Sohn Philippe nachfolgte. Es ist ein Nachkomme dieses Letzteren, Othon de Montfort, der heute über die Stadt herrscht. Zu seinen Besitzungen gehören auch Béziers und Carcassonne selbst.«

Von Natur aus ungeduldig, begann Eymerich diesen Alten, der nie zur Sache kam, unerträglich zu finden. »Und dann?«, fragte er und ließ absichtlich in seinem Tonfall etwas von seiner Nervosität anklingen.

Der Alte schien von seiner Seelenlage nichts zu bemerken.

»Ihr wisst auch, dass ein anderer Zweig der Montforts in der Bretagne herrscht.«

Eymerich gab ein Zeichen der Zustimmung.

»Nun gut«, fuhr der Prior fort, »1341, in einem der heikelsten Momente dieses Kriegs, den Frankreich seit nun fünfzig Jahren gegen die Engländer führt, hat Jean de Montfort, der Stiefbruder des Herzogs der Bretagne, ein Bündnis mit Eduard III. geschlossen. Nachdem er besiegt war, haben sich zunächst seine Frau und dann sein Sohn weiterhin auf die Plantagenets gestützt. Man könnte sogar sagen, der Sohn regiere ein Stück französischen Bodens dank der Vollmacht des englischen Königs, umso mehr, als er selbst Graf von Richmond und

Eduard für ihn so eine Art Erzieher ist.« Der Prior machte eine Pause, dann fragte er unvermittelt:

»Welchen Standpunkt vertretet Ihr in dem gegenwärtigen Krieg?«

Eymerichs Lippen verzogen sich zu einem leichten Lächeln.

»Denselben wie die Kirche.«

Der Alte warf ihm einen anerkennenden Blick zu, begleitet von einem Kopfnicken. »Ich bewundere Eure Vorsicht, doch mir gegenüber ist sie überflüssig. Sagt mir also: Welches wäre Eurer Ansicht nach das Interesse der Kirche?«

Eymerich zögerte einen Augenblick; er fragte sich, wie viel Ehrlichkeit er sich erlauben konnte. Dann antwortete er:

»Offiziell ist Avignon neutral. Beide Könige sind katholisch. Doch Eduard von England hat unter Ausnutzung seiner Machtposition das Privileg an sich gerissen, die kirchlichen Würdenträger zu ernennen. Es ist daher objektiv im Interesse des Papsttums, dass die Franzosen gewinnen, auch wenn das nach der Niederlage von Poitiers und der Gefangennahme König Johanns II. äußerst unwahrscheinlich ist.«

»Genau. Es ist eindeutig das Interesse der Kirche, dass die Franzosen gewinnen.« Der Blick des Priors war nun unverhohlen wohlwollend. »Und bei einer eventuellen Wiedereroberung könnte die Bretagne eine fundamentale Rolle spielen, ist sie doch eine Art natürlicher Brücke nach England. Nur ist es äußerst unwahrscheinlich, dass Jean de Montfort von Eduard III. abrückt, umso weniger in einem Moment, in dem das französische Heer aufgerieben ist und Frankreich vom Dauphin regiert wird.«

»Und hier kommen die Montforts aus Castres gelegen.« Eymerich lächelte.

»Ich bin angenehm überrascht von Euch, Pater Nikolas.« Im Tonfall des Alten schwang eine Note von Respekt mit, die vorher nicht da gewesen war.

»Othon de Montfort hat alle Voraussetzungen, um auf das Herzogtum Bretagne Anspruch zu erheben, und das hat er in der Vergangenheit sehr zaghaft auch schon getan. Eines Tages könnte sein Anspruch, entsprechend unterstützt, für uns von Nutzen sein. Ohne die Bretagne hätten die Engländer einen schweren Stand in Frankreich.«

»Aber da ist auch Charles de Blois, der die Herrschaft über die Bretagne beansprucht. Vor zwei Jahren kam er aus dem Gefängnis in England zurück, fest entschlossen, das Lehen an sich zu bringen.«

»Ich sehe, dass Ihr wohl unterrichtet seid. Aber Charles de Blois ist ein Asket, eine Art Heiliger. In der Bretagne brauchen wir aber keine Heiligen. Die Montforts aus Castres dagegen sind auf unserer Seite, voll und ganz. Das soll natürlich nicht heißen, dass wir die Blois hintansetzen. Wichtig ist nur, immer mehr als einen Trumpf in der Hand zu haben.«

Eymerich begann eine gewisse Sympathie zu empfinden für diesen Alten mit den messerscharfen Augen, der mit einer ähnlich gewundenen Logik begabt zu sein schien wie er selbst.

»Ich sehe die Zusammenhänge. Doch müsst Ihr mir erklären, in welcher Verbindung das alles mit der blutrünstigen Sekte steht, von der Ihr mir erzählt habt.«

»Oh, das ist sehr einfach«, sagte der Prior gelassen. »Othon de Montfort und seine gesamte Familie werden von den Leuten in Castres verdächtigt, Verbindungen zu der Sekte zu haben, ja, selbst die so gefürchteten *masc* zu sein.«

Eymerich zog die Augenbrauen hoch. »Ist das möglich?«

»Ich glaube nicht. Doch ob die Montforts selbst die Oberhäupter der Sekte sind, ist weniger wichtig als die

Tatsache, dass sie dafür gehalten werden. Beim nächsten Verbrechen der *masc* ist ein Aufstand zu befürchten. Was unsere Pläne empfindlich stören würde, wie Ihr begreifen werdet.«

»Doch wie sollen die Leute von Castres sich erheben? Avignon ist nah, Carcassonne auch. Eine Revolte ließe sich leicht im Keim ersticken.«

»Vor wenigen Jahren wäre das leicht gewesen«, antwortete der Alte mit einem Seufzer. »Jetzt hingegen werden die Landstriche im Süden von Banden ehemaliger Söldner heimgesucht, von Ausgestoßenen und Überbleibseln der Armeen von Eduard und Johann. Die Aufständischen hätten keinen Mangel an Verbündeten, so verpönt die auch sein mögen. Außerdem hat der Stadtvogt von Castres, Guillaume d'Armagnac, es ziemlich unverhohlen auf die Herrschaft abgesehen. Er würde die Revolte ausnützen, um an die Stelle der Montforts zu treten, und er ist uns wesentlich weniger ergeben. Wir würden nicht nur die Bretagne verlieren, sondern auch die effektive Kontrolle über dieses Gebiet hier.«

Eymerich schwieg einen Augenblick und betrachtete die Säcke voller Bücher und Akten an den Wänden. Dann sagte er:

»Meine Aufgabe ist also nicht so sehr, die vermeintlichen Profanatoren des Blutes ausfindig und unschädlich zu machen, als den Verdacht zu zerstreuen, der auf den Montforts lastet.«

Pater de Sancy legte die Hände zusammen und nahm einen frommen Gesichtsausdruck an.

»Wir würden uns wünschen, dass die beiden Dinge nicht im Gegensatz zueinander stehen. Sollte es aber doch so sein, verlassen wir uns auf Eure Klugheit.«

»Ich hoffe, Euch nicht zu enttäuschen«, sagte Eymerich und erhob sich.

Der Prior stand ebenfalls auf. »Wann wollt Ihr aufbrechen?«

»Jetzt gleich, wenn sonst nichts mehr ansteht.«

»Wollt Ihr nicht einen *masc* sehen?«

Eymerich blieb an der Schwelle stehen. »Ihr hattet doch gesagt, Ihr hättet nie einen gefangen.«

»Oh, einen Verdächtigen haben wir geschnappt. Doch wir wissen nicht, ob wir ihn unter die Täter oder die Opfer einreihen sollen.«

»Was soll das heißen?«

»Folgt mir und Ihr werdet es verstehen.«

Mit raschen Schritten ging der Alte zur Tür. Wieder durchquerten sie den überfüllten Saal, wobei sich vorübergehend Stille verbreitete; sie bogen jedoch nicht in den Laubengang ein. Der Prior trat zu einem Bewaffneten, der beim Tischchen eines der jungen Dominikaner-Kanzlisten Wache stand. »Die Falltür«, flüsterte er, die Menge der von allen Seiten andrängenden Bittsteller ignorierend.

Der Mann, ein Hüne mit rötlichem Bart, vermutlich flämischer Abstammung, nickte stumm. Er führte Eymerich und Pater de Sancy zu einer Nische, die mit einem zerschlissenen Vorhang abgeteilt war. Er schob ihn beiseite und ließ ihn, nachdem sie vorbei waren, wieder zurückfallen; er selbst blieb draußen.

Der kleine Raum, in dem sie sich nun befanden, erhielt sein Licht von unten, vom Boden, wo sich eine große Falltür öffnete. Das obere Ende einer Wendeltreppe war darin sichtbar.

»Wir müssen hier hinuntersteigen«, sagte der Prior. »Das ist der einzige Zugang.«

Er raffte die Kutte, und sich am Boden abstützend, setzte er den Fuß auf die oberen Stufen der Wendeltreppe. Eymerich folgte seinem Beispiel nicht ohne eine gewisse Verlegenheit.

Es war ein kurzer Abstieg, doch ausreichend, um den Lärm des Stockwerks darüber zum Verstummen zu bringen. Der Raum, in den sie gelangten, war kaum

größer als der darüber gelegene. Es gab keine Fenster-
öffnungen, und der Rauch der Fackeln an den nackten
Wänden trieb einem die Tränen in die Augen. Das
Deckengewölbe wurde von einer einzigen Säule in der
Mitte getragen, an der ein Junge angekettet war. Eine
zerbrochene Schüssel, die zwischen ein paar Strohhalmen und Exkrementen am Boden lag, ließ auf eine
äußerst strenge Behandlung schließen, in der Art dessen, was die Inquisition *murus arctus* nennt.

Ein Soldat im Harnisch, der auf seine Hellebarde gestützt vor sich hin gedöst hatte, kam beflissen näher.
»Kann ich Euch mit etwas dienen, Pater?«

Der Prior ging auf die Säule zu. »Hat er geredet?«

»Wie üblich wirres Zeug«, antwortete der Soldat und
zuckte mit den Achseln. »Ich glaube, er liegt im Sterben.«

Eymerich betrachtete den Gefangenen. Es war ein
Junge von etwa fünfzehn Jahren, und er war extrem
blass. Seine zerrissenen und mit Blut befleckten Bauern-
kleider ließen ahnen, dass er lange gefoltert worden war.
Er atmete mühsam und sah mit müden Augen ins Leere.
Sein Gesicht war ohne jede Farbe, als ob das Blut ganz
daraus gewichen wäre. Nur das Pulsieren der Adern an
den Schläfen, die ungewöhnlich dick geschwollen waren, verlieh diesem leblosen Gesicht etwas Leben.

»Wie geht's, mein Freund?«, fragte der Prior in gut-
mütigem Ton.

Der Junge antwortete nicht. Da streckte der Alte eine
schmale Hand aus und schob einen Zipfel des Hemds
des Gefangenen beiseite, auf der Höhe der Brust. Der
knochige Brustkorb, von den Ketten eingeschnürt, war
von tiefen Schnittwunden durchzogen wie von Fur-
chen, an deren Rändern gestocktes Blut klebte. Ohne
ein Wort zu sagen, legte der Prior seine Finger in eine
dieser Wunden und bohrte mit den Nägeln darin, sodass hellrotes Blut daraus hervorschoss.

Der Gefangene zuckte zusammen und riss die Augen auf. Was eine Klage sein musste, kam als Röcheln aus ihm heraus. Die Ketten klirrten leise.

»Ich habe dich gefragt, wie es geht«, flüsterte der Prior mit tonloser Stimme, und betrachtete das But, das ihm über die Finger lief. Dann sah er Eymerich an. »Seid Ihr entsetzt über mich?«

Der Inquisitor war reichlich verwundert, doch er fasste sich sofort wieder.

»Nein, Pater.« Dann setzte er hinzu: »Die Verfahrensordnung sieht allerdings vor, dass derartige Dinge dem weltlichen Arm zu überlassen sind.«

»Ich sehe, dass Ihr Berufung zum Juristen habt«, entgegnete der Alte mit einem Lächeln, während er sich die Finger am Saum des Umhangs abwischte. Er wandte sich wieder dem Gefangenen zu.

»Warum beharrst du auf deinem Schweigen? Du brauchst Hilfe. Ob du sie bekommst oder nicht, hängt von dir ab.«

Der Gefangene warf sich die strohfarbenen Haare aus dem Gesicht. Er öffnete den zahnlosen Mund und versuchte zu sprechen, doch nur rötlicher Schaum kam heraus. Halb erstickt hustete er ein paarmal. Endlich gelang es ihm, röchelnd einen Satz vorzubringen, während ihm der Schaum übers Kinn hinunterlief. »Vom Leib befreit... Vom Leib befreit... Nicht länger Sklaven Jaldabaoths...«

Die Anstrengung musste zu groß gewesen sein. Die geschwollenen Adern an den Schläfen pochten heftig, was schrecklich anzusehen war. Dann verdrehte der Junge die Augen und bäumte sich auf. Nach einem kurzen Röcheln sank der Kopf auf die Brust, das Blut, das in einem Schwall aus dem Mund floss, ergoss sich über Brust und Hemd.

»Er ist tot«, sagte Pater de Sancy und befühlte die nun schlaffen Glieder. »Im Übrigen war er schon halb tot, als er hierher gebracht wurde.«

Eymerich hatte es eilig, diesen Ort zu verlassen. Er hatte schlimmere Tode gesehen und teils selbst angeordnet, doch das Schauspiel, dem er hier beigewohnt hatte, schien ihm gemein, nahezu obszön. Auch dieser Alte mit den blutigen Fingern erweckte nun einen unbestimmten Widerwillen in ihm, fast als ob er Träger einer geheimnisvollen Krankheit wäre. Und es gab keine Gefühlsregung, die er mehr verabscheute.

»Es ist besser, ich gehe«, sagte er abrupt und wandte sich zur Wendeltreppe.

Der Prior schien etwas erstaunt, trotzdem sagte er nichts. Er gab dem Bewaffneten einige Anweisungen, dann kletterte er ebenfalls durch die Falltür hinauf. Er hatte Mühe, mit Eymerichs eiligem Gang durch die Kanzlei und durch den Laubengang Schritt zu halten.

Erst als er auf den Zinnen war, fühlte Eymerich, dass dieses undefinierbare Unbehagen, das ihn befallen hatte, schwand. Er blieb stehen und atmete tief durch, während der Prior ihn einholte. Als der Alte bei ihm war, sprach er mit ruhiger Stimme und hoffte, dass seine Empfindung nicht darin zu hören war.

»Ihr habt gesagt, dieser Junge könnte Täter oder Opfer sein. Wie habt Ihr das gemeint?«

Etwas außer Atem, sah Pater de Sancy ihn lange an, als ob er versuchen wollte, sein Gedanken zu ergründen. Dann antwortete er:

»Er wurde hierher gebracht unter der Anklage, menschliches Blut getrunken zu haben; in Wirklichkeit scheint er selbst Opfer der Roten Pest zu sein. Wir wissen nicht, ob er ein *masc* war oder deren Opfer, vorausgesetzt, diese *masc* gibt es wirklich. Er hat nicht geredet.«

»Und jetzt kann er nicht mehr reden.« Eymerich betrachtete die besonnte Landschaft, die sich zu Füßen der Festung ausdehnte, wie um das Gefühl von Dumpfheit zu verscheuchen, das ihn im Inneren des

Turms beschlichen hatte. Dann wandte er sich zum Prior.

»Pater de Sancy, Ihr habt mir genug gesagt. Ich nehme den Auftrag an, wenn das dem Willen der Kirche entspricht. Doch ich will sofort aufbrechen, und zwar allein.«

»Allein? Ihr braucht eine Eskorte!«

»Eine Eskorte würde nur Aufmerksamkeit erregen, und ich will unerkannt nach Castres kommen. Ja, ich möchte Euch bitten, mich für die Reise von der Pflicht, die Kutte zu tragen, zu entbinden.«

Der Prior schien verwundert, trotzdem nickte er. »Genehmigt.«

»Außerdem bitte ich Euch, mir zu erlauben, eine Waffe zu tragen, auch wenn unsere Ordensregel das verbietet.

»Ein Schwert?«

»Nein, einen einfachen Dolch.«

»Nicht nur genehmige ich Euch das, ich empfehle Euch auch, im Notfall nicht zu zögern, Gebrauch davon zu machen. Wann brecht Ihr auf?«

»Sofort. Mein Pferd müsste schon gesattelt sein.«

»Ihr werdet erst spät nachts in Castres sein, und die Nacht ist gefährlich.«

Eymerich deutete ein Lächeln an. »Auch ich weiß gefährlich zu sein, wenn nötig.«

Der Prior entgegnete nichts, doch in seinen Augen war zu lesen, dass er daran nie gezweifelt hatte.

Weniger als eine Stunde später ritt Eymerich im Trab über eine steinige Straße, die westlich an der Schwarzer Berg genannten Hochebene entlangführte. Die Hitze hatte ihn veranlasst, Mantel, Kutte und Sandalen in einen am Sattel befestigten Sack zu verstauen. Er trug jetzt ein einfaches Hemd aus Tuch, in der Taille von einem Ledergürtel gehalten, und ein Paar Hosen aus grobem Stoff. Ein breitkrempiger Filzhut auf dem Kopf war ihm nicht wenig lästig, doch diente er dazu, die Tonsur zu bedecken. An den Füßen trug er schwere Stiefel, die an den Knöcheln mit Bändern verschlossen waren.

Trotz so leichter Bekleidung waren die Kleidungsstücke schweißnass, und Schweiß lief ihm den Rücken hinunter. Die einzige Pflanze, die an den Hängen der Hochebene gedieh und üppig wucherte, war der Ginster, der sich an den sonnendurchglühten Felsen festkrallte. Das Licht war so grell, dass er oben zu seiner Linken nur die dunklen Umrisse der Festung Lastours erkennen konnte, den mächtigen Komplex von vier Schlössern, der vor vielen Jahren Simone de Montforts Offensive gegen die Katharer zum Erliegen gebracht hatte.

Groß gewachsen und von sehnigem Körperbau, vertrug Eymerich die Hitze gut, ja, er suchte sie geradezu. Seitdem er jedoch die Pyrenäen überschritten hatte, verband sich die Hitze für sein Empfinden mit etwas Krankhaftem und Heimtückischem, das in den vom Boden aufsteigenden Nebeln verborgen lag. Die Pest trat mittlerweile nur noch sporadisch auf, wenn sie auch in Meilen und Meilen brachliegenden Lands ihre Spur hinterlassen hatte; trotzdem schien es ihm, als wäre die Luft nach wie vor gleichsam vergiftet und als könnten nur Regen oder Frost sie wieder reinigen. Doch der Prior hatte ihm gesagt, dass es seit Monaten nicht mehr geregnet hatte, wie die zahlreichen Risse im Boden bewiesen, die wie verdurstete und lechzende Lippen wirkten.

Der Fluß Orbiel war an dieser Stelle fast ausgetrocknet, und der Durst machte sich bald bemerkbar. Das Pferd keuchte, als es eine Steigung hinauftrabte, die kein Ende zu nehmen schien. Der Inquisitor durchquerte ein großes Dorf, das von irgendeiner Bande von Gesetzlosen geplündert und zerstört worden war. Sämtliche Türen der aus Holz und Lehm erbauten Häuser, die hier *ostals* hießen, waren ausgehängt, die Mauern von Ruß geschwärzt, die Fensterläden weggerissen. Viele Tiere lagen abgeschlachtet in den Höfen und auf den Tennen, ein Zeichen dafür, dass die Plünderer auf der Suche nach Beute waren und es nur auf leicht transportierbares Gut abgesehen hatten. Sie mussten diese Ansiedlung vor nicht mehr als drei Tagen überfallen haben.

Schwärme von grünen Aasfliegen summten zwischen den Häusern auf ihrem Weg von einem Kadaver zum anderen. Von Fliegen bedeckt war auch der einzige menschliche Leichnam, der zu sehen war; er war in einem Stall mit den Händen an einen Dachbalken genagelt. Krähen hatten seine Züge unkenntlich gemacht, doch an den Fetzen der Kleidung konnte man erkennen, dass es sich um einen Schäfer gehandelt haben musste, der sich vielleicht geweigert hatte, das Versteck seiner geringen Habe preiszugeben.

Als er das Dorf hinter sich gelassen hatte, ritt Eymerich vorsichtiger weiter, hielt das Pferd immer wieder an und lauschte auf den kleinsten ungewöhnlichen Laut. Wenig später spendete dichter Baumwuchs, vorwiegend Buchen und Eichen, ihm eine gewisse Kühle. Er fühlte sich erfrischt und gestärkt, auch durch die große Stille, die unter den Bäumen herrschte. Die Einsamkeit gab ihm ein sehr ausgeprägtes, fast rauschhaftes Gefühl der Freiheit. Jeder menschliche Kontakt hingegen, selbst der harmloseste, machte ihn unwillkürlich angespannt; er war auf der Hut. Er war es gewohnt, jeden Fremden als potenziellen Feind zu betrachten, bis er vom Gegenteil überzeugt wurde.

Fast eine Stunde lang genoss er Ruhe und Wohlsein, die beeinträchtigt waren nur von der wachsenden

Hitze und dem Schweiß, der ihm in Strömen von Stirn und Achseln rann. Die Komplet musste schon vorüber sein, und doch war die Sonne, die nun tief am Horizont stand, noch glühend heiß. Nach dem bewaldeten Teil wirkte der Granit des Schwarzen Berges wie durchzogen von rötlichen Streifen, als ob er den Feuerschein einer riesigen Esse zurückwerfen würde.

Er traf auf eine kleine Hammelherde, um die ein kleiner, räudiger Hund herumlief und sie zusammenhielt. »Der Herr sei mit Euch, Fremder«, rief ihm der Schäfer, ein zaundürrer Alter, im Dialekt des Hohen Languedoc zu.

»Was ist mit diesem Dorf passiert?«, fragte Eymerich und wies hinter sich.

Der Schäfer schaute in die Richtung. Ein weißer Stoppelbart bedeckte sein Gesicht bis zu den lebhaften Augen.

»Meint Ihr Carbadès? Die armen Leute, herrje! Nach der schwarzen Pest die Lungenpest. Nach der Lungenpest die Trockenheit. Nur drei Familien waren noch übrig, und auch wenn sie so wenige waren und nichts hatten, mussten sie die Söldner von Hauptmann Morlux, die den Pic de Nore besetzt halten, versorgen. Aber sie haben nicht genug gezahlt, und vor drei Tagen hat der Hauptmann das Dorf zerstört.«

»Söldner, sagt Ihr?«, fragte Eymerich stirnrunzelnd. »In wessen Dienst? Der Engländer? Des Königs von Frankreich?«

»Ich glaube, sie wissen es selbst nicht. Seitdem die Engländer König Johann gefangen genommen haben, versteht man überhaupt nichts mehr. Hauptmann Morlux hat bei den Franzosen gekämpft, aber jetzt gehorcht er niemand mehr. Und in Cabrespine ist Raymond de Canigou, der bei den Engländern war. Und dann ist da Jean de Vautour, Armand de Nayrac, Don Pedro de Barcelona. Sie haben keine Fahnen mehr, aber sie lassen die Bauern bluten. Wie der Schlimmste von allen, Othon de Montfort.«

Eymerich zuckte zusammen. »Der Herr von Castres?«

»Ja, der Herr von Castres.« Der Schäfer bekreuzigte sich rasch. »Verzeiht, Fremder, aber es dämmert schon. Ich möchte vor Einbruch der Nacht zu Hause sein.«

»Eine letzte Frage. Ist es noch weit nach Castres?«

»Nein, doch Ihr solltet nicht bei Dunkelheit reiten. Der Weg ist gefährlich. Sucht Euch eine Unterkunft für die Nacht und reist bei Tageslicht weiter.«

»Ich werde Euren Rat befolgen. Der Herr sei mit Euch.«

Eymerich grüßte den Alten mit einer Handbewegung und lenkte sein Pferd zwischen den Hammeln hindurch, während der Hund hinter ihm herkläffte.

Die Sonne sank rasch und ließ aus dem Unterholz Schatten emporsteigen. Trotzdem war es noch zum Ersticken heiß, nur wurde die Hitze nun feuchter. Mit Bedauern sagte sich der Inquisitor, dass er den Schäfer um etwas zu trinken hätte bitten können. Doch die so eindeutig negative Erwähnung von Othon de Montfort hatte ihn abgelenkt, und einen Moment lang hatte er seinen Durst vergessen. Jetzt hingegen hätte er gern einen Bach gehabt, um Gesicht und Arme hineinzutauchen.

Er ritt durch eine bewaldete Schlucht zwischen riesigen Felswänden, als sich vor seinen Augen eine völlig kahle Ebene auftat, die von einer sehr langen Ulmenreihe abgeschlossen wurde. Eine kleine Ansammlung von Häusern, umgeben von ihren Tennen und Höfen, lag genau am Rand der dürren Zone und zog sich an der Baumreihe entlang. Er gab dem Pferd die Sporen und ritt in die Ebene hinein, auf einem teilweise von Brombeeren überwucherten Weg. Man sah keine Vögel und hörte auch kein Summen oder Zirpen.

Die Stille war so groß, dass er zunehmend unruhig

wurde. Unwillkürlich duckte er sich und umfasste mit der Linken den Dolch in seinem Futteral, den er in den Falten seines Hemds versteckt um den Hals trug. Weit entfernt davon, ihn zu beglücken, lastete die Einsamkeit nun schwer auf ihm.

Bald hatte er den Ort erreicht, der genauso verlassen wirkte wie Cabardès. Hier gab es jedoch keine Spuren der Zerstörung. Die *ostals*, sechs oder sieben insgesamt, schienen unversehrt und sogar ziemlich gepflegt, auch wenn Türen und Fensterläden verrammelt waren. Nur die Unordnung, die auf den Tennen voller Gestrüpp und Unkraut herrschte, ließ an einen Zustand der Verwahrlosung denken. Es waren keine Tiere zu sehen, weder tote noch lebendige.

Eymerich fühlte, wie seine innere Unruhe wuchs, bis sie fast schmerzhaft wurde. Rasch durchquerte er den Ort und näherte sich den Bäumen, während die Schatten dichter wurden.

Er hörte das Rauschen eines kleinen Wasserfalls. Er stieg vom Pferd, das erschöpft und durstig war wie er selbst, und band es mit den Zügeln an einem Baumstamm fest. Dann näherte er sich vorsichtig dem von Sträuchern überwucherten Graben, in dem offenbar der Bach floss.

Nach wenigen Schritten ließ er sich auf die Knie fallen und zog den Kopf ein. Etwas weiter vorn hatte er zwischen den Sträuchern etwas Metallisches aufblitzen sehen. Er wartete ein paar Augenblicke lang, das Herz in Aufruhr, dann hob er vorsichtig den Kopf. Kein Zweifel. Dicht bei dem Wasserlauf bewegte sich jemand, der einen Helm trug, völlig geräuschlos.

Langsam erhob er sich und ging etwas weiter vor, stets die Baumstämme als Deckung nutzend. Das Licht war nun schon schwach, doch immer noch ausreichend, um die Szene zu beleuchten, die er vor sich sah.

Der Mann war allein. Auf dem Kopf, über der Kapuze des Harnischs, trug er eine Stahlhaube, unter der sehr lange, zu Zöpfen geflochtene Haare hervorkamen. Am Leib hatte er ein leinernes Waffenhemd, das ihm bis zu den Knien reichte. Das Schwert trug er auf der Schulter, während er leicht schwankend mit den Füßen einen schmalen Steg erprobte, der dicht über dem Wasser dahinlief.

Der Fluss, zweifellos ein Seitenarm des Orbiel, war an dieser Stelle breit und reißend, vielleicht durch einen in den Felsen verborgenen Zufluss. Bei genauerem Hinsehen erkannte Eymerich auf der anderen Seite des Flusses eine große Gruppe Bewaffneter, die auf Schwerter und Schilde gestützt die Ankunft des Nachzüglers erwarteten. Auf den Kettenpanzern, von denen die meisten grün waren, trugen sie verschiedenartige und vielfarbige Abzeichen. Sie wirkten wie ein bunt zusammengewürfelter Haufen aus Abenteurern der unterschiedlichsten Herkunft.

Es war bestimmt nicht ratsam, den Fluss an dieser Stelle zu überqueren. Eymerich kehrte zu seinem Pferd zurück, band es los und ging zu Fuß in Richtung der verlassenen Ortschaft; er hoffte inständig, dass das Tier nicht wiehern möge.

Die Idee, die Nacht in einem dieser *ostals* zu verbringen, behagte ihm überhaupt nicht, umso weniger, als die Hitze überhaupt nicht nachgelassen hatte. Doch er hatte keine Alternative. Er trat zwischen die Häuser, die jetzt im Dunkeln gespenstisch wirkten. Es waren längliche Bauten mit nur wenigen Fenstern, um sie im Inneren kühl zu halten, und fast flachen Dächern.

An dem am weitesten vom Weg abgelegenen Haus waren Fenster und Türen hermetisch verriegelt. Eymerich hatte jedoch nicht die Absicht, durch den Haupteingang einzutreten. Er ging um das Gebäude herum, und wie er erwartet hatte, fand er den Stall, der leer war und weit offen stand.

Es war noch hell genug, um den Eingang des Raums zu untersuchen. Er war groß und sauber, der gestampfte Lehmboden mit Stroh bedeckt. Er führte das Pferd hinein, das schier zusammenzubrechen schien. Während er es festband, sah er, dass die Futterkrippen noch mit Hafer gefüllt waren. Von Wasser allerdings keine Spur.

Das Tier wieherte leise, was den Inquisitor zusammenschrecken ließ. Dann tauchte es das Maul in die Krippe. Eymerich freute sich darüber, umso mehr, als er gleich daneben einen Fackelstumpf sah, der noch mit Talg bestrichen war. Er hob ihn auf, band den Sattel los und holte sein Bündel heraus. Er kramte darin herum, bis er sein Feuerzeug gefunden hatte.

Der Feuerstein reagierte nicht gleich bei den ersten Schlägen, sodass der Inquisitor den Versuch schon aufgeben wollte. Endlich jedoch begannen die Funken zu sprühen, und der Talg an der Fackel fing Feuer. Das Licht, das sie verbreitete, erhellte einen großen Raum, der leichterdings Platz für zehn Ochsen bot. Da stand auch ein Terrakotta-Gefäß mit etwas Milch darin. Eymerich hob es hoch und roch daran, dann nippte er vorsichtig. Sie war nicht sauer. Er setzte das Gefäß an den Mund und trank den Inhalt aus.

Spürbar gestärkt setzte er seine Inspektion der Räumlichkeiten fort. Er fand noch ein Gefäß, dieses mit Wasser, doch zum Trinken war es zu schmutzig. Er brachte es dem Pferd, das nach einem Moment des Zögerns seine Nase hineinsteckte. Ein mäßig befriedigtes Wiehern begleitete die Leerung des Gefäßes.

Die Fackel war fast vollständig heruntergebrannt. Eymerich trug alles Stroh zusammen, das er finden konnte, und bereitete sich daraus ein rudimentäres Lager. Er wollte sich gerade darauf ausstrecken, als er hinten im Stall einige verschobene Bretter sah, vielleicht der geheime Schlupfweg eines Liebespaares. Als er sie berührte, krachten die Bretter mit solchem Lärm zu Boden, dass er zusammenfuhr.

Vor ihm lag ein dunkler Spalt, breit genug, um einen nicht allzu beleibten Mann durchzulassen. Er hatte nicht die geringste Absicht, in das Haus zu gehen, doch die Vorsicht gebot, einen Blick in das angrenzende Zimmer zu werfen, da es überhaupt keine Mühe sein würde, die Bretter wieder an ihre Stelle zu rücken.

Also streckte er den Arm mit der Fackel aus, dann steckte er den Kopf durch die Öffnung.

Ein Schrei entfuhr ihm. Sechs extrem blasse Gesichter blickten ausdruckslos und mit erloschenen Augen in seine Richtung.

KAPITEL III

Der Mann mit der Sichel

Ungläubig und fassungslos lief Perkins durch das Krankenhaus *Hotel de Dieu*, in dem enormer Lärm herrschte. Die Kranken wurden auf Metallroste ohne Matratzen gebettet, an die Gangwände geschoben, auf Truhen und Sofas gelegt, je nachdem, wie schwer ihre Symptome waren. Überall waren Blutstropfen zu sehen, die einen säuerlichen Geruch verströmten, unter den sich der strenge Geruch von Alkohol mischte. Wenn durch den Tod eines Patienten ein Bett frei wurde, legte man sofort einen anderen todgeweihten Körper hinein.

Einige Krankenschwestern stöhnten, andere waren am Rand des Nervenzusammenbruchs. Mit leerem Gesichtsausdruck gingen die Ärzte zwischen den Patienten herum und verabreichten Medikamente, an deren Wirksamkeit sie selbst die größten Zweifel hatten. Geistliche, Soldaten der Nationalgarde, sogar Pfadfinder strömten unentwegt herbei, mit immer neuen Kranken im Arm.

Was in diesem Höllenkreis wohl den größten Eindruck machte, war das Fehlen von in Tränen aufgelösten oder um die Kranken bemühten Familienangehörigen. Es war, als hätte die Krankheit ganze Familien ausgelöscht, vorwiegend Farbige, ohne Rücksicht auf das Alter. Perkins war erschüttert von diesem Mangel an Tränen und Klagen; stattdessen hörte man nur abgerissene Sätze, delirierende Monologe oder das Geklapper von medizinischem Besteck.

Perkins trat zu einem der Ärzte, der sich erschöpft

an eine Wand gelehnt hatte. »Was für eine Krankheit ist denn das?«

Der Mann, schon älter, sah ihn aus müden Augen an. Nach ein paar Sekunden antwortete er:

»Etwas, das wir für ausgerottet hielten, oder doch fast. Offenbar haben wir uns getäuscht.« Er schien dankbar zu sein, dass er einen Moment von dem Schauspiel ringsum abgelenkt wurde.

»Ausgerottet?«, fragte Perkins.

Der Arzt fuhr sich mit den Fingern durch die Haare. Schweißtropfen standen ihm auf der Stirn.

»Ich will hier nicht ins Detail gehen, doch es ist eine wohlbekannte Krankheit. Nur waren wir überzeugt, sie unter Kontrolle zu haben. Sie ist genetisch bedingt. Gewöhnlich tritt sie schon in der Kindheit auf. Wir geben den Namen nicht bekannt, um keine Panik auszulösen.«

»Ist sie in dieser Gegend sehr verbreitet?«

»In Afrika ist sie weiter verbreitet, hier nicht.«

Der Arzt schüttelte den Kopf und löste sich von der Wand. Er schwankte leicht.

Perkins begriff, dass er an diesem Ort des Todes nichts mehr zu suchen hatte.

»Tausendfünfhundert. Begreifst du das?« Wütend zerknüllte Dan Duke ein vor ihm liegendes Blatt zu einer Kugel. »Tausendfünfhundert. In ganz Louisiana sogar einer von zehn Negern. Einer von zehn Negern ist an einer unbekannten Krankheit gestorben.«

Perkins starrte an die Wand, die mit Flugblättern und Fotos bedeckt war. »Der Arzt, mit dem ich gesprochen habe, sagte mir, dass die Krankheit nicht unbekannt ist.«

»Ja, der wissenschaftliche Name ist uns bekannt«, murmelte Duke. »Aber wie erklärst du dir, dass eine in Amerika fast unbekannte Krankheit plötzlich auftaucht, und zwar mit solcher Virulenz?«

»Jemand hat sie in Umlauf gebracht«, versetzte Perkins. Dann fügte er hinzu: »Und wir wissen auch, wer.«

»Das ist ja gerade der Punkt. Das ist keine von diesen Krankheiten, die sich durch Ansteckung verbreiten. Es ist ein genetischer Faktor, der weitergegeben wird.« Duke richtete sich auf. »Die Moral von der Geschichte: Du und ich wissen, dass es Pinks war. Doch wir werden es nie beweisen können.« In seinen Worten lag Wut, aber noch mehr Trauer.

Beide schwiegen. Durch die halbmondförmigen Fenster sah man die Skyline von Atlanta im gleißenden Sonnenlicht. All das Licht konnte jedoch nicht den Geruch des Todes verscheuchen, den Perkins seit zwei Tagen mit sich herumschleppte. Ja, ihm war, als nährte er sich von der Wärme, wie Fliegen und Parasiten. Er hätte viel dafür gegeben, etwas eiskalte, kristallklare Luft atmen zu dürfen.

»Wenigstens ist die Epidemie zum Stillstand gekommen«, sagte er schließlich, hauptsächlich, um ein Schweigen zu brechen, das beide bedrückte.

Duke schüttelte den Kopf. »Ich hab es dir doch gesagt. Das war keine Epidemie. Ein gewisser Prozentsatz von Negern hatte eine bestimmte Sorte von Blut, und zack, binnen sechsunddreißig Stunden waren sie tot, die Adern bis zum Platzen geschwollen. Während sie bis gestern noch problemlos hätten alt werden können. Und weißt du was das Schlimmste ist?«

»Was?«

»Zwischen zwanzig und dreißig Prozent der Neger in Amerika haben diese Sorte Blut. Wenn es wirklich Pinks war...«

»Es war Pinks.«

»Ich weiß. War nur so gesagt.«

Duke drückte sich mit Daumen und Zeigefinger auf die Augen.

»Wenn wir Pinks nicht aufhalten, kann der das Experiment in einem anderen Staat wiederholen. In diesem Land gibt es etwa zwei Millionen gefährdete Neger.« Er stieß einen Fluch aus.

»Habt ihr sein Foto zur Fahndung rausgegeben?«

»Nein. Wir dürfen keine Panik verbreiten. Das Massaker von Louisiana muss wie ein Unfall aussehen, eine Spätfolge der Malariasümpfe. Sonst lösen wir Revolten aus oder Schlimmeres. Nein, besser dichthalten. Und Pinks suchen.«

Perkins schüttelte den Kopf und stieß einen tiefen Seufzer aus.

»Nun gut, ich schlüpfe wieder in meine tägliche Maske.«

»Wirst du uns helfen, Stet?«

»Soweit ich kann. Zuerst muss ich den hiesigen Klan festnageln.«

»Den *normalen*.« Duke grinste ohne Heiterkeit. »Im Vergleich zu Pinks sind die Männer von Green und Roper ja wirklich rechtschaffene Leute.«

Perkins wollte noch etwas sagen, doch dann verzichtete er darauf und verließ das Büro. Er ging leicht gebeugt, als ob er mit einem Schlag gealtert wäre.

Jacques de Mesnil fühlte sich verlegen und ärgerlich zugleich. Er sprach ins Mikrophon: »Keine Gespräche durchstellen, mindestens eine Viertelstunde lang, verstanden?«

Auf der anderen Seite des Schreibtischs reihte Lycurgus Pinks Bleistifte, Nadeln und Klammern in regelmäßigem Abstand voneinander auf. Die Unordnung, die auf dem Tisch herrschte, war ihm offenbar unerträglich.

De Mesnil betrachtete ihn einen Augenblick, dann seufzte er.

»Also, lassen Sie hören: Warum sollte die Schlumberger Ihnen helfen?«

»Nicht die Schlumberger«, erwiderte Pinks mit leiser und heiserer Stimme. »Die *Central Intelligence*…«

»Das ist das Gleiche«, unterbrach ihn de Mesnil ungeduldig. »Antworten Sie mir.«

Pinks fixierte mit seinem Blick die schwarzen Augen seines Gesprächspartners. »Weil ihr das früher auch schon getan habt.«

»Das hatte ich erwartet.« De Mesnil stand mit einem Ruck auf und ging zum Fenster, das sich zum Nordflügel des Gebäudes öffnete. Er verschränkte die Hände auf dem vorstehenden Bauch. Dann drehte er sich mit einem Ruck um.

»Damals hielten wir Sie für einen normalen Menschen, Pinks. Wir hätten nicht gedacht…«

»Nennen Sie mich Doktor«, sagte Pinks ruhig.

De Mesnil war sprachlos. Seine Kinnlade klappte nach unten, und er musste mehrmals nach Luft schnappen, bevor er etwas erwidern konnte. Als er es tat, war seine Stimme geladen vor aufgestauter Wut.

»Einverstanden, *Doktor* Pinks. Als wir den Skandal für Sie abgewendet und Sie vor dem Gefängnis bewahrt haben, waren Sie noch nicht Kaiser des Klans und sonst etwas in der Art.«

»Ich machte die gleichen Sachen. An Niggern. Für euch.«

»Nein! Nicht die gleichen Sachen! Das waren Versuche, die mit nationalen Verteidigungsinteressen zu tun hatten, nicht… nicht…« De Mesnil rang vergeblich nach Worten.

»Die gleichen Sachen. An Niggern. Für euch.« Pinks senkte die Stimme noch mehr, sodass sie fast nur noch ein heiseres Zischen war. »Meine Ideen von damals waren die gleichen wie heute. Und ihr kanntet sie ganz genau. Aber Sie sind ja ganz blau im Gesicht. Setzen Sie sich, ich bitte Sie.«

Mechanisch gehorchte de Mesnil. Dann merkte er,

was er getan hatte, und Wut überkam ihn. Doch es gelang ihm, sie zu beherrschen, indem er den Magen einzog. »Haben Sie eine Ahnung, was wir Ihnen antun könnten, wenn wir nur wollten?« Seine Finger stocherten krampfhaft in einem Päckchen Lucky Strike herum. Er zündete sich ein Zigarette an und zog hastig daran.

Pinks strich sich über den blonden Schnurrbart. »Ich hätte jedenfalls genug Zeit, alles zu erzählen. Ich sehe schon die Schlagzeilen in den Zeitungen: ›Experiment der CIA Ursache für das Massensterben von Schwarzen in Louisiana.‹ Ich glaube nicht, dass das gut für euch wäre.«

De Mesnil war nun ruhiger und betrachtete den Rauch, der aus seinem Mund quoll.

»Also reden Sie. Was wollen Sie konkret?«

»Vor allem, dass Sie aufhören zu rauchen.« Pinks streckte den Arm aus, nahm dem anderen die Zigarette aus der Hand und drückte sie im Aschenbecher aus. »Ich hasse verpestete Luft.«

Wieder saß de Mesnil mit offenen Mund da. Doch diesmal fing er sich fast sofort wieder. »Schluss mit den Albernheiten. Ich habe Sie gefragt, was Sie wollen.«

»Eine neue Identität, für den erforderlichen Zeitraum. Und Gelder für meine Forschungen. Als Gegenleistung gebe ich euch meine Versicherung, dass ich nicht mehr versuchen werde, meine Entdeckungen ohne eure Genehmigung zur Anwendung zu bringen.«

De Mesnil schwieg. Er lockerte den Knoten seiner Krawatte und öffnete den obersten Hemdknopf. »Niemand würde solche Gelder bewilligen«, sagte er dann in unnachgiebigem Ton.

»Ich verlange ja nicht, von der CIA bezahlt zu werden. Ein Gehalt von der Schlumberger würde mir genügen. Ihr könnt mich als Führungskraft einstellen. Oder als Laborchef.«

De Mesnil schüttelte den Kopf. »Sie wissen ganz genau, dass das unmöglich ist. Houma liegt am Rand des Gebiets, das Sie… entvölkert haben, weitgehend unter Benutzung unserer Einrichtungen. Ihre Festnahme wäre nur eine Frage der Zeit.«

»Aber ich will ja gar nicht hier bleiben. Habt ihr keine Niederlassungen in anderen Staaten? Oder im Ausland?«

De Mesnils feiste Züge entspannten sich etwas. Die Idee, diesen Verrückten aus den USA zu entfernen, war ihm hochwillkommen. Dann würde man weitersehen.

»Lassen Sie mich nachdenken. Ja, wir haben andere Niederlassungen. Wir könnten tatsächlich… Schwebt Ihnen ein bestimmtes Land vor?«

»Nein. Aber der Ort, an den ihr mich schickt, muss eine ganz bestimmte Voraussetzung bieten.«

»Nämlich?«

Pinks lächelte sanft. »Es müssen Farbige da sein. Und zwar viele.«

De Mesnil runzelte die Stirn. Er betrachtete den Mann, den er vor sich hatte und der ihn unverwandt anstarrte. Er versuchte bei sich abzuschätzen, in welchem Grad der Mann verrückt war, doch es gelang ihm nicht. Dann zuckte er mit den Achseln. »Wir haben Verbindungen in Algerien. Würde Ihnen das passen?«

»Algerien?« Pinks' Lächeln ging in die Breite. »Warum nicht? Algerien ist ganz ausgezeichnet.« Er stand auf. »Auf Algerien also.«

De Mesnil übersah die Hand, die ihm entgegengestreckt wurde.

KAPITEL IV

Die scharlachrote Stadt

Der erste Schrecken, obgleich sehr heftig, verflog in wenigen Augenblicken. Die sechs von der Fackel beleuchteten Gesichter gehörten zu ebenso vielen Leichen, die nebeneinander auf einem breiten Strohlager saßen und mit den Schultern gegen die Wand gelehnt waren. Die Augen waren aufgerissen, doch Eymerich hatte wesentlich Schlimmeres gesehen, als dass dieses Detail ihn hätte beeindrucken können. Er hatte jedoch überhaupt keine Lust, in dieses Zimmer einzutreten, und beschränkte sich darauf, die Szene im letzten Aufflackern der Lichts zu betrachten.

Der eher große Raum war einer von diesen *sotula* genannten ebenerdigen Kellern, wie sie für viele Häuser im Gebirge typisch waren, dazu bestimmt, sowohl die Fässer als auch die eine oder andere Bettstatt aufzunehmen. Neben einem großen Bottich öffnete sich eine Tür, die vermutlich in die Küche führte.

Von den Leichen waren drei Männer, zwei davon ziemlich jung, und drei Frauen unbestimmbaren Alters in Arbeitskleidung. Alle hatten eine durchgeschnittene Kehle, doch an den Kleidern und auf dem Strohlager waren nur wenige Tropfen Blut zu sehen. Offenbar waren sie anderswo abgeschlachtet und anschließend ins *sotulum* gebracht worden, wo jemand sich die Mühe gemacht haben musste, sie aufrecht nebeneinander zu setzen.

Ein Aufflackern der Fackel brachte Eymerich dazu, den Kopf aus der Maueröffnung zurückzuziehen. So ruhig sein Herz nun auch wieder schlug, die Idee, im

Stall zu schlafen, war ihm unerträglich. Er trat zu seinem Pferd, das leicht den Kopf bewegte, und holte sein Bündel herunter. Dann löschte er den Fackelstummel und verließ den Stall.

Der Mond war noch nicht aufgegangen. Aus der tiefen Dunkelheit kam kein Laut außer dem Zirpen der Grillen und dem fernen Rauschen des Flusses. Die Hitze hatte überhaupt nicht nachgelassen, als ob die Erde, nachdem sie sie den ganzen Tag über in sich aufgenommen hatte, sie nun verstärkt zurückstrahlen würde. Süßliche, schwere Duftschwaden hingen in der Luft.

Sich blind vorantastend, suchte Eymerich ein Stück grasbewachsenen Boden und untersuchte ihn erst mit den Füßen und dann mit den Händen. In der Dunkelheit verstärkte sich sein natürliches Misstrauen noch mehr, sodass er eine ganze Weile brauchte, bis er sich entschließen konnte einzuschlafen. Erst nachdem er lange reglos und mit gespitzten Ohren verharrt hatte, öffnete er sein Bündel, holte die Kutte heraus und breitete sie am Boden aus. Dann legte er sich darauf, und nachdem er sich das Bündel unter den Kopf geschoben hatte, zog er die Zipfel des Gewands an sich und schloss sie über der Brust und an den Beinen. Besser die Wärme als die Berührung mit irgendeinem feuchten Wurm oder einem Insekt.

Es tröstete ihn der Gedanke, dass es in dem Stall vermutlich von Flöhen und Läusen wimmelte. Die Zelle, die er in Saragossa bewohnte, war einer der wenigen Räume in Aragón und vielleicht in ganz Europa, der völlig frei von Ungeziefer war. Schon allein die Vorstellung, unreine Tiere könnten auf seinem Körper umherkrabbeln, erfüllte Eymerich mit blankem Schrecken. Aber die Intensität dieses Abscheus war auch eine Last für ihn, weil ihn diese Vorstellung häufig in seinen Träumen verfolgte und ihm dann die Qualen bereitete, die er im Wachen zu vermeiden gewusst hatte.

In dieser Nacht schlief er jedoch ziemlich ruhig, trotz der Beklemmung, die die Schwüle ihm verursachte. Er erwachte im ersten Morgengrauen, als es etwas frischer wurde. Jetzt konnte er sehen, dass er die Nacht zwischen zwei schlanken Zypressen am Rand eines Weizenfelds zugebracht hatte. Etwas weiter entfernt ersteckte sich ein kleines Feld mit Flachs, der in dieser Höhe eher selten anzutreffen war.

Bei Tag betrachtet, sah das *ostal* völlig ruhig aus, wie alle anderen auch, aus denen sich der kleine Ortschaft zusammensetzte. Mit einem Schaudern fragte sich Eymerich, ob in ihnen auch Leichen waren, er hatte jedoch nicht die geringste Absicht, das zu überprüfen. Er kniete nieder und sprach ein Gebet; dann ging er in den Stall, wo er dem Pferd, das ziemlich gut bei Kräften schien, Sattel und Zaumzeug wieder anlegte.

Wenig später näherte er sich, das Tier am Zügel führend, vorsichtig der Baumreihe, die den Fluss verbarg. Die Soldaten waren verschwunden, doch der Steg, der auf die andere Seite führte, war zu schmal, um einen Reiter und sein Pferd zu tragen. Er ließ das Pferd trinken; er selbst wusch sich, zwischen zwei Felsen kniend, in der reißenden Strömung das Gesicht. Dann begann er am Ufer entlangzugehen auf der Suche nach einer Stelle, an der man den Fluss durchwaten konnte.

Er fand eine etwas weiter östlich, wo zwei unterirdische Bäche nicht rasch genug an die Oberfläche kamen, um die Wasser des Orbiel zu speisen, der an dieser Stelle fast ausgetrocknet war. Auf der anderen Seite angekommen, fand er den Steg ohne weiteres wieder, und damit die Fortsetzung seines Wegs. Ein paar Häufchen Asche, niedergetrampeltes Gras und ein paar abgenagte Knochen ließen erkennen, dass die Soldaten an dieser Stelle kurz Rast gemacht hatten.

Wieder zu Pferd, setzte er seinen Weg fort, während

die Sonne unverändert heftig herabbrannte. Das zerklüftete und beeindruckende Massiv des Schwarzen Bergs bot ein faszinierendes und wildes Schauspiel, doch Eymerich war zu sehr mit seinen Gedanken beschäftigt, um darauf zu achten. Er fragte sich, ob die Leichen in dem *ostal* Opfer von marodierenden Soldaten waren oder vielmehr Unglückliche, die den blutrünstigen *masc* in die Hände gefallen waren. Er neigte dazu, die erste Vermutung auszuschließen. Mit Ausnahme der berüchtigten Söldner aus dem Armagnac war es schwer vorstellbar, dass Soldaten, so verkommen sie auch sein mochten, Frauen töteten. Auch wenn fünfzig Jahre Krieg den Ehrenkodex des Rittertums mittlerweile gründlich erschüttert hatten, dieses Verbot wurde aufrechterhalten und auch von sämtlichen Heeren weitgehend respektiert, von den regulären wie den irregulären.

Und außerdem, wieso sollten Soldaten sich die Mühe machen, ihre Opfer auf einem Strohlager aufzureihen? Nein, hinter diesem Mord steckte irgendein finsteres Ritual. Die aufgerissenen Augen waren ein weiteres Indiz dafür: Die sechs Bauern schienen auf der Stelle tot gewesen zu sein, noch während entsetzliches Grauen sie überkam.

Einen Augenblick lang überlief Eymerich eine Gänsehaut, die aber von seiner strengen Selbstdisziplin sofort wieder verdrängt wurde. Er hatte Hexen und Hexenmeister jeder Art auf den Scheiterhaufen geschickt und Sekten von Ketzern zerschlagen, die als unausrottbar galten. So bedrohlich der Feind auch sein mochte, er hatte die ganze Macht einer jahrhundertalten Institution auf seiner Seite und war ausgestattet mit schrecklichen und allseits gefürchteten Mitteln. Bis zum Beweis des Gegenteils war er der Stärkere.

In einem bewaldeten Tal tat sich hinter einer Biegung plötzlich der Ausblick auf eine mächtige Burg auf, die wie ein Adlerhorst an den Schwarzen Berg gekrallt schien. Eymerich begriff, dass es sich dabei um Hautpoul handeln musste, eine befestigte Anlage und Stammsitz der Montforts, von wo aus man nach Castres gelangte. Ein Kirchturm und der Umfang der Befestigungsmauern, die so erweitert waren, dass sie das gesamte Glacis umfassten, ließen erkennen, dass die Festung eine größere Ansiedlung einschließen musste, die es möglich machte, jeder Belagerung zu trotzen.

Er war ein kurzes Stück am Fuß des Schlossbergs dahingeritten, als aus dem Gebüsch ein paar Bewaffnete hervorbrachen und auf ihn zukamen. Auf den kurzen dreieckigen Schilden und den Kettenhemden trugen sie ein einfaches rotes Kreuz auf weißem Grund, als ob sie vom Kreuzzug kämen. Eymerich begriff, dass das Montforts Männer waren, die noch die Abzeichen des einstigen Feldzugs gegen die Albigenser trugen.

»Wer bist du und wohin willst du?«, fragte der Anführer der Truppe, ein älterer Soldat, der mit einem einfachen Stock bewaffnet war.

Eymerich fragte sich, ob er sie belügen sollte. Instinktiv verwarf er die Idee jedoch sofort.

»Ich bin Pater Nikolas Eymerich vom Orden der Dominikaner«, antwortete er und richtete sich im Sattel auf. »Ich bin der neue Inquisitor von Castres.«

Der Soldat sah ihn verwundert an. »Könnt Ihr das beweisen?«

»Gewiss.« Eymerich kramte in der Satteltasche und holte einen Brief heraus, der von Pater de Sancy unterzeichnet war. Er reichte ihn dem Bewaffneten. »Lest. Das ist von der Inquisition in Carcassonne.«

Der Soldat wechselte einen Blick mit seinen Kameraden, dann nahm er das Papier. Erstaunlicherweise konnte er lesen.

»Es stimmt, was Ihr sagt, Pater«, murmelte er nach

einer Weile, indem er das Schreiben zurückgab. »Doch warum seid Ihr so einfach gekleidet?«

»Ich möchte unerkannt nach Castres kommen.«

Der Soldat nickte. »Ich verstehe. Sicher würde der Graf von Montfort sich freuen, Euch zu sehen. Im Augenblick ist er in seinem Schloss.«

»Ich werde ihm später meine Aufwartung machen, wenn ich mich gewaschen und umgekleidet habe. Einstweilen überbringt ihm meine ehrerbietigen Grüße.«

»Ganz wie Ihr befehlt«, antwortete der Soldat und verneigte sich leicht. Seine Stimme ließ tiefen Respekt erkennen. »Wir haben schon dringend auf einen Inquisitor gewartet, der ernsthaft Schluss macht mit diesen *masc* und uns von ihnen befreit.«

Eymerich zuckte leicht zusammen. Mit einem harten Ruck hielt er das Pferd an den Zügeln zurück.

»Die *masc*?«, fragte er streng. »Was wisst Ihr darüber?«

Der Soldat schien verlegen. Er zögerte einen Augenblick, dann sagte er: »Ich weiß das, was alle wissen. Das sind keine Menschen, das sind Dämonen.« Er deutete ein Kreuzzeichen an. »Sie kommen herab auf die Dörfer und saugen das Blut der Einwohner aus, ohne auch nur einen Tropfen davon übrig zu lassen.«

»Nicht weit von hier bin ich durch ein kleines Dorf gekommen. In einem Haus waren sechs Leichen.«

Der Soldat nickte. »Ich weiß, was Ihr meint. Wir haben sie vor sechs Tagen gefunden. In allen Häusern waren Leichen. Pater Corona hat befohlen, Fenster und Türen zu versiegeln und nichts anzurühren. Er spricht von einer Krankheit, aber Krankheiten schneiden den Leuten doch nicht die Kehle durch.« Der Soldat warf sich plötzlich auf die Knie. »Wir haben Angst, Pater! Segnet uns!« Seine Kameraden taten es ihm gleich und neigten ihre Häupter auf die kreuzförmigen Griffe ihrer Schwerter.

Eymerich war irritiert von so viel Ängstlichkeit, doch er erteilte rasch seinen Segen.

»Ich muss meine Reise fortsetzen«, sagte er trocken. »Was eure *masc* angeht, habt keine Angst vor ihnen. In diesen Wäldern ist genug Holz, um sie alle miteinander zu verbrennen.«

Er gab seinem Pferd die Sporen und ritt im Galopp davon. Hinter sich hörte er einen Soldaten sagen: »Wir wissen, wer sie sind…« Er wurde jedoch sofort von seinen Kameraden zum Schweigen gebracht. Unwillkürlich hob Eymerich den Blick zu der finsteren Festung Hautpoul. Dann zuckte er mit den Achseln und konzentrierte sich auf seinen Weg.

Jetzt hatte er es eilig, nach Castres zu kommen, nicht zuletzt, um Zuflucht vor der Hitze zu finden, die jetzt nicht mehr durch Pflanzenwuchs gemildert wurde. Ein lästiges Unbehagen beschlich ihn, weil er schon wieder die Empfindung hatte, etwas Krankhaftes liege in der Luft. Auf seinem Weg war er auf sechs Opfer der Sekte gestoßen, die zu bekämpfen er gekommen war. Wenn die *masc* mit solcher Wut töteten, dann musste ihnen der Wahnsinn wirklich im Blut liegen.

Castres lag am Ausgang eines Tals, das von mehreren, nicht völlig ausgetrockneten Flussläufen durchzogen war, inmitten von Feldern violetter Blumen, die er für Safran hielt. Die Stadt erhob sich über einem Fluss, dessen Name ihm unbekannt war und der in der gleißenden Sonne schimmerte. Es schien keine Stadtmauern zu geben, abgesehen von einem kurzen Abschnitt, und das war wirklich ungewöhnlich. Offenbar hatte sich die Ansiedlung seit der spontanen Übergabe an die Kreuzritter des Simon de Montfort immer in Sicherheit gefühlt.

Als er näher kam, sah Eymerich, dass am Fluss entlang rötliche Häuser standen, um die herum ein reges Treiben herrschte. Gruppen von Männern, die aus dieser Entfernung winzig wirkten, rührten mit Holzknüppeln in dampfenden Kesseln oder verfolgten die Bewegungen von kleinen Mühlen, die im Wasser standen und von der Strömung angetrieben wurden.

Erst als er näher am Ort war, konnte er verstehen, was all dies zu bedeuten hatte. In den Kesseln war Stoff, der von Zeit zu Zeit mithilfe von Stangen gehoben und bewegt wurde, während die Flügel der Mühlen in gleichmäßigem Rhythmus auf formlose Stränge einschlugen, die ein Heer von jungen Burschen immer wieder auswechselte und fortbrachte. Ihm wurde klar, dass Tuchweberei und -färberei der Haupterwerbszweig der Einwohner von Castres sein musste.

Zugang zur Stadt bot eine Steinbrücke, die so breit war, dass zwei Fuhrwerke nebeneinander darauf Platz hatten. Als er einige Soldaten mit dem roten Kreuz im Wappen sah, die den Eingang bewachten, fragte sich Eymerich, ob er nicht besser sein Pferd unter einem Baum anhalten und die Dominikanerkutte anlegen sollte. Doch das Inkognito übte einen starken Reiz auf ihn aus, seit jeher. Er beschloss, in Zivilkleidung weiterzureiten, jederzeit bereit, auf Verlangen seine Beglaubigungsschreiben vorzuweisen.

Doch die Soldaten beachteten ihn nicht, vielleicht, weil er nichts mit sich führte. So ritt er über die lange Brücke, die über reichlich Wasser hinweg führte, und kam in die eigentliche Stadt hinein, während verschiedene Glocken die Laudes ankündigten.

Nach der Stille des Schwarzen Bergs war der Lärm, der in den Straßen von Castres herrschte, ohrenbetäubend für ihn. Der Boden war von Stroh und Viehmist aller Art bedeckt; darüber hin fuhren von Mulis oder Eseln gezogene Wagen, beladen mit Viehfutter, Stoffkugeln, roher Wolle oder Tuchballen. Daneben gab es scharenweise Fußgänger, die alle offenbar schrecklich beschäftigt und so zahlreich waren, dass Eymerich gezwungen war, vom Pferd zu steigen. Einige von ihnen trieben große Hammel vor sich her, die bei jeder Kreuzung die Durchfahrt der Wagen behinderten, was zu Zänkereien zwischen Wagenlenkern und Schäfern Anlass gab. Die Handwerker, die vor ihren Buden saßen, schienen an dem Schauspiel ihren Spaß zu haben, und oft ergriffen sie für den einen oder anderen der Streitenden Partei und unterstützten ihn mit lauten Schreien oder Kommentaren.

Eymerich bemerkte, dass an den Fassaden der Häuser, vorwiegend einfachen, zweistöckigen Gebäuden, immer wieder Flecken einer leuchtend roten Farbe zu sehen waren, die auch häufig in Rinnsalen über die Straßen lief. Sogar die strenge Einfassungsmauer eines Benediktinerklosters, das er an einer Kreuzung links von sich sah, schien mit dieser grellen Farbe bemalt zu sein, die so wenig zur Würde eines solchen Gebäudes passte.

Den Ursprung der Farbe entdeckte er auf einem kleinen Platz vor einem befestigten Anwesen mit düsterem Aussehen. Vor einer Reihe von kleinen Buden standen große Bottiche aufgereiht. Scharen von lärmenden Burschen, die Arme bis zu den Ellbogen rot eingefärbt, tauchten Kugeln von rohem Stoff oder geschorener und gekämmter Wolle hinein, die sie dann über Schnüre, die zwischen den Bottichen und den Buden gespannt waren, hängten und darauf ausbreiteten. Andere Burschen, darunter einige Sarazenen, zerstampften in großen Mörsern die Wurzeln eine Pflanze, die Eymerich nur dem Namen nach kannte: Krapp. Der rötlich violette Saft der zerstoßenen Pflanzen wurde zu der Lösung in den Bottichen hinzugefügt, wodurch die scharlachrote Farbe zustande kam, die dann die Stoffe einfärbte.

Diesen Platz zu überqueren, war wirklich schwierig. Eymerich wollte sich schon auf die Suche nach einem

anderen Weg machen, als er vier Mönche sah, Dominikaner wie er selbst, die aus dem Palast kamen und sich
ihren Weg zwischen den Färbern bahnten.

Der älteste von ihnen fiel ihm auf. Er war ein korpu-
lenter Mann ungefähr seines Alters mit einem markan-
ten Gesicht, das ein dunkler Bart zierte. Er hatte intelli-
gente Augen; ihre Blicke begegneten sich, und der andere musterte ihn einen Augenblick lang, als ob ihm
die Besonderheit des Fremden auffallen würde. Doch
das dauerte nicht lang. Eymerich fragte sich, ob es an-
gebracht wäre, sich den Mitbrüdern vorzustellen, als er
sah, wie einer der Burschen einen mit Farbe getränkten
Wollstrang packte und auf die Dominikaner warf. Das
Geschoss traf den Mönch mit dem Bart und hinterließ
einen großen roten Fleck auf seiner weißen Kutte.

Schallendes Gelächter breitete sich auf dem ganzen
Platz aus. Als hätten sie nur auf dieses Zeichen gewartet, griffen viele der Lehrlinge zu Lappen, Stofffetzen,
Wollknäueln, die in die rote Flüssigkeit eingetunkt waren, und warfen sie auf die Mönche. Die Dominikaner
versuchten, dem Geschosshagel zu entkommen, doch
sie liefen nicht schnell genug. Von Kopf bis Fuß rot befleckt, mussten sie vom Platz abziehen.

»Tod den Dienern der Montfort!«, rief einer. Doch
die Heiterkeit schien den Zorn zu überwiegen, und das
Gelächter flackerte immer wieder auf.

Eymerich beobachtete das Schauspiel voll wütender Empörung. Er war versucht, seinen Mitbrüdern zu
Hilfe zu eilen, doch die Vorstellung, seine Identität
preiszugeben und womöglich die gleiche schmähliche
Behandlung zu erfahren, reichte, um ihn davon abzu-
halten. Schweigend blieb er an seinem Platz, bebend
vor Wut und Ohnmacht. Erst als ein Bursche in seiner
Nähe ihm halblaut zuraunte: »Ein Hoch auf die *bonhommes*!« hätte der Inquisitor fast die Beherrschung
verloren. Unter äußerster Anstrengung gelang es ihm,

seinen Hass in einen mörderischen Blick zu legen, der den Jungen erschreckte und verwunderte. Dieser Blick enthielt ein eisiges Versprechen.

Nach seinem stillen und scheinbar harmlosen Ausbruch fühlte Eymerich sich ruhiger. Er verließ den Platz mit großen Schritten, sein Pferd hinter sich herziehend. Auf der gegenüberliegenden Seite des Platzes sah er die Gruppe von Dominikanern, ein trauriger roter Fleck zwischen Häuserreihen in der gleichen Farbe. Sie waren schon weit weg und schienen in aller Eile auf den großen Palast mit dem strengen Äußeren zuzusteuern, der unter den zusammengewürfelten Häusern hervorstach.

Eymerich vermutete, das sei der Bischofssitz, von dem er wusste, dass er in der Stadt lag. Doch er hatte keine Eile, seine Mitbrüder einzuholen. Nicht, bevor er nicht besser verstanden hatte, was hier geschehen war.

Genau gegenüber von dem strengen Bauwerk zeigte der traditionelle Zweig über der Tür an, dass dies eine Herberge war. Um diese Zeit waren keine Gäste da; dennoch räumte die Wirtin, eine füllige Frau mit groben Gesichtszügen und burschikosen Manieren, ihre fünf Tische samt Bänken auf, die ihr ganzes Mobiliar darstellten.

Bei Eymerichs Eintritt richtete die Frau sich auf und musterte ihn rasch. »Die Küche ist zu, Herr«, sagte sie unwirsch und stemmte die Arme in die Hüften. »Wollt Ihr ein Zimmer?«

»Oh, das hat Zeit, macht Euch keine Mühe«, antwortete der Inquisitor übertrieben höflich. »Doch draußen habe ich mein Pferd, könnt Ihr das vielleicht versorgen?«

Die Frau schien darüber nachzudenken, dann rief sie: »Raymond!«

Ein bleicher Junge von etwa zwölf Jahren tauchte aus der Küche auf. Die Wirtin wies auf die Eingangstür. »Kümmre dich um das Pferd des Herrn.« Sie wandte sich wieder an Eymerich. »Gedenkt Ihr, länger zu bleiben? Dann ist eine Anzahlung nötig.«

Der Inquisitor fasste in sein Hemd und zog eine Geldbörse hervor, aus der er ein paar Münzen herausholte. Er ließ sie auf den Tisch fallen, zwischen eine leere Karaffe und einen vom Abwasch noch feuchten Teller. »Das ist für die Miete und für das Pferd. Ich möchte Euch nur bitten, ins Zimmer hinaufgehen zu dürfen, wenn Ihr eines frei habt.«

Die mürrischen Gesichtszüge der Frau hellten sich schlagartig auf. »Sicher ist eines frei. Ihr braucht nur diese Treppe hinaufzugehen, dort hinten. Das Zimmer ist aufgeräumt, Ihr braucht Euch nur nach Eurem Belieben darin einzurichten. Soll ich Euch begleiten?«

»Das ist nicht nötig. Ich sage es Euch jedoch gleich: Es kann sein, dass ich von Zeit zu Zeit fort muss, auch für länger. Aber Euer Geld habt Ihr ja schon.«

Die Frau wog das Häufchen Geld auf der Handfläche. »Tut ganz nach Eurem Belieben, Herr. Seid Ihr Kaufmann?«

Eymerich setzte ein kleines Lächeln auf. »Ihr werdet später erfahren, wer ich bin. Doch erlaubt mir eine Frage. Das Gebäude gegenüber, ist das der Bischofspalast?«

»Ja, da wohnt unser guter Bischof Thomas de Lautrec. Leider ist er sehr alt und auch ein bisschen…« Die Wirtin tippte sich mit dem Zeigefinger an die Stirn. »In seiner Jugend war er ein großer Bischof, und vielleicht ist er es immer noch. Aber die Leute mögen ihn nicht mehr.«

Eymerich horchte auf. »Wie das?«

»Das werdet Ihr schon begreifen, wenn Ihr hier bleibt. Diese Stadt der Sünder ist in drei Parteien aufgeteilt: die der Armagnac, die der Nayrac und die der Montfort. Der Fehler des Bischofs in den Augen vieler

Leute ist, dass er auf der Seite der Montforts steht und die Ketzer bekämpft.«

»Und Ihr, zu welcher Partei gehört Ihr?«

Die Frau musterte den Inquisitor einen Augenblick lang, dann sagte sie: »Ich sage es Euch nur, weil Ihr ein Fremder seid. Ich komme vom Land, wo ich meine ganze Familie habe. Wenn die Montforts nicht wären, würden die Räuberbanden rücksichtslos alles brandschatzen. Wenn Ihr hier in Castres so viele Menschen seht, dann deshalb, weil die Briganten sie gezwungen haben, aus Ihren Dörfern zu fliehen. Nur die Soldaten der Montforts sind übrig geblieben, um diese Schurken zu bekämpfen, doch auch sie können nicht viel ausrichten. Aber wehe, wenn sie nicht da wären.«

Eymerich hätte gerne noch mehr Fragen gestellt, doch dann fand er, es sei nicht der rechte Zeitpunkt. Er trat hinaus, um zu sehen, wie der Junge das Pferd versorgte, schnallte sein Bündel vom Sattel los und ging in das Zimmer hinauf, das ihm angewiesen worden war, das einzige am Ende einer Holztreppe mit klapprigen Stufen.

Ein Blick in den von einem großen Fenster erhellten Raum genügte, und ihm war klar, dass das der ideale Zufluchtsort für ihn war. Das Strohlager war sicher von Flöhen verseucht, doch das war üblich. Die Wände wiesen jedoch keine Spuren von Feuchtigkeit auf, und Mauselöcher waren keine zu sehen. Auch das Stroh, das den Steinboden bedeckte, war ziemlich frisch. Doch dass da außerdem noch zwei Truhen waren sowie ein kleines Tischchen, das unter dem großen Kruzifix stand, war wirklich ungewöhnlich und bot eine Bequemlichkeit, wie sie in einem normalen Gasthaus nicht üblich war.

Zunächst kniete er vor dem Kruzifix nieder und sprach einige Gebete. Dann zog er die zivilen Kleider aus, die er sorgfältig auf einer der Truhen zusammenlegte. Er schnürte das Bündel auf und zog den schwarzen Mantel und die weiße Kutte daraus hervor, die völlig zerknittert waren. Er strich die Falten glatt, so gut es ging, und zog die Kette an. Die Sandalen hingegen zog er nicht an, sondern beschränkte sich darauf, die Sporen von den Stiefeln abzunehmen.

Er fühlte sich sehr müde, jedoch der Gedanke an die Fauna, die den Strohsack sicherlich bevölkerte, hielt ihn davon ab, sich darauf zu legen. Hingegen streckte er sich auf der zweiten Truhe aus und schloss die Augen. Wenige Augenblicke später schlief er trotz der Unbequemlichkeit des Lagers tief und fest.

Als er erwachte, musste es schon kurz vor der sechsten Stunde sein, nach dem Licht zu urteilen, das durch die Maueröffnung fiel, und nach dem Lärm, der von der Straße heraufdrang. Mit leicht schmerzenden Gliedern erhob sich Eymerich von der Truhe, nahm einige Papiere aus seinem Sack, die ihm wichtig waren, und stieg die Treppe hinunter, ohne sich die Mühe zu machen, die Tür zu schließen.

In der Taverne saßen jetzt einige Gäste, die Wein tranken und ein Fladenbrot aßen. Als sie Eymerich im Habit der Dominikaner sahen, verstummten sie mit einem Schlag und sahen ihn erstaunt an. Viel größer noch war aber das Erstaunen der Wirtin, die in diesem Augenblick mit einem weiteren Fladenbrot aus der Küche kam.

»Jesus Maria!«, rief sie. »Aber wie habt Ihr Euch denn ausstaffiert?«

Eymerich blieb mitten im Raum stehen. Er ließ einen strengen Blick auf den Anwesenden ruhen, dann sah er die Wirtin an.

»Frau Wirtin, mein Name ist Nikolas Eymerich da Gerona. Ich gebe Euch bekannt, dass Ihr von nun an den neuen Inquisitor von Castres beherbergt, der hier weilt im Auftrag der Heiligen Inquisition von Carcassonne. Eure Mühen werden Euch angemessen entgolten werden.«

Es war klar, dass die Wirtin auf diese Ehre gerne verzichtet hätte, doch Eymerichs Tonfall war so bestimmend in seiner scheinbaren Freundlichkeit, dass sie nichts zu erwidern wusste. Das übernahm einer der Gäste, ein junger Kerl mit frechem Gehabe.

»Ei, das lob ich mir! Ein Mönch, der in einer Herberge absteigt.«

Jemand lachte versuchsweise, doch Eymerichs Entgegnung kam so prompt und scharf wie ein Hieb. »Auch eine Herberge kann zum Tribunal werden, und ihre Gäste können die ersten Angeklagten sein.«

Nach diesen Worten kehrte Eymerich ihnen den Rücken und trat auf die Straße hinaus. Mit wenigen Schritten war er beim Bischofspalast.

Das breite und massive Eingangstor wurde von einem verlotterten Soldaten bewacht, der keinerlei Wappen auf dem Kettenhemd trug und lustlos an einem Türpfeiler lehnte. Als er Eymerich sah, richtete er sich keineswegs auf, legte auch die Hellebarde nicht quer, sondern stützte sich weiter darauf.

»Seid Ihr einer von diesen Dominikanern?«, fragte er gleichgültig.

»Ich bin der Großinquisitor von Aragón, derzeit in Mission in Castres. Meldet mich dem Bischof.«

»Der Bischof ist schon bei Tisch. Kommt später wieder.«

Eymerich zog die Augenbrauen zusammen und schloss die Augen halb. Er sprach langsam, die Stimme voll unterdrückter Wut.

»Wie ich sehe, hat der Graf von Montfort dem Bischof den Abschaum seine Heeres zur Verfügung gestellt. Ich habe gesagt, du sollst mich Thomas de Lautrec melden. Zwing mich nicht, es noch einmal zu wiederholen.«

Der Soldat riss sich etwas zusammen. »He, he, nur gemach. Wenn Ihr den Bischof wirklich kennt, brauche ich Euch nicht zu melden. Er ist in dem Saal am Ende des Korridors zusammen mit den anderen Mönchen.«

Bevor der Alte noch ausgeredet hatte, eilte Eymerich schon durch den dunklen Vorraum des Palasts, der mit einfachen Truhen möbliert war. Dienerschaft war nicht zu sehen. Das Geräusch einiger Stimmen und Geklapper von Besteck führten ihn zu einer großen Holztür am Ende des Gangs. Ohne anzuklopfen, stieß er ihre Flügel auf.

Rund um einen langen Tisch waren ein alter, in Violett gekleideter Prälat und die Dominikaner, die er auf dem Platz der Färber gesehen hatte, damit beschäftigt, ein gebratenes Ferkel zu begutachten, das von zwei Dienern auf einem Tablett ins Licht gehalten wurde. Der Eintritt des Neuankömmlings verscheuchte einen Augenblick lang das Lächeln von den Lippen des bejahrten Bischofs, doch dann kehrte es nur umso breiter wieder zurück.

»Sieh an, welch willkommene Überraschung. Noch ein tüchtiger Bruder vom Orden der Dominikaner, der uns seine Aufwartung macht. Und er hätte keinen günstigeren Zeitpunkt dafür wählen können!«

Eymerich verneigte sich vor dem gebrechlichen Alten mit der wächsern weißen Haut. Das Zeremoniell hätte verlangt, dass er ihm den Ring küsste, doch dazwischen waren der Tisch, die beiden Diener und das Ferkel. Also sah er die Dominikaner an, die ebenfalls freundlich lächelten. Der Blick des kräftigsten unter ihnen war eindringlich. Er war sicher, dass er ihn wiedererkannt hatte. Die anderen drei hingegen, die wie junge Terziaren aussahen, schienen den Fremden zum ersten Mal zu sehen und über diese Neuigkeit nicht sonderlich erfreut zu sein.

»Ich sehe, dass ihr eure Kleider gewechselt habt«,

sagte Eymerich in gewollt verletzendem Ton. Und gleich darauf zum Bischof gewandt:

»Monsignore, ich überbringe Euch Grüße vom Prior von Carcassonne, Pater Arnaud de Sancy.«

»O dieser heilige Mann!«, rief der Bischof freudestrahlend aus. »Pater, kostet mit uns von diesem vorzüglichen Ferkel. Dann überbringt Ihr dem geschätzten Prior die Nachricht, dass ich bei guter Gesundheit bin und seine guten Wünsche erwidere.«

»Ich habe den Eindruck, Monsignore, dieser unser Bruder ist kein einfacher Bote.« Der korpulente Dominikaner sagte diese Worte mit nachdrücklichem Ernst und sah Eymerich dabei an. »Täusche ich mich vielleicht?«

Eymerich kräuselte die Lippen. Er hatte einen intelligenten Mann vor sich.

»Nein, Ihr täuscht Euch nicht. Ihr seid Pater Jacinto Corona, vermute ich.«

Der Dominikaner neigte leicht den Kopf. »Zu Euren Diensten. Jacinto Corona Guiterrez di Valladolid.«

»Oh, Ihr seid Kastilianer. Ich bin Katalane, aus Gerona. Mein Namen ist Eymerich, Nikolas Eymerich.«

Pater Corona fiel die Kinnlade herunter, doch er fasste sich gleich wieder und schluckte. »Dann seid Ihr also der berühmte Eymerich, Inquisitor des Königreichs Aragón?«

»Es schmeichelt mir, dass Ihr von mir gehört habt. Ich habe Aragón verlassen, um den Vorsitz der Inquisition von Castres zu übernehmen. Nur vorübergehend, versteht sich.«

Der Bischof, der bis zu diesem Zeitpunkt erpicht darauf zu sein schien, mit dem Essen anzufangen, hörte zum ersten Mal auf zu lächeln.

»Aber wir haben doch schon Pater Corona als Inquisitor.«

»In der Tat zähle ich bei der Erledigung meines Auftrags auf die tatkräftige Unterstützung durch Pater Corona«, sagte Eymerich in etwas versöhnlicherem Ton. »Ich bin hier wegen einer ganz bestimmten Untersuchung, die ich rasch abzuschließen gedenke. Ich kann Aragón nicht zu lange fernbleiben.«

»Welche Untersuchung?«, fragte einer der Terziaren, womit er der Neugierde aller Ausdruck gab.

»Wie ich sehe, wart ihr im Begriff, euch einem köstlichen Mahl zu widmen, und ich will euch nicht länger davon abhalten. Wenn ihr mir erlaubt, mit euch am Tisch Platz zu nehmen, erkläre ich euch die Einzelheiten meiner Mission.«

»Ich bitte Euch«, sagte der Bischof, nun wieder heiter. Er wandte sich an die beiden Diener, die noch immer reglos unter ihrer Last dastanden. »Bringt noch einen Teller und ein Glas und tragt dann ruhig auf.«

Als er sich setzte, bemerkte Eymerich das Tischtuch und die Servietten aus feinstem Stoff, die Silberkaraffe für den Wein und neben den Messern winzige Dreizacke, von denen er schon gehört hatte, die er jedoch zum ersten Mal sah. Der ziemlich große Raum, der von einem riesigen Kamin beherrscht wurde, war von einer Vielzahl von Kerzen erleuchtet, die einen feinen Duft verströmten.

Derart übertriebene Raffinesse war ihm unangenehm, und er konnte sich eine Grimasse nicht verkneifen. Als er die Augen hob, sah er, dass Pater Corona ihn fixierte, und sicherlich war ihm seine Missbilligung nicht entgangen. Er konnte allerdings nicht erkennen, ob er sie teilte oder nicht.

»Wenn wir mit dem Essen fertig sind, lasse ich Euch ein Zimmer bereit machen, Pater Nikolas«, sagte der Bischof, »es sei denn, Ihr zieht es vor, bei unseren guten Benediktinerbrüdern zu wohnen, die überglücklich sein würden, Euch aufzunehmen.« Es war klar, dass der Alte die zweite Lösung vorgezogen hätte.

»Ich danke Euch, Monsignore«, sagte Eymerich, während er sich in einer kleinen Silberschale mit Wasser die Finger wusch, »ich habe mich schon in der Herberge gleich gegenüber einquartiert und bin völlig zufrieden dort.«

»In der Herberge?« Der Bischof wirkte verwundert und empört zugleich. »Ihr? Aber Euer Leben wäre in Gefahr!«

»Und warum?«

»Seht Ihr, *magister*«, griff Pater Corona ein, »unsere Anwesenheit hier ist bei all denen unerwünscht, die gegen die Montforts sind, und das ist die Mehrheit. Das habt Ihr selbst vor kurzem beobachten können.«

Eymerich schätzte es, dass der korpulente Dominikaner eine beschämende Episode wie die Attacke mit den Stoffknäuel ohne Scheu erwähnte. Er wartete ab, bis ihm ein Diener ein Stück Fleisch auf den Teller gelegt hatte, dann antwortete er:

»Kann sein, Pater Jacinto, dass die Herde, der dieses Ferkelchen angehörte, das wir gerade verspeisen, die Menschen hasste und sie beißen wollte. Ich wette jedoch, dass ihnen dieses Gelüst vergangen ist, seitdem sie gesehen haben, dass ihr Genosse getötet und verbrannt wurde.«

Ein sichtbarer Schauder überlief fast alle Anwesenden. Pater Corona runzelte die Stirn. »Aber wenn es zu viele Schweine sind, kann man sie doch nicht alle verbrennen.«

»Oh, man braucht sie ja nicht alle zu verbrennen. Es genügt, wenn man das eine oder andere verbrennt, und wenn das nicht reicht, noch ein paar. Früher oder später würde den verbleibenden Ferkelchen die Lust vergehen, mit Farbe zu werfen.«

Die Terziaren erröteten. Pater Corona blieb stumm, das Gesicht sehr ernst. Nur der Bischof schien das Gleichnis nicht zu verstehen. »Fest steht, Pater Nikolas, dass Ihr nicht in einer Herberge wohnen könnt, das ist unter Eurer Würde.«

Eymerich sah ihn zwischen leicht zusammengekniffenen Lidern scharf an. »Die Würde ist nicht an eine Situation gebunden, sondern an die Art, wie man sie meistert. Vermutlich ist es auch nicht würdevoll für einfache Kleriker wie uns, an einer so reich gedeckten Tafel zu sitzen. Wenn wir sie geweiht hätten, indem wir Gott für die Speisen dankten, wie die Regel es vorschreibt, wäre unsere Schuld vielleicht geringer.«

Ein Schweigen voll beklemmender Verlegenheit sank plötzlich auf die Anwesenden herab. Dann hustete der Bischof, faltete die Hände und murmelte: »Wir danken Dir, Herr, für…«

Pater Corona unterbrach ihn mit einer heftigen Geste. »Lasst das sein, Monsignore. Pater Nikolas hat Recht, und jetzt ist es zu spät, um das wieder gutzumachen.« Er wandte sich an Eymerich, der seelenruhig aß und die kleinen Dreizacke ignorierte.

»Sagt uns also, *magister*, was ist Eure Mission?«

Eymerich wischte sich den Mund mit der bestickten Serviette.

»Das ist schnell gesagt. Die Sekte von verbrecherischen Häretikern, die auch *masc* genannt werden, zu bekämpfen.«

Der Bischof verschluckte sich an einem Bissen und musste zwei Becher Wein hinterherschütten, um den Hustenanfall zu stillen. Einer der Terziaren murmelte: »Also weiß man in Carcassonne von den *masc*?«

»Nicht nur in Carcassonne«, antwortete Eymerich. »Auch in Avignon. Ursprünglich bekam ich meinen Auftrag von Abbé de Grimoard, der, wie ihr wisst, als Vertrauensperson unserem Heiligen Vater Innozenz sehr nahe steht.«

»Ich habe mehrere Berichte über die Angelegenheit geschickt«, sagte Pater Corona. »Aber ich habe auch erklärt, dass es meiner Meinung nach die vermeintlichen Blutsauger nicht gibt. Nur der Benediktinerabt scheint an diese Geschichte zu glauben. Sicher sind es seine Briefe, die Eure Entsendung bewirkt haben.«

»Ich kenne den Abt nicht. Ich weiß nur, dass Pater de Sancy mir einen Gefangenen gezeigt hat, der blutend und unter Anrufung ich weiß nicht welcher Gottheit gestorben ist. Ich selbst bin auf meinem Weg hierher in einem *ostal* an den Hängen des Schwarzen Bergs auf sechs blutleere Leichen gestoßen.«

Pater Corona zuckte mit den Achseln. »Opfer, die die Straßenräuber und Wegelagerer des englischen Heeres überall auf dem Land hinterlassen haben. Die Tatsache, dass sie ausgeblutet waren, hängt mit einer leider sehr verbreiteten Krankheit zusammen, einer Spätfolge der Pest…«

»Dem Roten Tod.«

»Genau. Einige behaupten, die *masc* würden die Ansteckung verbreiten, aber das ist überhaupt nicht bewiesen. Ich habe selbst die Toten vom Schwarzen Berg untersucht. Fast alle waren von einer nicht näher bestimmbaren Krankheit befallen. Und sie waren unzufrieden damit gewesen, die Söldner in der Gegend ernähren zu müssen. Was sowohl erklärt, warum die Körper blutleer waren, als auch, warum sie eine durchgeschnittene Kehle hatten.«

Der Bischof lauschte dem Gespräch mit immer unwilligerem Gesichtsausdruck. »Aber kommt, Pater Jacinto!«, platzte er irgendwann heraus. »Ihr werdet uns doch nicht die Mahlzeit verderben wollen mit Euren Erzählungen von Toten und Krankheiten! Sagt mir vielmehr, Pater Nikolas, welche Gewürze verwendet man in Aragòn zur Zubereitung eines Spanferkels?«

Eymerich brummte etwas, dann schwieg er, während der Bischof sich über die Küche des Languedoc verbreitete und die geringe Qualität der heimischen Weine beklagte.

Beherrscht vom Monolog des Alten, zog sich das Essen bis zur neunten Stunde hin und wurde für Eymerich zur unerträglichen Qual. Fast sprang er auf, als das letzte Schüsselchen mit Sauce fein säuberlich geleert worden war.

»Ihr werdet mir verzeihen, Monsignore, aber ich muss die Autoritäten und Notablen von Castres treffen, wie mein Amt es erfordert. Ich entführe Euch Pater Corona, der mir vieles erzählen muss.«

Mitten in einem Satz unterbrochen, war der Bischof einen Augenblick lang fassungslos; dann lächelte er breit:

»Wie Ihr seht, Pater Nikolas, hier gibt es wenig zu tun für Euch, und ich bin sicher, dass Ihr Euch nicht lange werdet bemühen müssen. Wollt Ihr meine Gastfreundschaft wirklich nicht annehmen?«

»Danke, Monsignore, ich ziehe meine Herberge vor.« Nach einem knappen Kopfnicken verließ Eymerich den Raum und schob Pater Corona dabei fast vor sich her. Im Vorraum blieb er stehen und sah ihn scharf an.

»Wenn wir gemeinsam hinausgehen, riskieren wir dann, noch einmal mit Unflat beworfen zu werden?«

Pater Corona nickte. »Zumindest Spötteleien.«

Eymerich kniff die Lippen zusammen. »Das ist unerträglich. Wie viele Soldaten hat der Bischof?«

»Nur diesen armen Kerl, der an der Tür Wache steht; er ist halb taub und halb blind.«

»Nur einen?« Eymerichs Stimme schwoll an vor Zorn. »Und Ihr habt nichts unternommen? Kommt mit.«

Sie gelangten ans Eingangstor, wo der Soldat auf seine Hellebarde gestützt vor sich hin döste. Eymerich schüttelte ihn kräftig, sodass er beinah umgefallen wäre. Er hegte eine instinktive Abneigung gegenüber jeder Form von Schwäche, Hinfälligkeit oder Unvollkommenheit. »Wach auf, Soldat. Gib mir dein Schwert.«

»Was?«, fragte der Alte, das rechte Ohr vorstreckend.

»Das Schwert.« Mit raschem Griff öffnete er ihm den Gürtel, ohne dass der andere Anstalten machte, sich zur Wehr zu setzen. Dann schnallte er ihn sich um die Kutte und rückte die Scheide zurecht.

Pater Corona berührte ihn am Arm. Eymerich fuhr zurück wie eine Viper, alle Sinne im Alarmzustand. Dann entspannte er sich. »Was ist?«

»Unser Orden verbietet uns, Waffen zu tragen, *magister*«, murmelte Pater Corona etwas erstaunt.

»Als Dominikaner dürfen wir keine Waffen tragen. Doch als Inquisitoren sind wir zu allem befugt, was den Erfolg unserer Mission gewährleistet. Und als Inquisitor, nicht als Dominikaner, habe ich dieses Schwert genommen.«

Eymerich erwartete sich Widerspruch, doch der andere schwieg. Da fragte er:

»Wo wohnt der Stadtvogt?« Der alte Soldat sah sie mit blödem Gesichtsausdruck an.

»Am Platz der Färber«, erwiderte Pater Corona. »Als Ihr uns heute Morgen gesehen habt, kamen wir gerade aus dem Palast d'Armagnac.«

»Mir wäre lieber gewesen, ich hätte euch nicht gesehen. Nach den christlichen Tugenden ist es die Würde, was an einem Mann am meisten zählt.«

Eymerich ging die Straße entlang, die um diese Zeit etwas weniger dicht bevölkert war, in Richtung Fluss. »Doch sagt mir, Pater Jacinto. Habt Ihr während Eures Aufenthalts hier Ketzer festgenommen?«

»Eine Katharerfamilie und einen Juden, den ich dann wieder habe laufen lassen. Ich wollte auch die Katharer freilassen. Unter ihnen ist kein Vollkommener, kein *bonhomme*, wie sie das hier nennen. Eine einfache Buße, ruhig auch eine strenge Buße, ist genug. Außerdem ist das Katharerwesen in dieser Stadt schon im Aussterben begriffen. Es überlebt nur als Opposition gegen die Montforts und ganz allgemein gegen das Königreich Frankreich.«

»Wo sind diese Katharer eingesperrt?«

»Das größte Gefängnis liegt genau unter der Wohnung des Stadtvogts. Deshalb habt Ihr mich heute Morgen aus dem Palast kommen sehen. Es gibt noch ein Gefängnis neben dem Bischofssitz. Aber das ist zu stickig, um eine ganze Bauernfamilie darin einzuschließen.«

Eymerich entgegnete nichts. In diesem Augenblick traten sie auf den Platz mit den Färberbuden ringsum. Die brütende Hitze ließ von den Stoffen und den Bottichen mit Krapplauge intensive und wenig angenehme Gerüche aufsteigen. Man sah nur wenige Lehrjungen bei der Arbeit. Die Affenhitze musste die meisten von ihnen gezwungen haben, in den Buden Schutz zu suchen und sich weniger anstrengenden Tätigkeiten zu widmen.

»Sieh an! Zwei Kakerlaken der Montfort!«, rief einer der Burschen, der noch an der Arbeit war, als er die beiden Dominikaner sah.

Eymerich steuerte direkt auf ihn zu, die Hand am Griff seines Schwerts. Als er bei ihm war, zog er es aus der Scheide; es war eine von diesen Waffen normannischer Machart, schwer und bedrohlich, die im vergangenen Jahrhundert so verbreitet gewesen waren. Er hielt es dem Jungen vor die Nase, der gerade ein Stück Stoff in die Farblauge tauchen wollte.

»Bring mich zu deinem Herrn«, sagte er mit ausdrucksloser Stimme.

Der Bursche sah sich um, doch keiner seiner Kameraden, die reglos und aufmerksam zusahen, schien bereit, ihm zu Hilfe zu eilen. »Kommt mit«, murmelte er schließlich.

Er begleitete die Inquisitoren zu einer der Buden. Der Ladeninhaber saß auf der Schwelle, vor sich einen gemeinen Soldaten, dem er die Qualität eines purpurroten Stoffes erläuterte, der zu einem dicken Strang zusammengedreht war. Bei Ankunft des Grüppchens hob er mit gelangweiltem Ausdruck die Augen.

»Ich bin bei der Arbeit. Was wollt Ihr?«

Der Lehrjunge wollte schon etwas sagen, doch Eymerich fiel ihm ins Wort. Er stellte sich vor den Handwerker, einen dunklen Mann mit ausgeprägten Gesichtszügen. Mit der Schwertspitze wies er auf den Jungen. »Ist das Euer Lehrling?«

»Geht dich das etwas an, Mönch?«, erwiderte der Handwerker grob.

»Euch geht es etwas an. Dieser Elende ist soeben der Exkommunikation verfallen, die automatisch jeden trifft, der das Werk der Heiligen Inquisition behindert oder ihm zuwiderhandelt. Wenn er ein Jahr lang in diesem Zustand verbleibt, wird er als Ketzer angesehen und der weltlichen Gerichtsbarkeit von Castres übergeben. Für ihn bedeutet das den Scheiterhaufen. Doch die Exkommunikation erstreckt sich auf alle, die ihm Hilfe gewähren, ihm beistehen und seinen Namen nicht verfluchen, wie es Pflicht jedes guten Christen ist. Ihr seid also gewarnt; wenn Ihr diesem Exkommunizierten in Eurem Geschäft weiterhin Arbeit gebt, befleckt Ihr Euch mit derselben Schuld, Euer gesamter Besitz wird beschlagnahmt und Ihr erleidet womöglich das gleiche Ende wie er. Habe ich mich klar ausgedrückt?«

Ein Raunen lief durch die große Gruppe von Färbern und Lehrlingen, die sich still um die beiden Inquisitoren geschart hatte. Der Bursche war fassungslos und blickte sich entsetzt um. Sogar Pater Corona schien überrascht.

Der Ladenbesitzer wollte sich nicht geschlagen geben. »Und was für Gesetze sind das? Gesetze der Montfort?«, sagte er mit geringschätziger Geste.

Eymerich musterte ihn aus Augen, die zu zwei Schlitzen verengt waren und denen ein eisiges Licht entströmte. »Das sind Gesetze des Kanonischen Rechts, die von sämtlichen Katholischen Königen der Welt anerkannt sind. Und nun steh auf, wie es sich einem Inquisitor gegenüber gehört, und dann knie nieder und bitte um Verzeihung für deinen Hochmut. Oder die Exkommunikation gilt auch für dich.«

Der Mann schien zunächst verwundert, dann empört, schließlich verwirrt. Eine große Stille senkte sich auf den Platz herab. Widersprüchliche Gefühle drückten sich auf dem groben Gesicht des Handwerkers aus, während Eymerich ihn, auf seinen Schwertknauf gestützt, gleichgültig betrachtete. Dann erhob der Mann sich langsam und fiel vor dem Inquisitor auf die Knie. Er neigte den Kopf, von einer Scham gepackt, die für ihn selbst überraschend sein musste.

»Du hast die rechte Wahl getroffen«, sagte Eymerich obenhin. »Heute ist Donnerstag. Ich erwarte dich Sonntag in der Kirche. Du sollst eine leinene Kutte tragen und dein Haupt mit Asche bedeckt haben. Du wirst mitten im Kirchenschiff niederknien, sodass alle dich sehen können.«

Der Mann senkte den Kopf noch tiefer, ohne etwas zu erwidern. Eymerich wandte sich an den Burschen, der heftig schwitzte. Er sah ihn lange an, dann sagte er: »Was dich angeht…«

Der Bursche warf sich in die Menge und rannte alles über den Haufen. Er lief auf eine Ecke des Platzes zu. Er hatte die Hälfte des Weges zurückgelegt, als eine Gruppe von Bewaffneten seinen Lauf aufhielt. Es waren Soldaten, die in diesem Augenblick aus dem großen Palast gekommen waren, der den Platz im Süden abschloss. Er wurde ergriffen und festgehalten.

Ein Mann von kleiner, untersetzter Statur kam auf Eymerich zu. Er trug eine Tunika aus blauer Seide, die ihm bis zu den Stiefeln reichte und an den Hüften von einem bestickten Gürtel gehalten war. Auf dem Kopf trug er einen großen Turban aus Samt, der mit Pfauenfedern geschmückt war. Er hatte kleine Augen, helle, fast unsichtbare Wimpern und eine vorspringende Hakennase über einem fleischigen Mund.

Das Volk wich ehrfürchtig vor ihm zurück und ließ zwischen ihm und Eymerich, der ernst und reglos dastand, einen Korridor frei. Doch der Mann wandte sich nicht an ihn, sondern an Pater Corona, der verlegen und unsicher wirkte.

»Nun, Pater Jacinto, was geht hier vor? Warum dieser Tumult unter meinen Fenstern?«

»Guten Tag, Herr d'Armagnac«, antwortete Pater Corona mit einer Verbeugung. »Es tut mir leid, dass wir Euer…«

»Stellt mich vor«, befahl Eymerich knapp.

Pater Corona schluckte. »Jawohl, *magister*.« Er wandte sich an den Herrn: »Das ist Pater Nikolas Eymerich, Großinquisitor von Aragón, auf Mission in Castres im Auftrag des Dominikanerpriors von Carcassonne. Folgendes hat sich…«

Herr d'Armagnac wandte sich Eymerich zu und musterte ihn. »Ich nehme an, Ihr habt Beglaubigungsschreiben.«

»Ich war just auf dem Weg, sie Euch vorzulegen, Herr Vogt.« Eymerich hielt dem Blick des anderen mit der gleichen Intensität stand. »Ich habe Vollmachten von Pater de Sancy und von Abbé de Grimoard von den Viktorinern in Marseille.«

Der letzte Name schien d'Armagnac Eindruck zu machen, doch er mäßigte seinen herrischen Tonfall nicht. »Das sind illustre Empfehlungen, und ich werden sie gerne prüfen. Ich muss Euch jedoch schon jetzt darauf aufmerksam machen, dass es in dieser Stadt nicht erlaubt ist, ohne Genehmigung ein Schwert zu tragen. Und einem Geistlichen schon gar nicht.«

Eymerich richtete sich auf, ein kaltes Lächeln auf den Lippen. »Und ich darf Euch daran erinnern, Herr, dass das Edikt des Philippe de Valois von 1329 es allen Herzögen, Grafen, Baronen, Seneschallen, Vögten, Pröpsten, Vikaren, Kastellanen, Sergeanten und sonstigen Vertretern der öffentlichen Gerichtsbarkeit im Königreich Frankreich zur Vorschrift macht, den Inquisitoren Gehorsam zu leisten und ihnen sicheres Geleit, Schutz und Unterstützung zu gewährleisten, bei Strafe der Amtsenthebung. Wenn Ihr mich bewaffnet seht, so deshalb, weil Ihr es unterlassen habt, der Inquisition von Castres eine Leibwache zur Verfügung zu stellen, und sie damit den Beschimpfungen des Pöbels und der Ketzer preisgegeben habt. Das macht Euch der Häresie verdächtig, doch werde ich nicht Eure Absetzung verlangen. Ich beschränke mich darauf, Euch zu bitten, dass Ihr Eure Pflicht erfüllt und mir nicht weniger als sechs bewaffnete Diener zur Verfügung stellt. So bin ich nicht länger gezwungen, mit dem Schwert in den Hand herumzulaufen.«

Das gedunsene Gesicht der Herrn d'Armagnac wurde rot wie die Hauswände von Castres. Einen Moment lang schien er drauf und dran, den Inquisitor zu schlagen, während das Volk ringsum den Atem anhielt. In einem Akt schmerzlicher Selbstüberwindung gelang es ihm dann aber doch, seine Züge zu entspannen und ruhig zu sprechen, einen grotesken Ausdruck im Gesicht.

»Ich sehe, dass Ihr die Gesetze auswendig kennt. Folgt mir in meinen Palast. Wir müssen miteinander reden.«

»Leider habe ich jetzt keine Zeit mehr. Ich habe mich in der Herberge gegenüber vom Bischofspalast einquartiert. Ich erwarte Euch zeitig morgen früh.« Einen Augenblick lang betrachtete Eymerich den empörten Gesichtsausdruck des Vogts, dann fuhr er fort:

»Unterdessen schickt mir die Eskorte. Und haltet diesen jungen Exkommunizierten in Euren Verliesen fest. Ich muss überprüfen, ob er Verbindungen zu Ketzern hat.«

Nach diesen Worten drehte Eymerich sich abrupt um und ging davon, nach kurzem Zögern gefolgt von Pater Corona. Niemand stellte sich ihnen in den Weg; ein paar Färberburschen riefen schüchtern: »Es lebe der Inquisitor!« Was von ein paar versprengten Stimmen aufgenommen wurde.

»Meint Ihr nicht, dass Ihr übertrieben habt?«, sagte Pater Corona, als sie den Platz verlassen hatten.

Eymerich blieb mit einem Ruck stehen und sah ihm in die Augen. »Übertrieben? Ihr solltet mir vielmehr erklären, warum Ihr bis heute zugelassen habt, dass Eure Würde von einem hergelaufenen Stadtvogt mit Füßen getreten wird. Ganz zu schweigen vom Volk, dessen Launen Ihr doch kennen solltet.«

In äußerster Verlegenheit klammerte Pater Corona sich an das letzte Argument. »Lasst Euch nicht von den Rufen zu Euren Gunsten beeindrucken. Die einfachen Leute hier hassen den König von Frankreich – folglich auch den Stadtvogt – mindestens ebenso wie die Montforts.«

»Sie müssen einsehen, dass wir weder auf seiten der d'Armagnac noch auf Seiten der Montforts sind. Wir sind die Kirche, und es gibt keine Macht über uns.« Eymerich mäßigte seinen Ton etwas. »Ihr habt noch viel zu lernen über den Beruf des Inquisitors. Leider gibt es kein brauchbares Handbuch, das auf der Höhe der Zeit wäre, doch ich will versuchen, Euch zu unterweisen. Jetzt geben wir dieses Schwert zurück, dann lade ich Euch in meine Herberge ein. Dort können wir, geschützt vor der Menge und der drückenden Hitze, miteinander reden.«

Als die Wirtin die beiden in die Taverne eintreten sah, stellte sie mit einem Schlag den Krug ab, den sie in der Hand hielt. Wutentbrannt steuerte sie auf Eymerich zu.

»Seht euch um, meine Herren. Seht ihr vielleicht Gäste? Nein, alle sind fortgegangen. Ihr habt sie mir vergrault, und solange ihr hier seid, kommen sie bestimmt nicht wieder. Geht, geht fort, oder ich bin ruiniert.«

»Beruhigt Euch, gute Frau«, sagte Eymerich, einen Schritt zurückweichend. Er kramte in der Börse, die er am Gürtel trug, und warf eine Handvoll Münzen auf einen Tisch.

»Hier ist das Doppelte von dem, was Ihr in einem Monat Arbeit verdienen würdet, und wenn nötig, gebe ich Euch noch mehr. Was haltet Ihr davon?«

Die Wirtin sammelte die Münzen ein und zählte sie. Auf der Stelle wurde sie friedlich.

»Was soll ich sagen, Pater? Von nun an seid Ihr in dieser Herberge zu Hause. Ich werde Euch in all Euren Bedürfnissen zu Diensten sein.«

Pater Corona lachte laut auf. »Ich glaube nicht, Madame Emersende, dass Pater Nikolas die gleichen Dienste in Anspruch nehmen wird, wie die, die Ihr ab und zu dem Bischof leistet.« Die Frau wurde rot, Eymerich sah ihn verwundert an. »Sorgt vielmehr dafür, dass mein Bruder während der gesamten Zeit seines Aufenthalts nicht gestört wird und dass keine Gäste hereinkommen, wenn er gerade mit jemandem ein Gespräch führt.«

»Das soll geschehen.«

»Zur Vesper möchte ich als Abendbrot eine Suppe, doch ohne Fleisch«, sagte Eymerich. »Später gebe ich Euch weitere Anweisungen. Ihr sollt wissen, dass bald bewaffnete Diener kommen werden; der Vogt schickt sie. Ich werde sie vor der Herberge als Wache aufstellen. Ihr müsst ihnen auch zu essen geben und sie wenn möglich unterbringen.«

»Ich habe nur drei Zimmer außer Eurem«, sagte Emersende. »Aber ich kann sie im Stall unterbringen.«

»Das ist vorzüglich. Auch dafür werdet Ihr entlohnt. Nun geht ruhig wieder an Eure Arbeit und lasst uns einen Krug leichten Weins bringen.«

Als die Frau sich entfernt hatte, nahmen die beiden Dominikaner an einem der Tische Platz. Pater Corona beugte sich zu Eymerich.

»Seid Ihr wirklich überzeugt, *magister*, dass Herr d'Armagnac Euch eine Leibgarde schickt?«

»Ja. Der Mann ist nicht dumm. Er weiß genau, dass ein Wort von mir in Avignon genügt, und er ist sein Amt, das er so teuer bezahlt hat, los. Nicht nur gibt er uns die Leibwache, sondern er kommt auch selbst. Und diesmal wird er sogar mehr als höflich sein.«

Pater Corona seufzte. »Seit Monaten bin ich hier, und doch war er gerade mal bereit, mich zu empfangen.«

»Wie seid Ihr Inquisitor geworden?«, fragte Eymerich streng. »Ich frage Euch das, weil Ihr viele Eurer Vorrechte nicht zu kennen scheint.«

»In der Tat habe ich diese Tätigkeit nie zuvor ausgeübt. Ich glaube, Pater de Sancy brauchte einfach irgendeinen Dominikaner, der den Montforts nicht allzu unbequem ist. Dann hat diese Geschichte mit den *masc* angefangen…«

Er unterbrach sich, weil aus der Küche der kleine Raymond gekommen war, der einen Krug in Händen hielt. Pater Corona streckte die Hand nach einigen Steingutbechern aus, die in einer Ecke des Tisches zusammengestellt waren. Der Junge begann den Wein einzuschenken, dann ließ er mit einem Mal den Krug fallen, der zerbrach und seine purpurrote Flüssigkeit in alle Richtungen verspritzte.

»Aber was…«, rief Eymerich und machte Anstalten aufzustehen.

»Wind, komm heraus aus deinem Kerker!«, schrie der Junge. Er hatte einen ekstatischen Ausdruck im Gesicht, als ob er eine mystische Vision vor sich sähe. Er griff in sein Hemd und zog ein breites Messer heraus. Dann warf er sich auf den Inquisitor.

»Vorsicht!«, schrie Pater Corona.

Eymerich konnte dem Messerstich gerade noch rechtzeitig ausweichen. Er reagierte mit einem Tritt, der Raymond in die Magengrube traf; der stöhnte laut auf und fiel zu Boden.

Der Junge hielt noch immer das Messer in der Hand. Er kroch schnell unter einen Tisch. Eymerich schob eine Bank beiseite und beugte sich hinunter, einen Arm zum Schutz vor dem Gesicht.

Diesmal versuchte der Junge nicht, ihn zu treffen. Er schrie noch einmal: »Wind, kommt heraus aus deinem Kerker!« und stieß sich die Klinge in die Kehle. Ein roter Blutschwall brach hervor und breitete sich am Boden aus.

Als Eymerich sich bestürzt erhob, war seine weiße Kutte mit Blut befleckt. Der Junge, der schon tot war, sah ihn mit einer Art Lächeln an, den Kopf fast völlig vom Hals abgetrennt.

KAPITEL V

Die Geheimwaffe

»Da, schauen Sie jetzt«, sagte Jacques Orchard und hielt Lycurgus Pinks das Fernglas hin.

Pinks legte das Glas an und stellte die Entfernung ein. Er sah die Place du Gouvernement in der Nachmittagssonne. Eine Menge von Arabern, die aus den verschiedenen Gässchen der Kasbah herbeiströmten, schwärmten um die mittlerweile schon recht angeschlagene Statue des Herzogs von Orléans herum und verloren sich zwischen Buden und Ständen, wo Hammelwürstchen feilgeboten wurden, Limonade, stark gewürztes Lammfleisch und andere Köstlichkeiten. Ein paar alte Männer machten sich die Plätze auf den Bänken im Schatten der großen Feigenbäume streitig, die den Platz säumten; andere saßen am Boden und versuchten sich der Fliegenschwärme zu erwehren, die ihnen zusetzten. Es schien das gewohnte Bild normalen algerischen Lebens im schwülen Frühling des Jahres 1962 zu sein.

»Ich sehe nichts Ungewöhnliches«, murrte Pinks.

»Ach ja?«, meinte Orchard frohlockend. »Und wie viele Franzosen sehen Sie?«

Pinks fokussierte das Fernglas erneut und sah sich um. »Sie haben Recht. Keinen.«

»Sie sind gewarnt worden. Sie wissen, was gleich passiert.«

»Wann gleich?«

»Jetzt.«

Im selben Augenblick hörte man auf den Hügeln ein Getöse, hinter der Terrasse, auf der sie sich befanden. Es folgten drei weitere Schläge, und die Place du Gouvernement verwandelte sich in wenigen Sekunden in ein Feuermeer. Schlammfontänen wurden zum Himmel geschleudert. Die Explosionen zertrümmerten hunderte Fensterscheiben in den umliegenden Häusern.

Als Pinks das Fernglas wieder ansetzte, sah er zunächst nur Qualm. Dann konnte er einen Zeitungsstand erkennen, der zur Feuersäule geworden war, einen Alten, der seine eigenen Beine suchte, eine Frau, die auf die Knie fiel. Ein umgekipptes Auto explodierte lautlos, während die Luft bebte. Die Leichen lagen zu Dutzenden am Boden.

»Ein schöner Schlag«, brüllte Orchard begeistert. »Die dreckigen Ratten aus der Kasbah werden sich an diesen Tag erinnern.«

Pinks betrachtete ihn schweigend, dann sah er wieder auf den Platz. Jetzt drängten sich Dutzende von Arabern um einen Soldaten, der als Sündenbock herhalten musste. Ein französischer Offizier griff zu seiner Rettung ein. Andere Leute versorgten die Verletzten oder weinten, das Gesicht zur Wand gekehrt. Jemand hatte den Mund zu einem Schrei aufgerissen. In der durch die Entfernung bedingten Stille wirkte die Szene irreal.

»Gehen wir«, sagte Orchard. »Man wird uns bald suchen.«

Sie liefen die Treppen der Villa hinunter und auf die Straße hinaus. Auf der blendend weißen Hauswand stand zu lesen OAS VAINCRA und daneben das vertraute ALGÉRIE FRANCAISE. Einige *Pieds Noirs* waren aus ihren Häusern gekommen und gaben begeisterte Kommentare über das Geschehen ab.

»Was habe ich Ihnen gesagt?«, meinte Orchard, während sie in normalem Tempo durch die Gassen der Viertels Bab-el-Oued gingen. »Abkommen hin oder her. Die Stärkeren sind wir.«

Pinks betrachtete ihn distanziert. »Ich habe nichts Besonderes gesehen. Bloß ein Attentat. Das kann doch jeder.«

»Jeder?« Orchard schien empört. Er sprach mit Nachdruck. »In Paris würden wir nicht so unbehelligt herumlaufen wie hier. Hier sind die Leute auf unserer Seite, und zwar total.«

»Ja, aber die Armee?«

Orchards Miene verdüsterte sich. »Die Armee muss man in die Enge treiben, sie direkt herausfordern. Dann erst werden wir sehen, auf welcher Seite sie steht.«

Pinks schüttelte den Kopf und antwortete nichts.

Bei einem Straßencafé in der Avenue Bouzaréah, der elegantesten Straße von Bab-el-Oued, machten sie Halt. Sie setzten sich und bestellten zwei Pastis. An den ziemlich weit auseinander gerückten Nachbartischen saßen zwei Kaufleute, ein paar Unteroffiziere der Fremdenlegion und ein Ehepaar. Alle schienen angeregt die Explosion auf der Place du Gouvernement zu kommentieren. In der näheren Umgebung waren keine Araber zu sehen.

»Wir könnten viel mehr machen, aber wir brauchen Waffen«, sagte Orchard, während er Wasser in die gelbe Flüssigkeit goss, die er vor sich hatte, wodurch sie weißlich wurde. »Deshalb wollte ich, dass Sie zusehen.«

Sorgfältig stellte Pinks sein Glas genau in die Mitte eines Quadrats der Tischdecke, die Wasserkaraffe mit ebensolcher Präzision auf ein anderes. »Waffen? Die Schlumberger hat euch immer welche gegeben. Sogar zu viele, würde ich sagen.«

»Ja, aber seit Evian habt ihr jeden Kontakt abgebrochen. Das können Sie nicht leugnen.«

»Das Abkommen von Evian ist gerade erst drei Tage alt.«

»Aber die Granatwerfer sollten uns vorgestern geliefert werden. Was heute geschossen hat, ist der einzige 60-Millimeter-Mörser, der uns geblieben ist.«

Pinks atmete tief durch. Er sah auf sein Glas, dann blickte er um sich. Der Verkehr auf der Straße hatte erheblich abgenommen. Erst einige Sekunden später wandte er seine Aufmerksamkeit wieder Orchard zu.

»Lassen Sie uns Klartext reden«, sagte er und betonte jedes Wort einzeln. »Die Agentur, für die ich arbeite, ist der Ansicht, dass eure Sache verloren ist, hoffnungslos. Nach den Abkommen von Evian ist es mehr als sicher, dass Algerien den Algeriern gehören wird. Da könnt ihr so viele umbringen, wie ihr wollt. Es bleiben immer noch genug übrig, um euch das Land wegzunehmen.«

Zu Pinks' großer Überraschung brach Orchard in Gelächter aus. »Herr Ober, noch einen Pastis!«, rief er. Dann mit leiserer Stimme: »Was Sie heute gesehen haben, ist gar nichts. Vielleicht sollte ich es Ihnen ja nicht sagen, aber morgen werden Sie Ihre Meinung ändern. In ganz Bab-el-Oued wird es einen Aufstand geben. In jedem Haus wird gekämpft. Verstehen Sie? Die endgültige Erhebung, der Todesstoß für alle Friedensabkommen.«

Pinks wartete ab, bis der Kellner sich entfernt hatte. Er hob das Glas, das er noch nicht angerührt hatte, und betrachtete die trüben Reflexe darauf.

»Vielleicht erscheine ich Ihnen ja langweilig, doch ich muss meine Frage von vorhin noch einmal wiederholen: Und die Armee?«

»Die Armee, die Armee«, maulte Orchard. »Die Armee wird wählen müssen, auf welcher Seite sie steht. Vor zwei Tagen habe ich ihnen gedroht, sie sollten sich aus Bab-el-Oued zurückziehen. Wenn sie morgen gegen uns ist, werden wir ihr Zunder geben.«

Er holte ein völlig zerknittertes Päckchen Zigaretten

aus der Tasche und machte Anstalten, sich eine anzuzünden; doch Pinks fing so stark und gekünstelt zu husten an, dass er sie wieder wegstecken musste. Er blickte den Amerikaner an, wie man einen Verrückten ansieht. »Entschuldigen Sie«, murmelte er.

»Rauchen macht die Menschen zu Schloten, aber übertriebene Selbstsicherheit macht sie zu Asche.« Pinks fuhr mit einer schneidenden Handbewegung durch die Luft. »Ich glaube an das, was ich um mich herum sehe. Eure *Pieds Noirs* packen scharenweise ihre Koffer, genau in diesem Moment. Die Armee liebt de Gaulle nicht, aber euch liebt sie auch nicht. Es ist zu spät für einen Aufstand. Das hättet ihr früher machen müssen, und auch da hättet ihr wenig Chancen gehabt.«

»Also werdet ihr uns nicht helfen?«

»Das habe ich nicht gesagt.« Plötzlich wurde Pinks' Stimme weicher. »Bis hierher habe ich den Standpunkt meiner Agentur dargelegt, nicht meinen eigenen. Vergessen Sie die Waffen, darum geht es nicht. Ich habe die Möglichkeit, eurem Kampf eine grundsätzliche Wendung zu geben. Radikal«

Orchard sah ihn erstaunt an. »Und wie?«

Pinks schwieg ein paar Sekunden lang, wobei er sich mit dem Zeigefinger der linken Hand den blonden Schnurrbart glattstrich. »Stellen Sie sich etwas vor, das die Araber zu Tausenden töten kann, im Lauf weniger Stunden. Etwas, das die FLN zwingen würde zu kapitulieren.«

»Eine Atombombe?«

»Keine Waffen, hatte ich gesagt.« Pinks richtete sich plötzlich auf und fixierte Orchard aus seinen blauen Porzellanaugen, so kalt wie die einer Puppe. »Ich will Salan treffen. So bald wie möglich.«

»Den General? Sie sind verrückt.«

»Dann wird nichts daraus. Meine besten Wünsche für euren Aufstand.«

Orchard hielt Pinks, der aufstehen wollte, am Arm zurück.

»Warten Sie. Sagen Sie das im Ernst?«

»Wenn Sie mich das fragen, so heißt das, dass Sie mich nicht gut kennen.«

»Und können Sie mir nicht andeuten, was Sie ihm sagen wollen?«

Pinks presste die Lippen zusammen, ohne etwas zu antworten.

Orchard dachte nach. »Hören Sie«, meinte er dann. »Der General wird nicht einwilligen, Sie persönlich zu empfangen. Wenn es sich herumsprechen würde, dass er Kontakte zur CIA hat…«

»Nennen Sie es die Agentur. Oder noch besser, die Schlumberger.«

»Na schön. Na schön. Machen wir es so. Vergessen Sie den General. Ich kann Sie aber zu jemand bringen, der in der OAS genauso viel zählt wie Salan. Was weiß ich, Gardes oder vielleicht Prugny. Was meinen Sie?«

Pinks runzelte die Stirn, dann nickte er zustimmend. »Ja, ich bin einverstanden. Wann?«

»Heute noch. Aber ich hoffe, es ist wirklich wichtig.«

»Das ist es.«

»Ich habe euch Amis schon immer gehasst.« Jean-Jacques Prugny, Chefideologe der *Organisation Armée Secrète* sah so aus, wie Pinks ihn sich vorgestellt hatte. Sehr mager, blass, hohe Stirn, in die ihm schüttere blonde Haare fielen. Er sprach kalt, mit einer Art unterdrückter Gewalt. »Euch fehlt es an Idealismus. Ihr habt nie an unsere Revolution geglaubt, nicht eine Minute lang. Ihr habt uns unter der Hand geholfen, ja, aber bloß, weil euch de Gaulle lästig war.«

»Kann sein, aber das betrifft meine Regierung«, antwortete Pinks ebenso kalt. »Was halten Sie von meinem Vorschlag?«

Statt zu antworten, trat Prugny an die große Glaswand, die Hände auf dem Rücken. Die Villa des Arcades, etwa dreißig Kilometer von Algier entfernt, lag über der Bucht Clos Salambier. Zwischen ihr und dem Meer lag eine riesige Hecke aus Bougainvilleen, in der hier und da ein Palmwedel aufragte. Der Blick war atemberaubend schön.

Pinks hatte Prugny vom ersten Moment an geschätzt. Er fand ihn sich selbst sehr ähnlich, auch wenn er eine gewisse Zerfahrenheit an ihm bemerkte und zu große Triebhaftigkeit. Doch viel mehr noch gefiel ihm Roger Defeldre, jener ehemalige Militär, der finster und konzentriert in einer Ecke saß und bis zu diesem Zeitpunkt nur zwei oder drei Worte gesagt hatte. Jetzt allerdings hatte er von den beiden langsam genug.

»Ich wiederhole mich ungern. Wie beurteilen Sie meinen Vorschlag?«

Prugny fuhr mit einem Ruck herum. »Ich weiß nicht, ob ich ihn recht verstanden habe, diesen Vorschlag. In wessen Namen sprechen Sie? Im Namen der Schlumberger?«

»Nein. Ich spreche in meinem eigenen Namen.«

»Und Sie sagen, vierzig Prozent der Araber haben eine latente Krankheit im Blut, die Sie auf Befehl aktivieren können?«

»Genau.«

»Mister Pinks.« Prugny trat in die Mitte des Raums, der mit erlesener Schlichtheit eingerichtet war. »Sie halten uns für Rassisten. Das ist nicht so. Die OAS war nie eine Bewegung der Rechten. Wir hassen die Araber nicht an sich.«

»Aber ihr tötet sie.«

Nun trat Defeldre aus seinem Halbdunkel heraus, einen wütenden Ausdruck im Gesicht.

»Quatsch! Wir bringen die Sympathisanten der FLN um!«

Pinks lächelte breit. »Herr Oberst, machen wir uns doch nichts vor. Heute erst habe ich Ihre Delta-Kommandos auf der Place du Gouvernement in Aktion gesehen. Sie haben ein Blutbad angerichtet, ohne da irgendwelche Unterschiede zu machen.«

»Das waren nicht meine Kommandos, das waren …«

Prugny unterbrach Defeldre, indem er ihm eine Hand auf den Arm legte. Er kam zu dem Sofa herüber, auf dem der Gast saß.

»Mister Pinks, das Abkommen von Evian hat uns in eine Lage versetzt, die wir weder vorhergesehen noch gewollt haben. Anfänglich haben wir verlangt, dass Algerien bei Frankreich bleibt, dann haben wir die Unabhängigkeit gefordert. Jetzt kämpfen wir für die Trennung der *Pieds Noirs* von den Arabern. Natürlich müssen wir blind in den Haufen schießen. Doch unser Programm bleibt unitaristisch und von der Gesamtlinie her sozialistisch. Sie dagegen schlagen uns eine Art Genozid vor, wenn ich recht verstanden habe.«

»Die Ungenauigkeit«, stieß Pinks hervor. Seine Stimme klang plötzlich schrill, verkrampft. »Die Ungenauigkeit ist es, was die Franzosen zugrunde richtet. Sie reden von Genozid, als ob ich *sämtliche* Araber Algeriens töten wollte. Dagegen biete ich euch ein Verfahren an, *viele* von ihnen zu töten. Wie ihr es ja schon tut; nur *mehr*. Können Sie mir folgen?«

Etwas verwundert kniff Prugny die Lippen zusammen, ohne eine Antwort zu geben.

»Und kommen Sie mir nicht mit Rassismus«, fuhr Pinks fort. »Ich bin Rassist, na und? Das ist völlig normal, eine biologische Tatsache und wissenschaftlich erwiesen. Zur Rechtfertigung brauche ich nicht die geschichtliche Notwendigkeit zu bemühen oder gar den Sozialismus. Ich kann euch helfen, tausende von Arabern aus der Welt zu schaffen und dadurch sowohl die FLN als auch Paris in die Knie zu zwingen. Also, ja oder nein?«

Die Antwort gab Defeldre. »Bisher haben wir nur Worte gehört. Wir müssten Ihren Vorschlag an der Wirklichkeit überprüfen. Ist es möglich, einen Versuch zu machen?«

»Sicher ist das möglich.« Pinks entspannte sich, und seine Stimme kehrte in ihre normale Tonlage zurück. »Vor neun Jahren habe ich es in Louisiana schon einmal versucht. Es muss allerdings eine Ausnahmesituation vorliegen, damit man nicht bemerkt, was vorgeht. Sonst könnt ihr mein System kein zweites Mal anwenden.«

»In Algerien herrscht ohnehin schon eine Ausnahmesituation«, brummte Prugny.

»Ja, aber das genügt nicht. Orchard hat mir gesagt, morgen gibt es im Viertel von Bab-el-Oued einen Aufstand. In einem solchen Kontext ließe sich das Experiment unbemerkt durchführen.«

Defeldre zuckte mit den Achseln. »Orchard ist ein alberner Heini. Sein Aufstand wird zu nichts führen.«

»Ja, und warum lasst ihr ihn dann machen?« Als er sah, dass die anderen nicht antworteten, lächelte Pinks ironisch. »Ich will es euch sagen. Weil ihr nicht wisst, was ihr sonst tun könnt. Die OAS pfeift auf dem letzten Loch, und die *Pieds Noirs*, auf die ihr gezählt habt, fliehen massenweise aus Algerien.« Er machte eine unbestimmte Geste. »Aber das ist alles zweitrangig. Orchards Aufstand ist ein gutes Ablenkungsmanöver. Ein paar Stunden lang wird Algier an nichts anderen zu denken haben als an die Gesundheit seiner Araber.«

Noch einmal trat eine Pause ein, dann fragte Prugny: »Was brauchen Sie?«

»Vier oder fünf Männer, nicht mehr. Die Ausrüstung habe ich schon.«

Prugny sah Defeldre an. »Kümmerst du dich darum?«

»Ich kümmre mich darum.«

Die Nacht war zerrissen von Explosionen, doch in Algier war das keine Neuigkeit. Es folgte angespannte Ruhe, die bis in die frühen Morgenstunden anhielt. Strahlender Sonnenschein durchflutete einen klaren und warmen Himmel. Dann griffen zwei sehr junge *Pieds Noirs* in der Rue Christophe zwei Armeelastwagen an. Zwei Militärs blieben am Boden. Wenig später wurde auf einem bis zu diesem Zeitpunkt ruhigen Platz eine Patrouille von Gendarmen durch Maschinengewehrsalven niedergestreckt.

Die eigentliche Schlacht begann jedoch nicht vor dem Nachmittag, als eine Panzerkolonne der Armee in vollem Tempo in die Avenue de la Bouzaréah einbog und willkürlich auf Cafés und Häuserfassaden das Feuer eröffnete. Sie wurden mit Panzerfäusten empfangen. Einheiten von Heckenschützen der OAS waren auf den Dächern postiert, und es gelang ihnen, einen zweiten Konvoi durch starkes Sperrfeuer aufzuhalten. Eine halbe Stunde später war der Himmel voll von Hubschraubern der Gendarmerie, die versuchten, die Heckenschützen zu vertreiben, jedoch ohne zu weit herunterzugehen. Einer der Hubschrauber wurde angeschossen und musste abdrehen, wobei er eine Rauchspur hinter sich herzog.

In diesem Augenblick bog ein Tanklaster aus dem Viertel El-Biar kommend um die Ecke. Am Steuer saß Defeldre und steckte den Kopf aus dem Fenster. »Orchards. Affentheater hat angefangen. Müssen wir sonst noch etwas tun?«

»Nein, nur abwarten«, antwortete Pinks, der neben ihm saß. »Wenn möglich, an einem etwas sichereren Ort.«

»Und der Lastwagen?«

»Lassen Sie ihn, wo Sie wollen. Niemand wird wegen einer Tankfüllung Wasserstoffsuperoxyd Verdacht schöpfen.«

Sie parkten den Lastwagen am Anfang des Boulevard Guillemin. Hinter ihnen hielt ein roter Renault mit vier Männern der Delta-Kommandos an Bord: Harte Typen, wie sie in üblen Spelunken zu Hause sind, in Arbeitsanzügen mit dem Logo der Wassergesellschaft darauf.

»Ihr könnt gehen«, sagte Defeldre zu ihnen. Dann wandte er sich an Pinks: »Sie kommen mit mir.«

Während sie Richtung Norden gingen, sahen sie auf Hausdächern und Caféterrassen Gruppen von jungen Männern, die rannten, das Gewehr in der Hand. Einige transportierten Maschinengewehre und Munitionskisten. Fast alle trugen Armreifen mit dem keltischen Kreuz darauf, dem Symbol der Untergrundarmee. Man hörte dumpfe Schläge, die immer näher kamen, während aus den zentralen Straßen von Bab-el-Oued Rauchsäulen aufstiegen. Auf einmal jagten vier Flugzeuge über sie hinweg und feuerten Raketen ab. Aus der Innenstadt drang das Getöse einer Reihe von dicht aufeinander folgenden Explosionen. Glasscherben regneten mit leisem Geklirr auf die Straße.

»Die T 6«, brummte Defeldre. »Ich glaube, Orchard macht's nicht mehr lang.«

»Was für ein lächerlicher Aufstand«, sagte Pinks.

Ohne Vorwarnung packte Defeldre ihn am Hemdkragen und schleuderte ihn gegen den Stamm einer Palme. Das von Natur aus finstere Gesicht des Chefs der Delta-Einheiten war jetzt von Wut verzerrt.

»Hör mal gut zu, Ami. Niemand hat dich nach deiner Meinung gefragt über das, was wir tun. Wenn es schlecht ausgeht, dann ist das auch eure Schuld, weil ihr uns anstelle von Waffen destilliertes Wasser schickt…«

»Oxygeniertes«, berichtigte Pinks, ohne im mindesten die Fassung zu verlieren, »nicht destilliertes Wasser.«

Defeldre starrte ihn noch eine Weile an, dann schüttelte er den Kopf und ließ ihn los.

»Gehen wir. Prugny wartet auf uns.«

Im Licht des Sonnenuntergangs wirkte das Viertel von El-Biar ruhig, auch wenn die Leute, die sich auf den Balkonen versammelt hatten, die Brände von Bab-el-Oued und die enorme Rauchsäule, die der Wind zum Hafen hinuntertrug, mit Sorge beobachteten. Prugny, Pinks und Defeldre kamen aus der kleinen, zwischen Orangenbäumen versteckten weißen Villa, wo sie sich getroffen hatten, und stiegen in einen Wagen. Am Steuer erwartete sie Jean-Claude Sanchez, der sich mit Defeldre die Führung der Delta-Kommandos teilte. Ein stämmiger Mann mit dunkler Haut, laut und redselig. Pinks hatte ihn vom ersten Moment an gehasst.

»Jetzt werdet ihr mir eins erklären«, sagte Sanchez, kaum dass er den Motor angelassen hatte. »Wenn diese Wunderwaffe es erforderlich macht, dass wir die Wasserleitungen vergiften, wozu brauchen wir dann das Wasserstoffsuperoxyd von diesem Ami? Da genügt doch irgendein Gift, und die Wirkung ist die gleiche.«

Defeldre nickte heftig. »Das habe ich mir auch gesagt, vom ersten Augenblick an. Mein Eindruck ist, dass wir unsere Zeit vergeuden.«

Pinks war empört. Seine Stimme war eine Oktave höher als üblich. »Ich bin offenbar dazu verurteilt, es immer mit Idioten zu tun zu haben.« Er sah Prugny an. »Erklären Sie das Ihren Freunden. Ich kann es nicht.«

Prugny räusperte sich. »Wenn wir uns darauf beschränken, einfach die Wasserleitungen zu vergiften, wären Araber und Franzosen gleichermaßen betroffen. Dieser Herr hier hingegen behauptet, er könne nur die Araber töten und die Weißen verschonen.«

»Alles Quatsch«, kommentierte Sanchez kopfschüttelnd. »Ich bin Arzt und verstehe etwas davon. Wasserstoffsuperoxyd zu trinken, ist für jeden schädlich, ob er nun weiß, schwarz oder gelb ist.«

»Aber die Konzentration, in der ich das Wasserstoffsuperoxyd verwendet habe, liegt unterhalb der Schädlichkeitsgrenze.« Pinks war am Rande der Verzweiflung, auch weil ihm die Luft im Wagen verbraucht vorkam. »Wir haben sehr wenig davon verwendet.«

»Das stimmt«, bestätigte Defeldre. »Trotzdem ist das eine stumpfe Waffe. Wenn bekannt wird, dass wir die Wasserleitungen vergiften, dann trinken die Araber aus ihren Brunnen oder verwenden Mineralwasser. Die sind ja nicht blöd.«

»Die nicht«, erwiderte Pinks. Dann erklärte er in ruhigerem Ton: »Ich habe versucht, euch klarzumachen, dass ich in diesem Fall Wasserstoffsuperoxyd verwendet habe, einzig und allein weil ich es eilig hatte. Es gibt viele andere Substanzen, auf die man zurückgreifen kann. Und nicht nur Substanzen zum Trinken, sondern auch zum Atmen. Alle absolut nicht nachweisbar, und alle mit der gleichen Wirkung: tausende von toten Arabern.«

Prugny machte eine gelangweilte Geste. »Das reicht jetzt. Bald werden wir ja selbst sehen.«

Während sie durch die Straßen von El-Biar fuhren, waren ganze Familien auf die Terrassen getreten, Töpfe und Schüsseln in Händen. Mit diesen begannen sie, auf die Metallgeländer einzuschlagen: drei schnelle Schläge, zwei langsame. Der eine oder andere rief, die Worte im selben Rhythmus skandierend: *Algérie française*. Bald war der hereinbrechende Abend von diesem Lärm erfüllt, den tausende von Töpfen weitertrugen, während es unten in Bab-el-Oued immer noch brannte.

»Das ist die Klinik«, sagte Sanchez nach einer Weile. »Ja, es herrscht ein gewisser Betrieb.«

Er hielt in geringer Entfernung von dem niedrigen und weitläufigen Gebäude mit den gekalkten Wänden.

Eine Leuchtschrift verkündete, dass es sich um die Beau Fraisier-Klinik handelte. Krankenschwestern und -pfleger standen grüppchenweise an der Tür und vor den Krankenwagen und diskutierten lebhaft miteinander.

Sanchez lehnte sich aus dem Fenster und rief einer vorübergehenden Schwester zu: »Ist etwas passiert, Schwester? Ich bin Arzt.«

»O ja.« Die Nonne war sehr blass. Vor Aufregung zitterte ihre Stimme. »Wir haben schon fünfzig Tote, und vielen geht es sehr schlecht. Der Primar weiß nicht, was tun.«

»Worum handelt es sich? Eine Vergiftung?«

»Nein, etwas Schlimmeres. Thrombosen in allen Teilen des Körpers. Die Blutgefäße halten dem Blutdruck nicht stand.« Die Schwester schloss die Augen. »So etwas haben wir noch nie gesehen. Es ist einfach grauenhaft. Blut überall.«

Sie machte Anstalten zu gehen, doch Sanchez rief sie zurück. »Entschuldigen Sie, Schwester, noch eine Frage. Sind alle Patienten gleichermaßen davon betroffen?«

»Nein, nicht alle, zum Glück. Weniger als die Hälfte.«

»Araber?«

Misstrauisch kniff die Schwester die Augen zusammen. »Warum fragen Sie mich das? Ja, vor allem Araber. Es sind jedoch auch einige Franzosen dabei.«

Sanchez ließ den Motor an und fuhr los. Zwei Häuserblocks weiter blieb er an der Einmündung einer kleinen Gasse stehen. Passanten waren keine zu sehen. Er drehte sich auf seinem Sitz um.

Prugny sah Pinks finster an. »Das werden Sie uns jetzt erklären.«

»Was soll ich euch erklären?« Pink strahlte. »Es ist doch alles nach Plan verlaufen.«

»Die Schwester hat von toten Franzosen gesprochen.«

Pinks hob die Schultern. »Ja, das kann vorkommen, doch die Wahrscheinlichkeit ist verschwindend gering. Was macht euch das? Man sieht, dass sie verdorbenes Blut hatten. Vielleicht waren ihre Großmütter…«

Er konnte nicht zu Ende sprechen. Defeldres Faust traf ihn mitten im Gesicht, wovon ihm die Lippe aufplatzte. Dann stieg Sanchez aus, öffnete die hintere Tür, packte ihn beim Kragen und schleifte ihn auf den Asphalt. »Was machen wir mit ihm?«, fragte er Prugny. »Vielleicht sollten wir ihn töten.«

»Nein, lass ihn. Seine Karriere in Algerien ist beendet.«

Pinks blieb am Boden sitzen, während der Wagen sich schnell entfernte. Er hustete ein paarmal. Mit dem Hemdsärmel wischte er sich das Blut ab, das ihm aus dem Mund lief. Dann stand er auf, leicht schwankend.

Er blickte dem verschwundenen Wagen hinterher. »Ihr seid es, die am Ende sind«, murmelte er. »Ich nicht.«

Er humpelte die Straße entlang, während mit Hereinbrechen der Dunkelheit das Geklapper der Töpfe noch weiter anschwoll.

KAPITEL VI

Der Keller am Fluss

Am nächsten Morgen nach seiner Ankunft in Castres nahm Eymerich an einem der Tische der Taverne Platz, die nun von den bewaffneten Männern bewacht wurden, die Herr d'Armagnac am Abend zuvor geschickt hatte. Er hatte die Nacht auf einer der beiden Truhen in seinem Zimmer verbracht, erschöpft von den ersten vergeblichen Nachforschungen über den Selbstmord Raymonds. Der Junge schien ein normales Leben geführt und nie irgendeiner Sekte angehört zu haben. Dies behauptete jedenfalls Emersende, die so erschüttert war, dass Eymerich das Verhör auf den nächsten Tag verschieben und auf sein Abendessen verzichten musste.

Gleich nach dem Erwachen war er in die Kirche des Heiligen Benedikt von Norcia gegangen, die neben der Abtei gleichen Namens lag. Vom Hintergrund des Kirchenschiffes aus hatte er die Gesichter der Gläubigen studiert und versucht, ihren Ausdruck zu deuten, ohne selbst gesehen zu werden. Wenn es eine Form der Untersuchung gab, die er liebte, dann war es die Beobachtung aus der Ferne, die ihm erlaubte, im Verborgenen zu bleiben. Jeder direkte Kontakt hingegen war ihm eher unangenehm.

Als er sich in der Taverne zu Tisch setzte, trug er eine Kutte, die Pater Corona ihm geliehen hatte und die wegen der brütenden Hitze an diesem sonnigen Morgen schon Schweißflecken aufwies. Unter der Hitze stöhnten auch die drei Terziaren, die vom Bischofspalast geschickt worden waren und als Sekretäre und Schreiber fungieren sollten.

»Wir brauchen einen Notar«, bemerkte Pater Corona, als er sich neben den Magister setzte. »Soll ich einen suchen?«

»Nein, ich traue den Leute von hier nicht. Ich habe schon eine Botschaft an Herrn de Berjavel geschickt, den Notar von Carcassonne. Wo ist die Wirtin?«

Pater Corona wies auf die Küche. »Sie ist dort. Ich würde sagen, sie hat sich ziemlich gut erholt. Gestern war sie erschüttert von dem Vorfall an sich, nicht vom Verlust des Jungen. Offenbar hing sie nicht so besonders an ihm.«

»Holt sie her.«

Emersende kam aus der Küche, noch mit Flöhen beschäftigt. Im Gesicht sah man noch die Spuren ihrer Tränen vom Tag zuvor, doch insgesamt wirkte sie nun ziemlich ruhig.

»Setzt Euch«, sagte Eymerich und wies auf die Truhe vor sich. »Dies ist noch kein offizielles Verhör, deshalb vereidige ich Euch nicht. Doch ich will die Wahrheit hören.«

Die Frau nickte.

»Gestern Abend«, fuhr Eymerich fort, »habt Ihr mir gesagt, dass der Junge keine Eltern hatte. Wie lange arbeitete er schon für Euch?«

»Schon immer. Praktisch seitdem ich ihn zu mir genommen habe, auch wenn ich darauf hätte verzichten können. Herr Piquier brachte ihn mir, als er noch ganz klein war, und bat mich, ihn zu behalten. Er gab mir auch eine kleine Summe, aber nicht genug, um so einen Balg durchzubringen.«

Pater Corona rutschte auf der Bank nervös hin und her. Eymerich warf ihm einen Blick zu, dann fragte er die Frau: »Wer ist Herr Piquier?«

»Der Verwalter des Grafen von Montfort. Tatsächlich glaubte ich, der Kleine wäre einer von den vielen unehelichen Kindern des Grafen. Doch er war viel blasser als die anderen, und zuletzt habe ich mir keine Gedanken mehr darüber gemacht.«

Eymerich sah Pater Corona an, der verlegen zu sein schien. »Haltet Ihr das für möglich?«

»Nun, es ist bekannt, dass in Castres überall uneheliche Kinder von Othon de Montfort herumlaufen. Und man weiß auch, dass Herr Piquier sich darum kümmert, sie unterzubringen, so gut es geht.«

Eymerich schüttelte den Kopf. Dann wandte er sich wieder an die Frau.

»Und so habt Ihr Raymond angenommen. Wo hat er gewohnt? Bei Euch in Euren Räumen?«

Emersendes etwas säuerliches Lächeln nahm einen empörten Ausdruck an. »O nein! Er war ja nicht mein Sohn! Er wohnte im Keller eines Hauses am Agout. Es war schon viel, wenn ich ihm Arbeit gab.«

»Könnt Ihr uns zu diesem Haus bringen?«

»Ich könnte, aber jetzt habe ich keine Zeit. Und dann bin ich mir nicht sicher, ob ich es wiedererkenne.«

Schon seit einer Weile verspürte Eymerich eine unüberwindliche Abneigung gegen diese Megäre. Mit uneingestandener Erleichterung ließ er ihr nun freien Lauf.

»Hör mir gut zu, Emersende«, sagte er sehr gedehnt. »Ich könnte dich der Komplizenschaft mit einem Ketzer und Mörder anklagen. Für dich würde das die Folter bedeuten und vielleicht auch den Scheiterhaufen. Also ist es besser für dich, du stehst jetzt auf und gehst ganz schnell zu diesem Haus. Habe ich mich deutlich ausgedrückt?«

Emersende ließ sich so leicht nicht einschüchtern. »Ich glaube nicht, dass Monsignore eine solche Unverschämtheit dulden würde.«

Eymerich setzte ein breites Lächeln auf. »Ich sehe, dass du nichts von der Inquisition verstehst. Es gibt keinen Bischof, der einem Inquisitor Befehle erteilen könnte. Und wenn er versuchen sollte, ihn zu behindern, könnte er abgesetzt und der Komplizenschaft mit dem Schuldigen bezichtigt werden. Das wäre nicht das erste Mal.« Er gab Pater Corona ein Zeichen. »Führt diese Frau zu Herrn d'Armaganac und empfehlt sie für die Streckbank.«

Emersende wurde sichtlich blass. »Ich führe Euch, wohin Ihr wollt«, murmelte sie. »Ich war mir nur nicht mehr sicher, welches Haus es ist.«

»Während du dich jetzt ganz genau erinnerst.«

»Ja.«

»Ausgezeichnet. Geh uns voraus.«

Die Frau ging zur Tür, gefolgt von Eymerich und Pater Corona. Auf der Straße war klar, dass sich die Stimmung in der Stadt geändert hatte. Die Schäfer trieben ihre Schafherden an die Hauswände, um den Dominikanern Platz zu machen; die Handwerker grüßten respektvoll von der Schwelle ihrer Geschäfte aus; einige Obst- und Gemüseverkäuferinnen luden ein, sich bei ihrer Ware frei zu bedienen.

Gleichgültig dem allen gegenüber, beugte Eymerich sich zu Pater Corona. »Warum sind die Häuser so rot? Ist das wegen der Farbe?«

Pater Corona nickte. »Der getrocknete und zu Pulver gestampfte Krapp wird vom Wind davongetragen. Im Lauf der Jahre hat er sich in Schichten an den Häuserfassaden abgelagert und sie rot gefärbt.«

Als sie den Platz der Färber überquerten, grüßten einige der Lehrlinge. Andere hingegen blieben stehen und beobachteten sie. Keiner machte jedoch Anstalten, es ihnen gegenüber an Respekt fehlen zu lassen.

»Sie fangen an zu begreifen«, bemerkte Eymerich befriedigt.

Pater Corona schüttelte den Kopf.

»Macht Euch keine Illusionen. Der Hass auf den König von Frankreich und die Montforts ist zu tief verwurzelt, als dass er sich von einem Tag zum anderen auslöschen ließe. Jetzt haben sie Angst vor Euch, aber bei der ersten Gelegenheit werden wir sehen, wie sie sich wieder verwandeln.«

»Mir genügt die Angst«, bemerkte Eymerich kurz angebunden.

Bald erreichten sie die Häuser am Fluss. Es waren ein- oder zweistöckige Gebäude mit tiefroten Wänden. Die Dächer waren fast überall aus Stein, selten aus Stroh. Doch auch der Stein war rot, wie von innerem Feuer erwärmt.

»Hier hat Raymond gewohnt«, sagte Emersende, die steif dahinging und gegenüber allem gleichgültig schien.

Eymerich sah ein zweistöckiges Haus, das unter einem weiten Bogen ebenfalls eine Färberwerkstatt beherbergte, kenntlich gemacht durch ein schmiedeeisernes Ladenschild. Ein drittes Stockwerk unter Straßenniveau fiel allmählich bis zum Fluss hinunter ab, der in diesem Moment von vielen Schiffen befahren war. »Aber das ist doch keine Wohnung«, bemerkte er.

»Der Junge wohnte im Keller«, entgegnete Emersende barsch.

Eymerich sah sie streng an, doch er sagte nichts.

Der Eigentümer der Färberwerkstatt, ein riesiger Kerl mit roten Haaren, stand neben einem großen Kupferkessel, der den kleinen Raum fast vollständig ausfüllte. Mit kritischem Blick verfolgte er zwei Lehrlinge und einige Kinder, vermutlich seine eigenen, die Alaun und geklöschten Kalk in den Kessel schütteten, der bis obenhin mit schon bearbeiteten Stoffen gefüllt war, die auf diese Art entfettet wurden.

Bei Ankunft der Dominikaner und der Wirtin ging er ihnen entgegen. »Vorsicht, nicht berühren«, sagte er und deutete auf die Stoffe, die an den Leinen hingen und von roter Flüssigkeit troffen. »Sie ziehen gerade Farbe.« Er wandte sich an Emersende. »Ich habe von Raymond gehört. Schade, manchmal war er mir nützlich. Da werde ich mir einen anderen Jungen suchen müssen.«

»Hat er für Euch gearbeitet?«, fragte Eymerich.

»Er wohnte im Keller darunter, wo ich die Holztröge für die Pastellfarben stehen habe. Er machte das Wasser heiß und setzte Asche zu. Aber nur am Abend; den Rest der Tages verbrachte er in der Herberge.«

»Hatte er Freunde?«

Der Mann wechselte rasch einen Blick mit Emersende, wie um sie zu fragen, ob er reden könne. Dann antwortete er: »Nein, was für Freunde soll er schon gehabt haben? Manchmal spielte er mit meinen Kindern, die ihn jedoch nicht mochten. Der einzige Freund, den er hatte, wenn man das so nennen kann, war das Mädchen, das ihm sonntags Essen brachte.«

Emersende zuckte leicht zusammen. Eymerich bemerkte die Regung im Gesicht der Wirtin, tat aber so, als ob nichts wäre. »Wer war dieses Mädchen?«, fragte er den Handwerker.

»Ich weiß es nicht, Pater.« Eine Falte erschien auf der Stirn des Mannes und verriet, dass er log. »Sie war verschleiert und ging immer direkt in den Keller hinunter. Ich achtete nicht darauf.«

»Zeig uns diesen berühmten Keller.«

Der Mann wirkte überrascht. »Aber… da ist nichts zu sehen.«

»Zeig ihn uns trotzdem.«

Der Handwerker kam aus seinem Laden und ging um das Haus herum. In dem schmalen Durchlass zwischen Hauswand und Nebenhaus war das Gelände abschüssig und bildete eine Art Damm.

»Es geht hier entlang.«

Der Durchlass endete am Wasser. Ein schmaler Streifen Erdreich bot Zugang zu dem Teil des Hauses, der unter Straßenniveau lag. Dort öffnete sich hinter einem Eingangsbogen ein weiter Raum, in den das Wasser des

Flusses hinein- und wieder herausschwappte. In weniger trockenen Zeiten musste er teilweise unter Wasser stehen.

Eymerich bemerkte, dass fast alle Häuser am Fluss auf ähnlichen Kellergewölben standen. Pater Corona fing seinen Blick auf. »Die Häuser von Castres am Fluss Agout haben alle solche Keller«, erklärte er. »Sie dienen zum Verladen der Stoffe auf die Schiffe, und da sie immer teilweise unter Wasser stehen, werden sie auch zum Ausspülen der Stoffe verwendet.«

Sie kamen in einen großen und sehr feuchten Raum, in dem es stark nach Schimmel roch. Ein großer Holzbottich in der Mitte des Raums enthielt ein formloses Knäuel von Stoffen, die im Wasser schwammen. Ringsum waren große Behälter mit der üblichen roten Farbe aufgereiht. Ein riesiger Tonofen thronte auf einer erhöhten Ebene hinten im Raum. Auf derselben Ebene war auch ein Strohlager, umgeben von anderen Farbbehältern.

»Ihr wollt mir doch nicht erklären, dass der Junge hier geschlafen hat«, sagte Eymerich in neutralem Ton.

Der Färber zuckte mit den Achseln. »Er war nicht mein Sohn. Es ging ihm gut hier.«

Einen Augenblick lang bedauerte der Inquisitor, den Jungen nicht besser gekannt zu haben, der verdammt war zu einem Leben unter Menschen, die auch nicht einen Funken Zuneigung für ihn empfanden. Doch das lenkte vom Thema seiner Untersuchung ab.

»Wie stellte er es an, hier herunter zu kommen, wenn Hochwasser war?«, beschränkte er sich zu fragen.

»Seht Ihr diese Falltür, Pater?«, sagte der Färber und wies auf eine Öffnung in der Decke. »Er ließ ein Seil herab und kletterte daran herunter.«

»Und das verschleierte Mädchen, das ihn besuchen kam, machte die es genauso?«

Wieder zuckte der Färber mit den Achseln. »Ich habe mich nie darum gekümmert. Das ging mich nichts an.«

Eine Regung von Zorn wallte in Eymerich auf, doch er wusste sie zu beherrschen. Er ging an dem Holzbottich entlang auf die höher gelegene Ebene zu. Geschickt kletterte er zu dem Strohsack hinauf. Das Gewimmel von Läusen, das er darauf entdeckte, zwang ihn, den Kopf abzuwenden. »Kam das Wasser nicht bis hier herauf?«, fragte er.

»Nein«, antwortete der Färber von unten. »Weder zum Bett noch bis zum Ofen, auch an Hochwassertagen nicht.«

Pater Corona kletterte ebenfall hinauf. Er durchsuchte das Strohlager ohne Scheu.

»Was ist das?«, fragte er nach ein paar Augenblicken und hielt einen Bronzearmreif hoch.

Der Färber antwortete mit einem Brummen. »Was weiß denn ich? Er wird schon so seine Sachen gehabt haben.«

»Seltsam«, murmelte Pater Corona. »Es stellt eine Schlange dar, die sich in den Schwanz beißt. Das ist kein gewöhnlicher Gegenstand.«

Eymerich achtete nicht auf ihn. Er untersuchte einen der Behälter mit Farbe, der sich durch Dichte und Dunkelheit der enthaltenen Flüssigkeit und auch durch seine wirklich riesigen Ausmaße von den anderen unterschied. Nach kurzem Zögern tauchte er den Zeigefinger hinein, dann hielt er ihn ans Licht. Mit gerunzelten Augenbrauen betrachtete er die Flüssigkeit, die ihm vom Finger tropfte. Er wandte sich an den Färber.

»Verwendet Ihr für Eure Mischungen Hühner- oder Ochsenblut?«

Der Mann wirkte verwundert. »Sicher nicht. Ich verwende die Blüten einer Pflanze, die Krapp oder Färberröte genannt wird. In Florenz, wohin wir unsere Stoffe schicken, will man nichts anderes.«

Eymerich roch an der Flüssigkeit, die ihm vom Finger lief. »Und doch scheint das hier Blut zu sein.«

Er hielt Pater Corona den Finger hin. »Meint Ihr nicht auch?«

»Ja«, antwortete der Dominikaner nach einer kurzen Untersuchung. »Ohne Zweifel.«

Eymerich sah ihn wortlos an. Dann sprang er geschickt von der erhöhten Ebene herunter. Er ging am Färber und Emersende vorbei, um sich im Becken die Finger zu waschen. Das Wasser rings um seine Hände nahm eine rote Farbe an, die sich wellenförmig ausbreitete. Er trocknete sich die Hände an einem Stück Leinen ab, das auf dem Holzbrett liegen geblieben war. Er hielt es Pater Corona hin, der ebenfalls heruntergekommen war.

»Taucht dieses Stück Stoff in den Behälter und lasst es von einem Apotheker untersuchen. Ich will wissen, um welche Art von Blut es sich handelt.« Dann, zum Färber gewandt: »Ich verbiete Euch bis auf weiteres, irgendetwas in diesem Keller anzurühren. Habt Ihr verstanden?«

»Aber ich muss arbeiten.«

»Ihr werdet eben andere Arbeiten verrichten. Wenn Euch das nicht passt, lasse ich das ganze Gebäude versiegeln.«

Der Handwerker nahm einen gelangweilten Ausdruck an. »Schon gut. Schon gut.« Er kehrte dem Inquisitor den Rücken zu und machte Anstalten zu gehen.

Eymerich überholte ihn und stellte sich ihm in den Weg. Er fixierte ihn aus halb geschlossenen Augen.

»Einen Augenblick, mein Freund«, sagte er mit bedrohlich leiser Stimme. »Jetzt werdet Ihr mir sagen, wer das Mädchen war, das Raymond besuchen kam.«

»Ich habe Euch doch schon erklärt…«

»Lügen!« Es verschaffte Eymerich ein enormes Gefühl der Erleichterung, seinem angestauten Zorn freien Lauf lassen zu können. Doch er tat das in extrem leisem Ton, fast einem Flüstern.

»Jetzt sag mir die Wahrheit, du Ketzer, oder du findest dich noch vor heute Abend in den Folterkammern von Carcassonne wieder. Und deine Familie geht morgen früh auf die Straße betteln.«

Der Färber versuchte, den Mönch, den er vor sich hatte, einzuschätzen, und sah das mörderische Glimmen, das in seinen Augen lag. Er schlug die Augen nieder. »Ich glaube, das Mädchen ist eine Tochter des Grafen Montfort. Die, die immer verschleiert geht und ›die Hexe‹ genannt wird. Sie ist der Schützling von Herrn Piquier. Raymond war ein Bastard des Grafen.«

»So ist's recht.« Eymerich atmete tief durch, dann wandte er sich zum Ausgang, ohne die Anwesenden eines weiteren Blickes zu würdigen. Er freute sich nicht über seinen Sieg. Jede Äußerung seiner aggressiven Regungen verursachte ihm stets ein leises Schuldgefühl, das erst nach ein paar Augenblicken wieder verflog.

Auf der kleinen Steigung, die zur Straße zurückführte, holte Pater Corona ihn ein. »Glaubt Ihr den Worten dieses Mannes, *magister*?«

»Ja. Jeder Schritt in Richtung auf die *masc* führt uns zu den Montfort. Ich muss dem Grafen so bald wie möglich meine Aufwartung machen. Habt Ihr das Stück Stoff?«

»Ja.«

»Bringt es sofort zum Apotheker, dann kommt zu mir in die Herberge. Am Nachmittag gehen wir gemeinsam nach Hautpoul.«

Eymerich verspürte das dringende Bedürfnis, allein zu sein. Nachdem er einem Gemüsekarren ausgewichen war, zog er sich die Kapuze über den Kopf und mischte sich mit gesenktem Kopf unter die Menge der Händler, Kinder, Frauen mit Wäschekörben auf dem Kopf und Bettler, die sich in den schlammigen Straßen drängten und in der einen oder anderen Richtung an der Rinne in deren Mitte entlangliefen, die mit roter Flüssigkeit gefüllt war.

Die Menge teilte sich vor ihm, machte ihm Platz und verstummte einen Augenblick lang. Auch auf dem Platz der Färber wagte es keiner, dem Inquisitor Beleidigungen zuzurufen oder ihn aufzuhalten. Eine kleine Schafherde wurde so hastig an eine Hauswand getrieben, dass sie beinah eine Straßenhändlerin mit Weinen und Sirup über den Haufen gerannt hätte.

All dem gegenüber gleichgültig, ging Eymerich in seine Gedanken versunken raschen Schritts dahin. Er empfand es daher als Störung, als er sah, dass auf der Straße vor der Herberge ein kleiner Trupp Bewaffneter mit den Insignien des Königs von Frankreich postiert war. Mitten unter ihnen bewegte sich in einer Tunika aus gelber Seide mit weiten Ärmeln die untersetzte Gestalt des Guillaume d'Armagnac, damit beschäftigt, seine Befehle zu erteilen.

Als er Eymerich kommen sah, ging der Vogt ihm mit einem breiten Lächeln entgegen. »Verehrter Pater Nikolas! Ich muss mich entschuldigen wegen gestern Abend. Ich bin von Natur aus misstrauisch, und ich wusste noch nicht, dass ich es mit einer so illustren Persönlichkeit zu tun hatte.« Dann fuhr er, Lächeln und Lautstärke mäßigend fort: »Es tut mir nur leid, dass ich Euch das unter so tragischen Umständen sagen muss.«

»Welche Umstände?«

»Richtig, Ihr könnt es ja noch nicht wissen. In Eurer Abwesenheit ist einer der jungen Dominikaner niedergestochen worden, die Ihr in der Herberge zurückgelassen habt. Als ich es erfahren habe, bin ich sofort herbeigeeilt.«

Eymerich zuckte zusammen. »Ist er noch da?«

»Ja. Anscheinend war der Mörder ein junger Mann, doch es ist uns noch nicht gelungen…«

Bevor der Vogt seinen Satz beenden konnte, war Eymerich schon in der Herberge. Der Terziar war in seiner blutüberströmten Kutte auf einen Tisch gelegt worden und wurde nun von einem Arzt und anderen Dominikanern versorgt. Aus der Blässe seines Gesichts konnte man jedoch schließen, dass jede Hilfe zu spät kam.

»Er hat nicht mehr lang«, sagte der Arzt, ein ganz in schwarzes Tuch gekleideter Mann fortgeschrittenen Alters. »Aber vielleicht kommt Ihr noch rechtzeitig, um ihm die Letzte Ölung zu erteilen.«

»Das soll jemand anderer übernehmen«, sagte Eymerich, wobei er einem der jungen Dominikaner ein Zeichen machte. Der Terziar eilte hinaus. »Kann er sprechen?«

»Nein«, antwortete der Arzt.

Der Inquisitor wandte sich an Herrn d'Armagnac, der in diesem Moment eingetreten war. »Ihr habt gesagt, Herr Vogt, dass der Mörder fliehen konnte. Wie hat sich das Verbrechen abgespielt?«

»Ich war dabei«, griff der Terziar ein, der bei dem Verletzten geblieben war, die Augen voller Tränen. »Etienne ist auf die Straße hinausgegangen. Ein junger Mann, der in der Nähe war, ist hergekommen und hat ihn von hinten niedergestochen. Dann ist er davongelaufen, den Dolch noch in der Hand.«

»Gerade ist er gestorben«, verkündete der Arzt mit trauriger Stimme.

»Hier bleibt also wenig zu tun«, sagte Eymerich brüsk. Er sah d'Armagnac an. »Herr Stadtvogt, wollt Ihr mir auf mein Zimmer folgen? Ich hätte unter vier Augen mit Euch zu reden.«

Der Arzt schien höchst erstaunt. »Wie, sprecht Ihr nicht die Gebete?« Doch Eymerich stieg schon die Treppe hinauf, gefolgt von einem höflichen und folgsamen d'Armagnac.

»Setzt Euch auf diese Truhe, aufs Bett, wohin Ihr wollt«, sagte Eymerich, als sie oben waren.

Der Vogt sah sich sehr verwundert um. »Wohnt Ihr wirklich hier? Das ist nicht möglich. Ich würde mich glücklich schätzen, Euch in meinem Palast beherbergen zu können.«

»Ich ziehe das hier vor.« Eymerichs Ton war so knapp, dass es an Unhöflichkeit grenzte. »Was haltet Ihr von dem Verbrechen? Waren das die *masc*, die Katharer oder wer sonst?«

Der Vogt schien in Verlegenheit angesichts so direkter Fragen. Schwer ließ er sich auf eine der Truhen fallen, heftig schwitzend.

»Nun, die Katharer töten gewöhnlich nicht. Ihre Lehre verbietet das, auch wenn sie nicht mehr so streng ist wie früher. Was die so genannten *masc* angeht, so weiß ich nicht einmal, ob es sie wirklich gibt. Euer verehrter Mitbruder Pater Corona…«

»Lasst Pater Corona aus dem Spiel. Die Wahrheit ist eine andere.« Eymerich begann, nervös im Zimmer auf und ab zu gehen, ohne seinen Gesprächspartner anzusehen. »Diese Stadt ist von Grund auf verseucht. In nur zwei Tagen haben sich zwei Bluttaten ereignet, und auf meinem Weg hierher habe ich auf dem Land ringsum überall Leichen gefunden. Was die Mörder angeht, so hat man die Wahl. Der Terziar kann von den *masc* erstochen worden sein, von den Katharern, von Leuten, die dem König von Frankreich feindlich gesinnt sind, oder königstreu aber feindlich der Kirche gegenüber und so weiter. Sogar ein von Euch gedungener Mörder könnte es gewesen sein.«

D'Armagnac fuhr auf. »Aber Pater! Ich versichere Euch, dass ich…«

Eymerich machte eine wegwerfende Geste. »Lasst es gut sein, das war nur ein Paradox. Sicher ist freilich, dass in beiden Fällen, bei Raymond und bei dem Terziaren, ich gemeint war. Im ersten Fall als auserwähltes Opfer, im zweiten als Empfänger einer klaren Drohung. Seid Ihr nicht meiner Meinung?«

»Vielleicht.«

»Nicht vielleicht. Es ist so. Doch die Wahrheit ist, dass diese Stadt krank ist, vergiftet wie ein Vipernnest. Ich frage mich, ob die Farbe ihrer Häuserwände vom Krapp herrührt oder nicht doch eher von Blut.«

»Bis gestern war es eine ziemlich ruhige Stadt.« Der Tonfall des Vogts war leicht gereizt.

»Ruhig? Sicher, weil jeder so tat, als würde er das Gewimmel von Sekten, Ketzereien, Parteiungen und Fraktionen nicht sehen. Doch im Grunde war die Ruhe, die hier herrschte, die Ruhe des *rigor mortis*.«

»Und was würdet Ihr vorschlagen?«

Eymerich blieb stehen. Sein zuvor finsteres Gesicht war nun von einem andeutungsweise boshaften Leuchten erhellt. Er fühlte sich zu einem Kräftemessen herausgefordert, und er kostete schon die Vorfreude auf den Kampf und das Gefühl, im Vollbesitz seiner Kräfte zu sein. »Vor allem die Ablösung der vielen verschiedenen Mächte durch eine einzige Zentralmacht.«

Der Vogt schüttelte den Kopf. »Unmöglich.«

»Es wäre unmöglich, wenn ich mir vornehmen würde, die verschiedenen Fraktionen durch Gewalt zum Gehorsam zu zwingen. Hingegen ist es nicht unmöglich, neue Spaltungen zwischen ihnen hervorzubringen, die ihnen Energie entziehen. Entsinnt Ihr Euch, wie Unser Herr sprach? ›Ich bin nicht gekommen, den Frieden zu bringen, sondern das Schwert. Denn ich bin gekommen, den Sohn vom Vater zu trennen, die Tochter von der Mutter, die Schwiegertochter von der Schwiegermutter.‹ Ich hoffe, Ihr versteht mich.«

Der Gesichtsausdruck der Vogts hatte sich verändert. Von der sichtbar falschen und übertriebenen Höflichkeit war er zu echtem Interesse übergegangen, in dem eine gewisse Bewunderung nicht fehlte.

»Warum sagt Ihr mir das, Pater Nikolas? Repräsentiere ich vielleicht eine der Mächte, die Ihr spalten und schwächen wollt?«

»Gewiss doch repräsentiert Ihr die.« Eymerich setzte sich auf die andere Truhe. Er beugte sich leicht nach vorne, einen strengen Ausdruck im Gesicht.

»Aber die Macht, die hinter Euch steht, ist alles in allem vereinbar mit der, deren Träger ich bin. Die französische Krone ist heute extrem schwach. Nicht so die Kirche, die den Untergang von Reichen überdauert. Wenn Frankreich seine Macht wiedererlangen will, kann es das nur unter Ausnützung der Tatsache, dass die Beziehungen zwischen der Kirche und den Plantagenets weniger gut sind, als es den Anschein haben könnte.«

»Und welchen Nutzen habe ich von Euren Plänen?«

Eymerich schätzte die Ehrlichkeit seines Gesprächspartners und das spontane Lächeln, das auf seinen Lippen erschienen war.

»Das ist nicht schwer zu erraten. Das Ansehen der Montforts hat Schaden genommen, und in der Tat haben die Pläne, die wir mit ihnen hegen, nicht Castres zum Schauplatz. Wer ihnen anhängt, der tut das aus Loyalität zur Kirche oder weil er ihre Fähigkeit schätzt, eine gewisse Ordnung aufrechtzuerhalten. Doch in Euch könnten sich beide Tugenden vereinen. Verbündet Euch mit mir; ich repräsentiere wie Ihr eine reale Macht. In wenigen Monaten könnten die Armagnac als Feudalherren in Castres regieren, nicht bloß als einfache Stadtvögte.«

Der Inquisitor sah, dass er ins Schwarze getroffen hatte. Herr d'Armagnac schwieg ein paar Augenblicke lang, als ob er angestrengt nachdenken würde. Dann sagte er:

»Kurzum, wie gedenkt Ihr vorzugehen?«

»Vor allem will ich einen Wettbewerb ausschreiben, den bekannt zu machen ihr mir behilflich sein werdet. Ich setzte Preise aus für jeden, der der Ketzerei Verdächtige anzeigt, welcher Sekte auch immer sie angehören, und drohe denen Strafen an, die das unterlassen. So wird der Nachbar den Nachbarn anzeigen – oder ihn doch im Auge behalten –, und die Spaltung dringt bis in die Familien. Ihr könnt sicher sein, in kurzer Zeit beginnt das Knäuel Schlangen sich aufzulösen.«

»Ich glaube nicht, dass Eure Drohungen so schnell Wirkung zeigen werden.«

»Allein sind sie tatsächlich nicht ausreichend. Es ist ein Beispiel vonnöten, das die schwächeren Gemüter aufrüttelt. Erlaubt mir ein weiteres Zitat aus dem Evangelium: ›Wenn einer nicht mit mir ist, wird er weggeworfen wie ein Rebschoss. Er wird vertrocknen, man wird ihn aufheben und ins Feuer werfen, wo er verbrennt.‹ Es ist nötig, dass dieses Schicksal jedem, der sich unschlüssig ist, welche Seite er wählen soll, klar und deutlich vor Augen steht.«

Der Vogt zog eine Augenbraue hoch. »Was wollt Ihr damit sagen? Ich hoffe nicht…«

Eymerich sah ihn unverwandt an. Langsam senkte er bejahend den Kopf. »Genau so.«

In dem Moment trat mit Schwung Pater Corona ein. Er blieb an der Schwelle stehen.

»Oh, verzeiht. Ich dachte, Ihr wärt allein.« Er wollte wieder hinausgehen.

»Nein, bleibt«, sagte Eymerich »Neuigkeiten?«

»Ich habe von der Tragödie gehört…«

»Ja, ja. Seid Ihr beim Apotheker gewesen?«

Pater Corona sah Herrn d'Armagnac an, dann wieder Eymerich.

»Ja, ich war dort. Seiner Ansicht nach handelt es sich um menschliches Blut.«

Der Vogt sprang auf. »Blut? Von welchem Blut redet Ihr?«

Eymerich beachtete ihn nicht. »Das habe ich vermutet. Nein, ich war mir sicher.« Er fing wieder an, im Zimmer auf und ab zu gehen.

»Herr d'Armagnac, der kleine Raymond war ein *masc* oder stand in Verbindung mit den *masc*. Die zweite Vermutung ist die wahrscheinlichere. Das überzeugt mich noch mehr von der Notwendigkeit, in Castres ein Exempel zu statuieren.«

»Aber hier hat es schon seit über zehn Jahren kein Autodafé mehr gegeben.«

Pater Corona machte einen Schritt in Richtung auf Eymerich. »Autodafé?«, sagte er mit gepresster Stimme. »Aber wen wollt Ihr denn auf den Scheiterhaufen schicken, *magister*?«

»Ihr habt mir gesagt, Ihr habt Ketzer gefangengenommen.«

»Ja, eine Familie von Katharern.«

»Ich hoffe, Ihr habt sie verurteilt.«

»Ja, und ich habe sie für schuldig befunden. Aber es handelt sich um arme Bauern, Opfer der wenigen übrig gebliebenen *bonhommes*. Deshalb habe ich sie zu sechs Monaten *murus arctus* verurteilt.«

Eymerich verschränkte die Arme. Er sprach in dozierendem Ton, jede Silbe einzeln betonend.

»Die Bestrafung ist nicht unsere Sache, sie ist Angelegenheit des weltlichen Arms. Uns steht nur das Urteil zu. Wenn Ihr diese Leute ketzerischer Ansichten für schuldig befunden habt und wenn sie keinerlei Reue gezeigt haben, dann ist die Strafe, die das weltliche Gericht für sie vorsieht, der Tod auf dem Scheiterhaufen. Ich glaube, Herr d'Armagnac stimmt dem zu.«

Der Vogt wollte etwas erwidern, doch dann zog er es vor zu schweigen. Er deutete eine leichte Verbeugung an.

»*Magister*, hört mir zu!« Pater Corona schien aufgewühlt. »Diese Leute verdienen den Tod nicht.«

»Diese Stadt ist es, die den Tod verdient«, entgegnete Eymerich eisig. »Wir werden den Herrn Vogt selbstverständlich bitten, Gnade walten zu lassen. Trotzdem ahne ich schon, dass wir ihn nicht werden umstimmen können.«

Einen Moment lang schien Herr d'Armagnac ratlos, dann umspielte ein leises Lächeln seine Lippen. »Das glaube ich auch.« Sein Gesicht wurde wieder ernst. »Da gibt es aber ein Problem, Pater Nikolas. Um ein Autodafé zu veranstalten, brauche ich die Genehmigung des Bischofs und des Feudalherrn.«

»Um den Bischof macht Euch keine Sorgen. Was den Grafen Montfort angeht – Pater Corona und ich gehen nach dem Mittagessen zu ihm. Bei unserer Rückkehr bekommt Ihr seine Genehmigung.«

Der Vogt nahm den federgeschmückten Turban ab und machte eine tiefe Verbeugung.

»Ich erwarte Euch, Pater Nikolas, wie ich den Text Eurer Bekanntmachung erwarte. Jetzt werde ich mich, wenn Ihr erlaubt, zurückziehen. Ich hoffe, Ihr erinnert Euch an das, was Ihr über die vereinbaren Mächte gesagt habt.«

»Seid ganz beruhigt, mein Herr«, antwortete Eymerich und verneigte sich seinerseits.

Als der Vogt gegangen war, sah der Inquisitor Pater Corona an, der noch immer tief verstört war. »Eine interessante Persönlichkeit«, bemerkte er. »Er ist nicht sonderlich intelligent, aber schlau. Oder er weiß doch wenigstens den eigenen Vorteil zu erkennen.«

»*Magister*, ich bin gezwungen zu wiederholen, dass die Ketzer, die ich gefangen genommen habe, den Tod nicht verdienen. Ich habe das vollständige Schuldbekenntnis von ihnen nur deshalb bekommen, weil sie nicht einmal begreifen, wessen sie sich schuldig gemacht haben sollen. In vielen Bergdörfern haben selbst die Pfarrer Schwierigkeiten, den Unterschied zwischen Katharertum und Christentum auszumachen.«

Erstaunlicherweise machte sich auf Eymerichs Gesicht, das gewöhnlich angespannt und streng war, ein wohlwollender Ausdruck breit. Er trat zu Pater Corona und legte ihm einen Augenblick lang die Hände auf die Schultern.

»Seid guten Muts, Pater Corona, und vertraut auf mich. Ich verfolge zwei Ziele: der Stadt Castres klar zu machen, dass sie ab heute eine Autorität hat, die über allen anderen steht, und die Reaktionen der hier Herrschenden auf meinen Vorschlag eines Autodafé zu studieren. Ich muss wissen, bis zu welchem Punkt sie mit der Häresie gemeinsame Sache machen.« Er deutete ein Lächeln an. »Wie Ihr seht, habe ich nicht die Absicht, die von Euch gefangen genommenen Personen auf den Scheiterhaufen zu schicken. Doch ich möchte Euch jetzt nicht von meinen Plänen erzählen, die ziemlich komplex sind und unsere Herrschaften hier betreffen.«

»Von allen Herrschenden, von denen Ihr redet, ist der Vogt bestimmt der übelste«, antwortete Pater Corona etwas erleichtert.

»Sicher. Deshalb musste er auch als erster neutralisiert werden. Er hat schon unseren Terziaren umbringen lassen. Ohne die Unterredung von eben hätte er bald versucht, auch uns zu treffen.«

Ein Ausdruck tiefen Staunens machte sich auf dem Gesicht von Pater Corona breit. »Ihr vermutet also…«

»Ich vermute es nicht. Ich weiß es.« Eymerich ging zur Tür. »Kommt, gehen wir nachsehen, was sie mit dem Leichnam des armen Jungen angestellt haben. Dann wollen wir Madame Emersende überreden, uns etwas zu essen zu machen. Die sechste Stunde ist schon eine Weile vorbei, und wir müssen heute noch auf Reisen gehen.«

Unten war nur einer der Terziaren zurückgeblieben, ein bartloser junger Mann, der noch immer sehr erschüttert war. Er berichtete ihnen, dass der Leichnam ins Kloster geschafft worden sei, wo die Benediktiner sich um die Beerdigung kümmern würden. Eymerich entließ ihn, dann widmete er sich Emersende, die geschäftig zwischen Saal und Küche hin und her lief, als ob sie Gäste zu bedienen hätte, die gar nicht da waren.

Die Wirtin zeigte sich sehr erleichtert, als der Inquisitor ihr zweideutiges Betragen vom Vormittag mit keinem Wort erwähnte und ihr einfach auftrug, sie solle etwas zu essen auf den Tisch bringen. Falls sie erstaunt war, gab sie es nicht zu erkennen. Im Nu bereitete sie gepökeltes Schweinefleisch mit einer Sauce aus Zwiebeln und Brotkrume zu. Sie protestierte nicht, als Eymerich ihr befahl, das Gericht zu kosten und auch den Soldaten des Vogts etwas davon zu bringen, die draußen Wache standen.

Es war ein hastiges Essen, widerwillig eingenommen wegen der drückenden Hitze, die die hochstehenden Sonne verbreitete. In seine eigenen Gedanken versunken, beantwortete Eymerich die Fragen von Pater Corona mit ein paar zerstreuten Worten. Als er mit dem letzten Bissen fertig war, stand er mit einem Ruck auf und ging in den Stall, wo er sein Pferd selbst aufzäumte und sattelte. Sein Gefährte dagegen ging zum Bischofspalast hinüber, von wo er wenig später mit einem klapprigen Gaul wiederkehrte, der mit billigem Zeug gesattelt und gezäumt war. Doch Eymerich, dem Tiere gleichgültig waren, schien den traurigen Zustand des Reittieres nicht zu bemerken.

Sie durchquerten die Stadt, die durch die brütende Hitze fast ausgestorben und vom durchdringenden Gestank der Tinkturen und Farben verseucht war. Als sie in der Ferne rechts von sich die rötlichen Mauern des Klosters sahen, hielt Eymerich sein Pferd einen Augenblick an.

»Wie heißt der Abt?«

»Josserand de Nayrac«, antwortete Pater Corona. »Er ist ein Vetter von Guy de Nayrac, einem der Herren der Stadt, und Bruder von Armand de Nayrac, ein Söldnerführer, der auf Seiten der Engländer gekämpft hat. Aber er hat zu keinem von ihnen Beziehungen. Oder vielleicht wollen sie keine Beziehungen zu ihm.«

»Warum?«

»Wenn Ihr den Abt kennen lernt, werdet Ihr das sofort begreifen. Er ist nicht vollkommen verrückt, aber viel fehlt nicht.«

Eymerich gab keinen Kommentar und ritt weiter.

Die Soldaten, die auf der Brücke über den Agout Wache hielten, waren schläfrig von der Hitze und betrachteten sie ohne Neugier. Ein Offizier grüßte sie flüchtig mit der Hand. Sie kehrten der Stadt den Rücken und ritten zwischen Krapp- und Safranfeldern dahin, leidend unter der sengenden Sonne.

Lange war Eymerich schweigsam und einsilbig. Die fortgesetzte Gesellschaft eines Menschen wurde ihm immer zur Last, weil sie sich seinem ausgeprägten Bedürfnis nach Alleinsein ungehörigerweise in den Weg stellte. Selbst der angenehmste Gesprächspartner wurde ihm auf Dauer lästig. In solchen Fällen begann er, einsilbige Antworten zu geben, in der Hoffnung, dass der andere begriff und sich diskret zurückzog.

Zum Glück musste Pater Corona die Persönlichkeit des Inquisitors verstanden haben, denn er verlangsamte die Gangart seines Kleppers und blieb einige Schritte hinter dem Magister zurück. Das ging so bis zu den bewaldeten Tälern, mit denen sich der Schwarze Berg ankündigte, dessen Umrisse sich majestätisch in dem durch die Hitze hervorgebrachten, feinen gelblichen Dunst abzeichneten.

Als sie die ersten Wälder erreichten, änderte sich Eymerichs Laune. Er hielt sein Pferd an und ritt neben Pater Corona weiter. »Bald werden wir der ersten der fünf Mächte begegnen, die in Castres herrschen«, verkündete er beinahe fröhlich.

»Und welches wären die anderen vier?«

»Der Bischof, der Vogt, der Abt und dieser Guy de Nayrac, von dem Ihr mir erzählt habt.« Eymerich kräuselte die Lippen. »Marionetten gibt es genug. Das Wichtige ist, ihre Fäden entwirren zu können.«

Pater Corona schloss die Augen halb. »Erlaubt Ihr mir eine Bemerkung, *magister*?«

»Gewiss.«

»Ihr scheint mit Menschen umzugehen wie mit Figuren auf dem Schachbrett. Überdies…«

»Fahrt fort. Überdies?«

»Scheint Ihr die gefallenen Figuren überhaupt nicht zu beachten. Wie Raymond oder unseren Terziaren.« Pater Corona sah seinen Gefährten an, ängstlich, ob er nicht vielleicht zu viel gesagt hatte. »Natürlich will ich damit nicht…«

»Oh, ich bin überhaupt nicht beleidigt, mein Freund.« Eymerich ließ ein kleines, fast joviales Lachen hören. »Es ist viel Wahres an dem, was Ihr sagt. Doch wir dienen einem Plan, der weit über unsere beschränkte Person hinausgeht, und das mag uns zynisch erscheinen lassen. In Wirklichkeit ist das so, weil wir gezwungen sind, auf einem riesigen Schachbrett zu spielen, wo der Wert jeder einzelnen Figur äußerst vergänglich ist.«

Die Antwort schien Pater Corona nicht zu befriedigen, und er wollte schon etwas erwidern. In dem Augenblick aber tauchten auf der Straße vier berittene Soldaten auf, die das rote Kreuz auf weißem Grund im Wappen trugen. Einer der vier, der einen weiten schwarzen Umhang trug und völlig erhitzt wirkte, machte den Dominikanern Zeichen, stehen zu bleiben.

»Guten Tag, verehrte Patres. Wohin seid Ihr unterwegs?«

»Nach Schloss Hautpoul«, antwortete Eymerich ebenso höflich. »Wir möchten dem Herrn Grafen de Montfort unsere Aufwartung machen.«

»Dem Grafen wird es eine Freude sein, Euch zu empfangen«, sagte der Offizier. »Wollt Ihr mir bitte folgen. Wir geleiten Euch zum Schloss.«

Die Männer ritten noch ein kurzes Stück auf der Straße weiter, dann bogen sie in einen breiten und sehr gepflegten Weg ein, der unter riesigen Eichen den Berghang hinaufführte. Bald begannen sich die auf dem Talgrund so seltenen Lebenszeichen zu vermehren. Da waren Gruppen von Bettlern, die am Straßenrand saßen, Scharen von Kindern, die zwischen den Bäumen Fangen spielten, Karren, die sich mit großer Mühe den Berg hinaufplagten, an strategischen Punkten platzierte Soldaten. Auf dem Berg schien ein eigenes Leben zu brodeln, das von unten nicht zu bemerken war.

»Krieg und Pest haben viele Leute gezwungen, hier oben ihre Zuflucht zu nehmen«, erläuterte Pater Corona, »und ihre Tätigkeiten im näheren Umkreis des Schlosses auszuüben.«

Eymerich antwortete nicht. Er betrachtete den Felsen, der plötzlich zwischen den Bäumen aufgetaucht war und nun hoch über ihnen aufragte. Er war ganz von mächtigem Mauerwerk eingefasst, das am Berghang hinaufstieg, in Abständen von massiven Wehrtürmen unterbrochen. »Eine uneinnehmbare Festung«, bemerkte er.

»Graf Othon rühmt sich, jeder Belagerung standhalten zu können.«

Über eine Reihe von Kehren kamen sie zu einer Passage zwischen Felswänden, auf denen Ginstersträucher wuchsen. Ein paar Posten hielten hoch droben auf den Felsen Wache, und ihre Rüstungen blitzten in der noch immer glühenden Sonne. Sie beobachteten die Karren, die sich ächzend und quietschend die Steigung hinaufarbeiteten, Händler, die auf ihren Stock gestützt kamen oder gingen, Bauern, die Ochsen oder Schweine vor sich hertrieben. Zwischen den Felswänden herrschte ein nicht minder lebhaftes Treiben als in Castres, und genauso laut.

Eymerich begann nervös zu werden, weil sie nur so langsam vorankamen, als sich die Passage plötzlich auf eine steinige Fläche öffnete, die Zugang zur Spitze des Felsens bot. Eingefasst war sie von zyklopischen Schlossmauern, die sehr viel höher waren als gemeinhin üblich und an dieser Stelle ihren einzigen Zugang hatten. Es war ein ungewöhnlich großes, bewehrtes Tor, flankiert von Wachtürmen und gesichert durch eine Reihe von Fallgittern, die derzeit hochgezogen waren.

Unter Leitung des Offiziers wurden die Inquisitoren ohne Formalitäten in den Burgfried eingelassen. Zu ihrer Rechten duckte sich eine Reihe von niedrigen Häusern an der Mauer entlang, mit Stroh oder Holz gedeckt und am Ende überragt von der Fassade und dem Turm einer Kirche. In diese Richtung strömte der Großteil des Volks. Links hingegen bot ein in einen Turm eingelassener und von einigen Soldaten bewachter Bogen Zugang zu einem abgelegeneren Flügel, der noch einmal durch Fallgitter geschützt war. Der Offizier stieg vom Pferd, redete mit den Wachen und machte den Dominikanern Zeichen durchzugehen, während sein Trupp draußen blieb.

Sie befanden sich auf einem Exerzierplatz von enormen Ausmaßen, mit vereinzelten Strohhalmen darauf und verpestet vom penetranten Gestank nach Pferdemist. Ringsum lagen die Stallungen, einige Wirtschaftsgebäude und ein mächtiger, drei Stockwerke hoher Turm.

»Das sind die Wohnräume des Grafen«, erklärte der

Offizier und deutete auf eine Reihe von Fenstern an der Fassade des Turms. »Ihr könnt die Pferde mir überlassen und direkt hineingehen.«

»Meldet Ihr uns nicht an?«, fragte Eymerich.

»Das ist nicht nötig. Der Graf hat Anweisung gegeben, dass jeder Geistliche sofort zu ihm vorgelassen werden soll, ohne weitere Formalitäten.«

Während sie auf den Eingang des Turms zugingen, wies Eymerich Pater Corona auf eine große Gruppe von Soldaten hin, die in einer Ecke des Exerzierplatzes an einem Brunnen standen.

»Noch nie habe ich so lange Bärte und Haare gesehen. Und auch nicht so zerlumpte Kleider und so bunt zusammengewürfelte Waffen.«

»Oh, sicher sind das nicht die Soldaten des Grafen. Wahrscheinlich hat er gerade Besuch von irgendeinem Söldnerführer aus der Umgebung.«

»Aber sollte er die Bauern nicht gerade vor den Söldnern schützen?«

»Er sollte. Trotzdem ist bekannt, dass einige Wegelagerer beim Grafen beliebter sind als andere. Vor allem solche, die ihm einen Teil ihrer Beute abtreten.«

Sie schritten über die Schwelle des Turms, während es vom Kirchturm aus die neunte Stunde läutete. Ein Diener kam ihnen mit dienstfertigem Gebahren entgegen. Er verneigte sich tief.

»Willkommen, verehrte Patres. Ich hoffe, Ihr hattet eine gute Reise.«

»Ausgezeichnet, danke«, antwortete Eymerich. »Ist der Graf zu sprechen?«

»Im Augenblick ist er im Gespräch mit Hauptmann de Morlux, doch bald wird er frei sein. In der Zwischenzeit kann ich Euch in der Küche etwas auftragen lassen und Euch zeigen, wo die Latrinen sind.«

»Danke, guter Mann, doch das ist nicht nötig. Wir warten, bis der Graf uns empfangen kann.«

»Dann begleite ich Euch ins Vorzimmer.«

Die Eingangshalle war düster und kahl, wie das nüchterne Aussehen des Turms schon hatte vermuten lassen. Sie kamen an Gruppen von Wachsoldaten vorbei, die am Boden hockten und würfelten. Der Diener führte sie durch einen großen Saal mit Gewölbedecke, der von ein paar Fackeln erhellt war. Im obersten Stockwerk änderte sich die Umgebung dann vollständig.

Hier waren die Fackeln zahlreich, und es gab eine hohe Kassettendecke mit Einlegearbeiten. An den mit Seide tapezierten Wänden hingen fein gearbeitete flämische Gobelins und Samtvorhänge. Die Stühle waren mit rotem Cordoba-Leder bezogen. Leichter Blumenduft lag in der Luft und überlagerte den Gestank, der von draußen hereindrang.

Der Diener trat zu einem der fünf Pagen, die auf der Treppe standen, und zeigte ihm eine Tür. Der ging hinein und kam sofort wieder heraus.

»Der Herr Graf verabschiedet sich gerade von Hauptmann Morlux«, verkündete er den Dominikanern. »Er ist gleich bei Euch.«

Als der Diener sich entfernt hatte, flüsterte Eymerich Pater Corona zu: »So viel Luxus hätte ich mir in diesen Zeiten nicht erwartet.«

»Nicht alle haben in dieser schweren Zeit draufgezahlt. Doch lasst Euch nicht vom Schein täuschen. Herr de Montfort ist vor allem ein Feldherr.«

Sie schauten sich noch schweigend um, als sich eine verborgene Tapetentür öffnete. Das Geschöpf, das heraustrat, verursachte Eymerich einen unkontrollierbaren Schauder, der umso heftiger war, als er völlig unerwartet kam.

Es war eine junge Frau von etwa fünfundzwanzig Jahren, so groß gewachsen, dass sie sich bücken musste, um durch die Tür zu treten. Der blauen Tunika, die sie trug, gelang es nicht, lange Glieder von erschreckender Durchsichtigkeit zu verbergen, die so mager waren, dass das Fleisch nur wie ein dünner Schleier auf den Knochen schien. Doch was Eymerich am meisten beeindruckte, war das Gesicht des Mädchens. Es wirkte wie ein in die Länge gezogener Totenschädel von gelblicher Farbe, mit sehr schütterem Haar darauf. Darin tat sich wie ein kurzer Spalt ein sehr schmaler Mund auf, vor allem aber zwei riesige vorstehende Augen von so hellem Blau, dass es schwer fiel, die Pupille auszumachen. Dieses monströse Gesicht war von feinen roten Äderchen überzogen, die auf der Stirn und an den Schläfen ein dichtes Geflecht bildeten.

Eymerich hatte das Gefühl, einen Fisch mit irgendwie menschlichen Zügen zu betrachten. Doch wenn sein Herz schneller schlug, so vor allem deshalb, weil er das Gefühl hatte, etwas schauerlich Krankes vor sich zu haben, ein Bündel aus Adern und Nerven, in dem eine unaussprechliche Krankheit pulsierte.

Es war die Sache eines Augenblicks. Nach Luft schnappend, machte die Frau ein paar Schritte auf die Dominikaner zu, und sogleich trat ein magerer, schwarz gekleideter Mann durch die Tür und bewegte eine Hand, was ein merkwürdiges Klingeln verursachte.

»Demoiselle Sophie, ich bitte Euch! Euer Vater könnte Euch sehen!«

Eymerich brauchte einen Moment, um zu begreifen, dass der Mann eine lange und sehr dünne Kette in der Hand hielt, die um eines der Fußgelenke des Geschöpfes gelegt war. Die junge Frau öffnete den Mund, als ob sie etwas sagen wollte, dann machte sie kehrt und ging wieder auf die Tür zu. Der Mann in Schwarz warf einen Blick in die Runde, verweilte kurz bei den Dominikanern, dann trat er ebenfalls durch die Tür. Die schloss sich mit einem leisen Klicken.

Eymerich fuhr sich mit dem Handrücken über die Stirn. »Ich traue meinen Augen nicht.«

Pater Corona schüttelte den Kopf. »Es ist traurig, nicht wahr? Das ist Sophie de Montfort, eine der Töchter des Grafen. Und der Mann, der bei ihr war, das ist der Verwalter, Herr Piquier.«

»Aber was hat sie?«

»Keiner weiß das. Sie ist so auf die Welt gekommen, und alle sagten, sie würde bald sterben. Der Graf hoffte es. Hingegen hat sie es geschafft zu überleben, wer weiß wie. Die Leute haben Angst vor ihr. Wie der Färber heute Morgen andeutete, hält man sie für eine Hexe.«

»Und Ihr habt mir nichts davon gesagt!«

»Es war keine Zeit dafür. Bei Tisch und auf der Reise schient Ihr keine Lust zu haben, Euch zu unterhalten.«

Eymerich überlegte einen Augenblick. »Kann sie sprechen?«

»O ja, und auch gut. Sie ist von normaler Intelligenz. Aber der Graf will nicht…«

Er unterbrach sich, weil die größere Tür aufgegangen war. Heraus kam ein Mann mit harten Gesichtszügen, einen gefiederten Helm unter dem Arm, der seine Schritte zur Treppe lenkte. Hinter ihm erschien ein Page.

»Verehrte Patres«, sagte dieser zu den Inquisitoren. »Der Graf de Montfort bittet Euch, näher zu treten.«

KAPITEL VII

Die Verschwörer

Die Bar ›unattraktiv‹ zu nennen, wäre ein Kompliment gewesen. Die Sessel mit den abgewetzten roten Bezügen, das nichtssagende Straßenfenster, der grün und gelb bemalte Tresen, die dichte Rauchwolke, die auf halber Höhe im Raum hing, all das machte das Lokal für eine nur sehr beschränkte Zahl von eingeschworenen Stammgästen einladend. Das einzige angenehme Detail war, dass es keine Betrunkenen gab, da fast nur Kaffee ausgeschenkt wurde. Trotzdem waren da ein paar aufgetakelte Prostituierte, die zwischen den Tischchen herumschwänzelten, und ein paar üble Typen, die auf den Barhockern hingen. Nichts Besonderes also.

Auch an diesem Abend war es im Ryder's Coffee House, einer der weniger ansehnlichen Bars im Vieux Carré von New Orleans, nicht gerade überfüllt. Es war Ende August 1963, und es herrschte eine so drückende Schwüle, dass man kaum atmen konnte. Einige Gäste tranken im Freien, weil sie sich einbildeten, dort etwas Abkühlung zu finden; doch die meisten wanderten in andere Cafés ab, wo das Bier eine etwas wirksamere Erfrischung verhieß als dieser grauenvolle Kaffee.

Guy Banister schien als einziger der Anwesenden gegen Hitze unempfindlich zu sein. Wie gewöhnlich im schwarzen Anzug, die silberfarbene Krawatte sauber um den weißen Hemdkragen gebunden, nippte er an seinem Kaffee, als ob es ein Erfrischungsgetränk wäre. Während bei Davie Ferrie, der ihm gegenüber saß, der Schweiß in Strömen floss. Als er ihn sich abwischen wollte, wäre fast die blonde Perücke verrutscht, die er trug. Von da an ließ er die Schweißtropfen ungehindert in die gefärbten Augenbrauen rinnen.

Genauso heiß war es Clay Shae, bei einigen auch als Clay Bertrand bekannt, der an der dem Tresen zugewandten Seite des Tisches saß und sich oft mit der Hand durch die weißen Haare fuhr, die in merkwürdigem Kontrast zu seinem olivfarbenen Teint standen. Völlig schweißüberströmt war auch Johnny Roselli, die rechte Hand von Sam Giancana, und er hatte sich noch nicht von seinem Staunen darüber erholt, in einem Lokal gelandet zu sein, das so viel bescheidener war als die, in denen er gewöhnlich verkehrte.

»Man kommt um«, maulte Ferrie, der es nicht mehr aushielt. »Die Luft ist zum Ersticken.«

Banister setzte die Kaffeetasse ab. »Zum Ersticken auch in einem anderen Sinn. Es war nicht vorgesehen, dass man uns das Trainingslager von St. Tommany Parish zusperren würde. Sie haben uns die Hälfte des Sprengstoffs und fast sämtliche Waffen abgenommen.«

»Der Sinn der Regierungsmaßnahme ist klar«, bemerkte Shaw. »Wir haben uns Illusionen gemacht. Sie wollen es in Kuba nicht noch einmal versuchen und fangen daher an, die Castro-Gegner auszuschalten.«

»Das ist nicht gesagt, das ist nicht gesagt.« Banister hob die rechte Hand, an der er vier wundervolle Ringe trug. »Bisher hat noch niemand unsere Aktivitäten verboten. Ja, meine Gesellschaft hat dem Präsidenten mitgeteilt, dass sie sie für völlig legal hält. Und er hat nicht widersprochen.«

Ferrie zuckte mit den Achseln. »Alles Quatsch. Kennedy ist ein Verräter. Er lässt uns am Leben, nur weil er im Augenblick nicht anders kann. Die Verantwortung für die Landung in der Schweinebucht hat er wohl oder übel übernehmen müssen und so schnell kann er uns jetzt nicht bloßstellen. Doch bei der erstbesten Gelegenheit wird er uns fallen lassen. Die Schließung des Lagers ist nur eine erste Warnung.«

»Dann gibt es nur eins, was man tun kann. Castro einen Schlag versetzen, bevor der Präsident einen völlig anderen Kurs einschlägt.« Banister ließ den Blick über seine Gefährten schweifen. »Habt ihr verstanden, was ich meine? Ihn vor vollendete Tatsachen stellen.«

Entschieden schüttelte Ferrie den Kopf. »Das haben wir schon versucht. Meine Cuban Revolutionary Front und seine Alpha 66 haben schon etliche sowjetische Schiffe im Hafen von Havana in die Luft gejagt. Und was ist dabei herausgekommen? Nicht nur hat es nicht den geringsten diplomatischen Zwischenfall gegeben, es hat auch nicht viel gefehlt, und Kennedy hätte sich bei den Russen entschuldigt. Und jetzt schließt er unsere Trainingslager.«

»Ich glaube, Mister Banister hat etwas anderes gemeint.« Clay Shaw zündete sich eine Zigarette an, die fünfte, seitdem er in dem Lokal war. Mit zusammengekniffenen Augen sog er den Rauch ein. »Einen wirklich endgültigen Schlag, der die friedliche Koexistenz mit den Kommunisten für immer unmöglich macht.«

Banister nickte, dann wandte er den Blick dem schweigsamsten Mitglied in der Runde zu. »Und Sie, Mister Roselli, was meinen Sie dazu?«

Der Gangster antwortete prompt, als hätte er nur darauf gewartet, seine Meinung zu sagen. »Mister Giancana hat mich beauftragt, euch mitzuteilen, dass er von euch allen die Nase voll hat. Seit zwei Jahren bereitet unsere Organisation in eurem Auftrag Attentate auf Castro vor. Ihr habt euch die verrücktesten Methoden ausgedacht, vergiftete Zigarren, Seifen, die einen Infarkt auslösen, Pülverchen jeder Art. Alles Blödsinn. Ihr müsst einsehen, dass wir kein Zirkus sind, und ihr solltet euch eure Clowns woanders suchen.«

Er sah Ferrie an.

»Und wenn ich mich nicht täusche, ist das auch die Meinung von Carlos Marcello.«

Widerstrebend nickte Ferrie. Er mochte es nicht, wenn man seine Beziehungen zum Chef der Familie von Orleans öffentlich erwähnte.

»Eigentlich habe ich nicht an ein Attentat auf Castro gedacht«, wandte Banister etwas verlegen ein.

»Umso besser.« Roselli machte Anstalten aufzustehen. Sofort erhoben sich an einem Tisch bei der Tür zwei seiner Männer.

»Ich wiederhole es, lasst uns aus dem Spiel. Wir haben versucht, der CIA behilflich zu sein, im Tausch gegen die eine oder andere Gefälligkeit, aber das lohnt sich nicht mehr. Auch weil wir seit einiger Zeit wieder unter Druck geraten sind, dank Kennedy. Der sich um euch einen feuchten Kehricht schert.« Roselli erhob sich grußlos und verließ das Lokal mit seinen Leibwächtern.

Es trat eine kurze Stille ein, dann schüttelte Banister den Kopf. »Das ist ein schwerer Schlag, doch er weist uns darauf hin, dass wir schnell handeln müssen. Wir verlieren an Glaubwürdigkeit.«

Shaw sah auf seine Rolex. »Kurz, was hast du im Sinn? Ich kann nicht den ganzen Nachmittag bleiben, ich habe eine geschäftliche Verabredung.«

»Das ist mir noch nicht ganz klar. Ein Attentat auf Castro würde ich ausschließen. Wir haben gesehen, dass das praktisch unmöglich ist. Nein, eher etwas mit vielen Toten, wofür alle die Regierung Kennedy verantwortlich machen, ohne es jedoch beweisen zu können…«

»Die Solidarität mit Castro würde wachsen, statt abzunehmen«, wandte Ferrie ein.

Banister zuckte mit den Achseln. »Die Solidarität interessiert uns nicht. Uns interessiert, dass der Konflikt zwischen Kennedy und Kuba weiter geschürt wird.«

»Aber sie haben fast alle unsere Waffen beschlagnahmt.«

»Wie werden andere auftreiben. Und dann, sind da nicht noch die, die ihr beiseite geschafft habt, zur… Wie hieß noch gleich diese Gesellschaft in Houma, die die OAS unterstützte?«

»Die Schlumberger«, antwortete Shaw. »Das sind aber leichte Waffen. Und noch verstehe ich nicht, welcher Plan Ihnen vorschwebt.«

Banister schwieg, als ob er plötzlich eine Eingebung hätte. Dann schnalzte er mit den beringten Fingern.

»Dieser Typ bei der Schlumberger… Der einen Diebstahl begangen hat, um sich an der OAS zu rächen… Mir fällt der Name nicht ein.«

»Lycurgus Pinks.« Shaw drückte die Zigarette aus, die er gerade rauchte, und zündete sofort die nächste an. »Ich kenne ihn gut. Er arbeitet mit mir bei er International Trade Mart. Er befasst sich mit Lateinamerika.«

»Ja, genau der. Hat er uns nicht etwas erzählt von der Möglichkeit, in Kuba eine Epidemie auszulösen oder so etwas Ähnliches?«

»Ja, das ist seine fixe Idee. Das ist schon ein etwas seltsamer Vogel.«

»Seltsam oder nicht, wenn seine Idee funktioniert, dann ist er unser Mann«, sagte Banister strahlend. »Eine Epidemie, für die die Kubaner die Regierung Kennedy verantwortlich machen. Der Präsident wäre erledigt.«

Er machte ein Pause und kostete die Vorstellung aus.

»Wir müssen uns unbedingt mit Mister Pinks treffen.«

Banisters Büro lag in der Lafayette Street 531, in einem grauen Gebäude mit luxuriösem Äußeren, genannt Newman Building. Direkt gegenüber auf der anderen Straßenseite war der Sitz des Office of Naval Investigation, wo Banister beschäftigt war, und nicht weit davon entfernt – Nr. 300 der St. Charles Avenue – stand der so genannte Masonic Temple, in dem die CIA untergebracht war. Banister arbeitete also in privilegierter Position, sozusagen auf Tuchfühlung mit seinen Auftraggebern.

Misstrauisch betrat Pinks das Büro. Er drückte Banister die Hand, vermied es aber ostentativ, Ferrie die Hand zu geben, von dem er wusste, dass er homosexuell war. Außerdem hasste er seine rötliche Perücke und die albernen falschen Augenbrauen, die ihm das Aussehen eines Clowns verliehen. Dagegen ging er entschlossen auf Shaw zu, der in einem Stuhl weiter hinten saß und gerade die x-te Zigarette aus seinem Päckchen zog.

»Kein Rauch, bitte.« Er nahm ihm die Zigarette aus der Hand und warf sie aus dem offenen Fenster.

Shaw wollte schon protestieren, doch Banister kam ihm zuvor.

»Sie wissen schon, warum ich Sie habe rufen lassen«, sagte er zu Pinks und deutete auf einen Sessel. »Wir haben Interesse an Ihrer angeblichen Fähigkeit, Epidemien auszulösen.«

»Ich würde eine etwas präzisere Wortwahl bevorzugen. Epidemie ist nicht der richtige Begriff.«

»Dann erklären Sie das.«

Akkurat zupfte Pinks die Bügelfalten seiner Hose zurecht.

»Haben Sie schon einmal etwas von der Sichelzellenanämie gehört?«

Die drei Gesprächspartner sahen sich an, dann schüttelten sie verneinend den Kopf.

»Das habe ich mir gedacht. Die naturwissenschaftliche Bildung in diesem Land lässt sehr zu wünschen übrig.«

»Sichelzellenanämie. Was ist das?«, fragte Banister leicht ungeduldig.

»Das ist eine genetische Anomalie der roten Blutkörperchen. Sie ist sehr verbreitet unter der farbigen Bevölkerung, vor allem in Nord- und Zentralafrika, im Mittleren Orient, in Mittelamerika und in Südostasien. Hier in den Vereinigten Staaten sind etwa zwanzig Prozent der Neger ohne ihr Wissen Krankheitsträger. Sie ist häufiger in Malariagebieten, wie im Süden Louisianas, weil sie eine Art natürliches Antidot gegen die Malaria ist. Wer Malaria bekommt, ist immun gegen die Sichelzellenanämie, und umgekehrt.«

»Interessant«, bemerkte Banister. »Und diese Epi... diese Krankheit könnten Sie in Kuba verbreiten?«

»Es geht nicht um *verbreiten*.« Pinks seufzte. »Ich sehe schon, Sie zwingen mich, noch mehr ins Detail zu gehen. Die wirkliche Krankheit, das heißt die Sichelzellenanämie ist eine Sache, eine andere ist das Sichelzellengen, das heißt die genetische Disposition für diese Art von Krankheit. Die Prozentzahlen, die ich Ihnen genannt habe, bezogen sich auf das Sichelzellengen, wovon mindestens vierzig Prozent der nordafrikanischen Negroiden betroffen sind und ein Gutteil der über die ganze Welt verstreuten. Ist das klar?«

»Ziemlich.«

»Es soll noch klarer werden. Vor vielen Jahren habe ich mit Professor Pauling zusammengearbeitet, einem kalifornischen Kommunisten. Wir haben herausgefunden, dass die Anomalie, die sowohl der Sichelzellenanämie als auch dem Sichelzellengen selbst zugrunde liegt, die Präsenz eines abnormen Hämoglobins im Blut ist, das wir Hämoglobin S nannten. Wenn das ganze Blut von diesem Typ ist, tritt Sichelzellenanämie auf. Wenn es hingegen nur dreißig Prozent sind, ist das Individuum nur Genträger. Das hängt vom Blut der Eltern ab.«

Jetzt waren Banister, Ferrie und Shaw lebhaft interessiert. »Kurz und gut, ein Gutteil der Nigger ist prädisponiert, diese Anämie zu bekommen«, sagte der erste. »Ist das so?«

»Das ist es, was ich seit zwanzig Minuten zu erklären versuche.«

»Und wenn einer sie bekommt, was passiert dann mit ihm?«

»Die roten Blutkörperchen nehmen die Form einer Sichel an, was die lokale Blutzirkulation und die Zufuhr von Sauerstoff blockiert. Es treten Fieber und Schmerzen überall auf, gefolgt von wiederholten Thrombosen in allen Teilen des Körpers. Die verstopften Blutgefäße schwellen drastisch an und platzen dann, und die Nekrose greift auf das Gewebe über. Das führt zum Tod, der gemeinhin sehr schmerzhaft ist.«

Ferrie, der sehr leicht zu beeindrucken war, war sichtlich blass geworden. »Und es gibt kein Mittel dagegen?«, fragte er mit piepsiger Stimme.

»Nein, man kann das Leben des Patienten durch ständige Transfusionen verlängern wie bei der Thalassämie, doch im Grunde kann man nicht viel machen. Wer von der Sichelzellenanämie befallen ist, erreicht das Erwachsenenalter nicht.«

Banister schüttelte den Kopf. »Nein, das ist nichts für uns. Wir können uns nicht erlauben, eine Krankheit zu verbreiten, die nur Kinder betrifft. Sogar die Castro-Gegner…«

»Dann habt ihr nichts begriffen«, warf Pinks erregt ein. »Mein Plan betrifft die erwachsenen Träger des Sichelzellengens. Bei ihnen will ich die Sichelzellenanämie auslösen.«

Shaw, der fortwährend die Jackentasche befummelt hatte, in der er das Päckchen Zigaretten trug, lehnte sich auf seinem Stuhl nach vorn. »Ist das möglich?«

»Sicher ist das möglich. Ich habe es schon gemacht.« Pinks, der nun wieder ruhig geworden war, lehnte sich im Sessel zurück und strich sich mit dem Zeigefinger über den blonden Schnurrbart. »Bei prädisponierten Individuen, die Träger des Sichelzellengens sind, tritt die Deformation der roten Blutkörperchen ein, wenn der Sauerstoffdruck nachlässt. Und zwar, weil das Hämoglobin S, wenn es keinen Sauerstoff bekommt, zu Fasern verklebt, die den Blutkörperchen Sichelform verleihen. Deshalb kann jemand mit Sichelzellen nicht hoch hinaufsteigen, und im Flugzeug muss er aus einer Sauerstoffflasche atmen.« Er lächelte breit.

»Und hier meine Lösung. Den Sauerstoff reduzieren. Unter diesen Bedingungen bricht bei denen, die das Hämoglobin S haben, in den Blutgefäßen die Sichelzellenanämie aus. Und wie ich euch sagte, zwischen zwanzig und vierzig Prozent aller Neger, je nach Gebiet.«

»Also in Kuba…«

»Auch in Kuba. Ich weiß den Prozentsatz nicht, aber er muss sehr hoch sein.«

Banister hob eine Hand. »Die Idee ist wirklich sehr gut. Doch wie kann man den Sauerstoff reduzieren?«

»Oh, da gibt es viele Methoden.« Pinks' Lächeln wurde noch breiter. »1952 habe ich Kohlenstoffmonoxyd verwendet. Es genügte ein Ausstoß aus den Anlagen der Schlumberger, nicht so konzentriert, dass er normale Personen gefährdet hätte, aber doch stark genug, um die Sichelzellenträger zu treffen und ein Massensterben im Süden dieses Staates zu verursachen. Das wurde vertuscht, aber einige von euch werden sich vielleicht noch daran erinnern. Letztes Jahr in Algier habe ich Wasserstoffsuperoxyd in die Wasserleitungen einer Klinik pumpen lassen…«

»Wasserstoffsuperoxyd?«, fragte Banister. »Aber erhöht das nicht die Sauerstoffmenge im Blut?«

»Doch, aber eine übertriebene Menge Sauerstoff beeinträchtigt die Lungenatmung. Die Sauerstoffversorgung des Blutes nimmt auch in diesem Fall ab. In Algier waren die Wirkungen wirklich spektakulär.« Pinks schnitt einen Grimasse. »Schade, dass die Franzosen so dumm sind.«

»Und in Kuba?

»Ich wiederhole, es gibt tausend Wege. Gebt mir grünes Licht, und alles Weitere übernehme ich.«

Banister sah die anderen an. »Nun, was haltet Ihr davon?«

Ein kurzes Schweigen trat ein, dann platzte Ferrie heraus: »Diese Idee ist doch ganz einfach grandios!«

»Ja«, bestätigte Shaw. »Genial und leicht zu verwirklichen.

»Gut.« Banister lächelte. »Mister Pinks, Sie sind unser Mann.«

Eine Woche nach dieser Unterredung trat Lycurgus Pinks pfeifend aus dem Aufzug, der ins oberste Stockwerk des International Trade Mart führte, einem eleganten Gebäude im Herzen von New Orleans. Er übersah ein paar Sekretärinnen und steuerte direkt auf das Büro von Clay Shaw zu, das so groß war, dass es gut die Hälfte des Stockwerks einnahm.

Sofort bemerkte er die miserable Stimmung unter den Leuten, die um einen Schreibtisch am einen Ende des Raums versammelt waren, vor einer Glasfront, die die ganze Wandbreite einnahm. Das machte ihn sofort hellhörig. Er schüttelte Banister die Hand, übersah den homosexuellen Ferrie, grüßte von weitem einen, den er unter dem Namen David Atlee Bishop kannte, einer der führenden Castro-Gegner innerhalb der CIA, und setzte sich genau gegenüber von Shaw. Der beeilte sich, die Zigarette, die er gerade rauchte, auszudrücken.

»Ausgezeichnete Neuigkeiten«, begann Pinks, wobei er den Ausdruck der anderen misstrauisch beobachtete. »Die Übertragung des Sichelzellengens auf Individuen weißer Hautfarbe ist möglich. Lasst mir nur etwas Zeit.«

Langes, betretenes Schweigen machte sich breit, dann schüttelte Shaw den Kopf. »Es tut mir leid, Lycurgus. Unser Vorhaben ist abgeblasen.«

Pinks richtete sich im Sessel auf. »Und warum das?«

Statt zu antworten, deutete Shaw mit einer Kopfbewegung auf Banister. Der räusperte sich, dann sagte er:

»Ich war gerade dabei, es den Freunden zu erklären. Präsident Kennedy hat von unserem Vorhaben Wind bekommen. Er hat sein Veto eingelegt. Absolutes Veto.«

»Immer das Gleiche.« Kurioserweise rutschte Pinks' Stimme ins Falsett. Mit den Bewegungen eines Huhns rutschte er auf seinem Sessel hin und her. »Es ist offenbar mein Schicksal, dass ich immer mit Organisationen zu tun habe, die nur aus Weicheiern zu bestehen scheinen. Keine Konsequenz, keine Disziplin. Nur Geschwätz, so durchsichtig wie leere Gläser.«

Banister nickte, aber mit einer gewissen Überwindung. »Sie haben Recht, ich muss es zugeben. Aber sehen Sie, die CIA kann nicht immer die Politik verfolgen, die sie möchte. Es gibt da gewisse Regeln, gewisse Kontrollmechanismen. Solange Kennedy an der Regierung ist, können wir nur sehr wenig machen.«

»Kennedy ist das Problem«, murrte Bishop.

»Dann sollte man ihn aus dem Weg räumen«, erwiderte Pinks. »Doch Kennedy hin oder her, ich sehe nicht ein, warum wir Castro unseren Schlag nicht versetzen sollten.«

»Glaub mir, Lycurgus«, bemerkte Shaw. »Im Augenblick ist es unmöglich. Es kann überhaupt keine Rede davon sein.«

Bishop hob eine Hand. »Sie sollen nicht meinen, Mister Pinks, dass die Organisation sich dem Problem

Kennedy nicht stellt. Apropos, David, wie geht die Ausbildung deines Mannes voran?«

»Bestens«, antwortete Ferrie. »Er hat nicht den geringsten Verdacht, wie wir ihn einsetzen wollen.«

»Meinen Sie diesen Lee Oswald?«, fragte Bishop.

Banister winkte mit der Hand ab. »Keine Namen, bitte sehr.« Er wandte sich an Pinks: »Ihr Vorhaben ist jedoch nicht vollständig gestrichen. Wir müssen nur einen anderen Zeitpunkt dafür abwarten. Unterdessen machen Sie mit Ihren Forschungen weiter und halten Sie sich bereit.«

»Meine Forschungen brauchen eine experimentelle Überprüfung, die ich nie bekomme.« Pinks stand auf. »Ich glaube, zwischen uns ist alles gesagt.«

Shaw rutschte hinter dem Schreibtisch hin und her. »Seien Sie doch nicht beleidigt, Pinks. Sie wissen, dass ich Sie gerade erst zum Hauptverantwortlichen unserer Tochter Parmindex für Lateinamerika ernannt habe. Wir werden bei unseren Zuwendungen nicht kleinlich sein.«

»Ein schöner Trost«, sagte Pinks. Er steuerte auf die Tür zu und ging grußlos hinaus.

Bishop sah auf den nun leeren Stuhl. »Ich kann es ihm nicht verübeln. Aber unser Handicap ist und bleibt Kennedy.«

»Das werden wir ausräumen«, sagte Ferrie. Dann lauter: »Ihr werdet sehen, dass wir es ausräumen. Das ist nur eine Frage von Monaten.«

KAPITEL VIII

Leib und Blut

»Herein, nur immer herein, meine lieben Brüder«, brüllte Graf Montfort mit ausgebreiteten Armen. »Man soll nicht sagen, zwei brave Mönchen seien ohne Geschenke von hier fortgegangen!«

Eymerich zuckte innerlich zurück, als ob er befürchtete, der Graf wolle ihn umarmen. Misstrauisch musterte er ihn. Er war groß und kräftig, das Gesicht mit den groben Zügen gerötet. Ein langer schwarzer Bart fiel ihm auf die Brust herab und vermischte sich mit dem lockigen Haar. Kleine, tiefschwarze Augen, in denen ein ironisches Licht leuchtete, verschwanden fast unter buschigen Augenbrauen.

»Aber da sehe ich ja meinen Freund Pater Jacinto!«, fuhr der Graf fort, ohne seine Lautstärke im Geringsten zu dämpfen. »Nun, Pater, wen bringt Ihr mir denn heute?«

Eymerich betrachtete die prächtige, goldbestickte Jacke mit weiten, gefütterten Ärmeln, die der Graf trug, die Schuhe mit den langen, hochgebogenen Spitzen. Und doch wies der Saal, in dem sie sich nun befanden, nicht den gleichen Luxus auf wie das Vorzimmer, und er hatte auch überhaupt nichts Heiteres. Wenige schmucklose Truhen, ein großer schlichter Nussbaumtisch, ein paar mit Leder bezogene Stühle vor dem Kamin, in dem kein Feuer brannte. Der Inquisitor sagte sich, dass dieses Schloss die Handschrift von zwei unterschiedlichen Persönlichkeiten zu tragen schien.

»Das ist Pater Nikolas Eymerich, Herr Graf«, er-

klärte Pater Corona. »Er ist Großinquisitor des Königreichs Aragón, und er ist gekommen, sein Amt hier in
Castres auszuüben.«

»Gut, gut. Man hat mir schon davon berichtet. Aber
er ist ja wie ein Bettler gekleidet.« Der Graf brach in
schallendes Gelächter aus, wovon ihm der Bauch wa-
ckelte. Dann fuhr er fort: »Verzeiht mir, ich bitte Euch.
Ich weiß, dass das die Tracht der Dominikaner ist.
Aber ich bin an die Benediktiner von Castres gewöhnt,
die es an Eleganz mit dem König von Frankreich aufnehmen können.«

»Jeder Orden hat seine Gewohnheiten«, erwiderte
Eymerich ohne den Anflug eines Lächelns.

»Ja, so wird es sein, nehme ich an.« Der Graf ging
zum Tisch. »Setzen wir uns also. Ich lasse Wein bringen.«

»Danke, aber für uns nicht«, sagte Pater Corona.

»Was höre ich? Ein Mönch ohne Wein ist wie ein
Ritter ohne Rüstung.« Wieder stimmte der Graf ein
Gelächter an, diesmal noch krasser als zuvor. »Hab ich
nicht Recht?«

Eymerich runzelte die Stirn. »Ich glaube zu verstehen, dass der Klerus in Eurem Land nicht sehr sitten-
streng ist.«

»Ich würde es nicht wagen, das vor Pater Jacinto zu
sagen, der danach strebt, ein Heiliger zu werden«, antwortete der Graf. »Allerdings glaube ich, dass die Sitten meiner gemeinen Soldaten strenger sind als die der
guten Mönche von Castres oder des Bischofs Lautrec.«
Er wandte sich an Pater Jacinto: »Treibt er es noch immer mit dieser Gastwirtin?«

Der Angesprochene machte eine verlegene Geste.

»Hab ich's doch gesagt«, schloss der Graf. »Je älter
er wird, desto liederlicher wird er. Aber dafür gibt es ja
die Ablässe.« Und wieder brach er in Gelächter aus.

Eymerich war etwas aus dem Konzept gebracht

durch die Wendung, die das Gespräch genommen hatte und die seiner eigenen Wesensart so fremd war. Er beschloss mitzuspielen, innerhalb gewisser Grenzen. »Ich glaube, ich werde Euren Wein probieren.«

»Bravo, Pater! Ja, ich hoffe, Ihr bleibt auch zum Abendessen. Ihr werdet es nicht bereuen.«

»Nein. Bei dieser Hitze ziehe ich es vor, nicht zu Abend zu essen. Ich würde Euch allerdings bitten, mich heute Nacht zu beherbergen, wenn das möglich ist.«

»Sicher. Für Euch und Pater Corona ist immer Platz.«

Eymerich sah den Mitbruder an. »Leider muss Pater Corona bestimmte Sendschreiben von mir nach Castres bringen und bricht bald auf. Nur ich werde bleiben.«

»Wie Ihr wollt.« Der Graf stand auf, ging zur Tür und sagte etwas zu einem der Pagen, die im Vorzimmer Dienst taten. Dann kam er an den Tisch zurück.

»Meine Frau wird den Wein bringen. So lernt Ihr sie kennen.« Er setzte sich. »Wenn Ihr bis hier herauf gekommen seid, dann müsst Ihr mir etwas mitzuteilen haben. Oder wolltet Ihr nur sehen, wie ich beschaffen bin?«

Diesmal ließ Eymerich sich von der Offenheit des Grafen nicht überrumpeln. Er hatte begriffen, mit wem er es zu tun hatte.

»Ihr wisst, dass Castres voller Ketzer ist.«

Othon de Montfort runzelte die Augenbrauen. Langsam ballte er die Hand zur Faust und ließ sie wie eine Art mächtigen Hammer herabsausen.

»Sicher weiß ich das! Oh, wie ich sie hasse. Vielleicht noch mehr als mein Vorfahr Simon. Menschen ohne Saft und Kraft, weibische Larven, die es nicht erwarten können, sich von ihrem Körper zu befreien und wie Federn durch die Luft zu segeln.«

Er sah Eymerich gerade heraus und voller Empörung an.

»Ich liebe das Leben, Pater. Ich liebe unsere Kirche, die die Verlockungen des Fleisches versteht und zu verzeihen weiß. Ihr wisst ja, dass die Katharer sogar so weit gehen, sich umzubringen, so groß ist der Hass, den sie auf ihren Leib verspüren?«

»Ich weiß. Also würdet Ihr eine exemplarische Bestrafung der Ketzer von Castres, streng aber gerecht, gutheißen, Herr Graf?«

»Sicher würde ich die gutheißen, vorausgesetzt, sie ist wirklich streng. Was schlagt Ihr vor?«

Eymerich schwieg ein paar Augenblicke lang, dann sagte er:

»Einen Scheiterhaufen. Doch dazu brauche ich Eure Einwilligung.«

»Das wurde aber Zeit! Endlich ein Inquisitor, der etwas taugt!« Die Stimme des Grafen dröhnte so laut, dass die Wände davon widerhallten. Dann, in etwas leiserem Ton: »Verzeiht, Pater Corona. Ich wollte Euch nicht kränken. Aber die Worte Eures Freundes sind Musik für meine Ohren.«

»Ich brauche Eure formelle Einwilligung«, beharrte Eymerich.

»Die bekommt Ihr. Und ob Ihr die bekommt.«

Der Graf machte Anstalten, sich wieder zu erheben, doch in dem Moment öffnete sich die Tür. Herein kam der Page von zuvor, in der einen Hand eine Flasche, in der anderen drei Silberpokale. Ihm folgte eine kleine, dunkle Frau in einer sehr langen, völlig schwarzen Tunika.

Eymerich betrachtete sie aufmerksam, während sie sich dem Tisch näherte und dabei die Bewegungen des Dieners überwachte. Sie war eine Frau um die fünfzig mit einem traurigen, sehr verbrauchten Gesicht. Die Augen ohne Glanz, graue Haut, markante Züge, aber nicht ausgeprägt genug, um einen bestimmten Ausdruck zu formen. Kurioserweise sah sie dem Grafen sehr ähnlich; freilich schien sie sein Schattenbild, sie war so fahl und erloschen, wie der Feudalherr lebhaft und brutal war.

»Das ist meine Frau, Corinne de Montfort«, verkündete der Graf, während der Page den Wein ausschenkte. »Madame, wollt Ihr nicht unsere Gäste begrüßen, Pater Eymerich und Pater Corona?«

Einen Moment lang sah die Frau die beiden Dominikaner an, dann machte sie eine verlegene Verbeugung. Sie wandte sich sofort wieder zur Tür.

»Warum bleibt Ihr nicht bei uns, Madame?«, fragte der Graf, wobei er die Stimme etwas erhob. »Ich weiß doch, dass Euch alles gefällt, was mit der Kirche zusammenhängt.«

»Ich muss der Dienerschaft ein paar Anweisungen geben«, murmelte die Frau sehr eilig. Sie verneigte sich noch einmal rasch, dann ging sie wieder zur Tür. Ihre Bewegung war völlig geräuschlos.

»So, nun habt Ihr eine Vorstellung davon, wie mein Leben ausssieht«, rief der Graf, ohne seinen Ton im Mindesten zu mäßigen. »Ich habe eine Art Stein geheiratet, so kalt wie Eis. Und unfähig, mir einen Sohn zu schenken.«

Die Frau blieb einen Moment stehen, dann glitt sie weiter über den Boden. Sie drehte den Türknauf schnell herum und verschwand, ohne sich noch einmal umzusehen.

»Jetzt geht sie und weint«, murrte der Graf. »Sie weint unentwegt. Manchmal habe ich das Gefühl, ich habe einen Springbrunnen geheiratet.«

Eymerich fragte sich, ob das der richtige Zeitpunkt war, um das monströse Mädchen zu erwähnen. Er kam zu dem Schluss, dass sich das nicht empfahl. Die Reaktionen des Feudalherrn waren unberechenbar.

»Also seid Ihr einverstanden mit dem Autodafé?« beschränkte er sich zu sagen.

»Vollkommen. Und nicht nur ich. Wenn Ihr heute Nacht hier bleibt, begleite ich Euch morgen früh zum Bischof und zum Abt. Ihr werdet sehen, dass es da keine Schwierigkeiten gibt.«

»Die Einwilligung des Vogts, Herrn d'Armagnac, habe ich schon.«

Der Graf runzelte die Augenbrauen. »Dieser widerwärtige Heuchler! Ich will Euch etwas von ihm erzählen, während wir diesen Wein aus Gaillac kosten…«

Das Gespräch zog sich fast eine Stunde lang hin, begleitet von zwei weiteren Flaschen eines leichten, wenig aromatischen Weins. Herr de Montfort ging die Prominenten von Castres durch, die er allesamt verachtete, dann ließ er sich ausführlich die jüngsten Ereignisse berichten, wobei er hie und da in Ausrufe des Erstaunens oder des Abscheus ausbrach. Sein Frau erwähnte er nicht mehr, und er sprach auch nicht von der Tochter.

Bald schon fand Eymerich diese Persönlichkeit zu monoton für seinen Geschmack, zu wenig facettenreich. Aber vielleicht konnte dieser Mann ihm nützlich sein. Er wartete ab, bis die letzte Flasche geleert war, und bat um die Erlaubnis, sich zurückzuziehen.

»Zuvor noch möchte ich Euch um alles Nötige zum Schreiben bitten«, setzte er hinzu. »Ich muss Pater Corona ein paar Schreiben mitgeben, die er in Castres abliefern soll.«

»Das Beste ist, Ihr benutzt das Schreibzimmer meines Verwalters Piquier«, antwortete der Graf. »Wollt Ihr wirklich nicht mit mir speisen?«

»Ich danke Euch, aber mir ist wirklich nicht danach.«

»Das tut mir sehr leid.« Im Tonfall des Grafen schwang aufrichtiges Bedauern mit. Man sah, dass er – wie viele Menschen der Tat – Intelligenz zu verstehen und zu schätzen wusste, fast wie in einem unausgesprochenen Verlangen nach Ergänzung.

»Das will heißen, dass ich morgen früh in den Genuss Eurer Gesellschaft komme, wenn wir gemeinsam reisen. Ich mache Euch jedoch darauf aufmerksam, dass ich gewöhnlich sehr früh dran bin.«

Eymerich lächelte. »In Saragossa stand ich zu Laudes auf, und manchmal zur Mattutin.«

»Wenn das die Benediktiner von Castres erfahren, werden sie Euch für verrückt halten«, bemerkte der Graf und brach ein letztes Mal in Gelächter aus.

Nach den üblichen Höflichkeitsfloskeln wurden Eymerich und Pater Corona einem Pagen überantwortet, der sie in einen kleinen, an das Vorzimmer angrenzenden Raum brachte. Der Raum war eng, aber trotzdem sehr sorgfältig eingerichtet: Gobelins an den Wänden, parfümierte Fackeln, frische Blumen am Boden. Auf einem mit Silber eingelegten Sekretär standen Tintenfass, Schreibfeder und zahlreiche Blätter besten Papiers.

Eymerich bedeckte zwei Blätter mit seiner feinen Schrift, faltete sie, versah sie mit der Anschrift und übergab sie Pater Corona.

»Das ist der Text meiner Bekanntmachung, den Ihr Herrn d'Armagnac geben werdet. Dies hier hingegen ist eine Nachricht für den Prior von Carcassonne, Pater de Sancy. Ich habe mein Siegel nicht hier. Ihr werdet Eures verwenden und das Schreiben einem Boten Eures Vertrauens übergeben.«

»Ich werde einen der Terziaren beauftragen. Aber traut Ihr Euch wirklich zu, in diesem Schloss zu ubernachten?

»Oh, da besteht überhaupt keine Gefahr«, sagte eine Stimme hinter ihnen.

Gesprochen hatte der Mann in Schwarz, der eine Stunde zuvor Sophie de Montfort an der Kette gehalten hatte. Eymerich musterte ihn mit einem durchdringenden Blick. Es war ein noch junger Mann mit feinen Gesichtszügen und akkurat rasiert. Er trug die Haare kurz geschnitten mit Stirnfransen, wie die beiden Dominikaner. Man hätte ihn für einen Mönch halten können, wenn ihm nicht die Tonsur gefehlt hätte.

»Guten Abend, Herr Piquier«, sagte Pater Corona.

»Euch auch einen guten Abend, Pater Jacinto. Seid Ihr im Aufbruch?«

»Ich muss einige Sendschreiben überbringen. Ich hoffe, nicht allzu spät in Castres anzukommen.«

»Also, gute Reise.«

Als Pater Corona hinausgegangen war, sah Piquier Eymerich an, ohne zu sprechen.

»Speist Ihr nicht mit dem Grafen?«, fragte der Inquisitor, etwas unruhig geworden.

»Nein, das ist nicht meine Gewohnheit. Ich würde gerne mit Euch sprechen. Darf ich?«

»Das ist Euer Schreibzimmer«, sagte Eymerich und wies auf einen Stuhl. »Kennt Ihr mich?«

»Ja. Pater Nikolas Eymerich da Gerona. Seit zwei Tagen ist viel die Rede von Euch.« Piquier setzte sich und legte die Hände auf die Knie. »Außerdem sind wir uns am Nachmittag im Vorzimmer begegnet.«

Da Eymerich schwieg, fuhr der Verwalter fort: »Die Ihr bei mir gesehen habt, das ist Sophie de Montfort, eine der Töchter des Grafen.«

»Ich weiß. Sind die anderen Töchter wie sie?«

»Nein. Jeanne und Philippa sind normal. Nur die Erstgeborene trägt die Male einer Ehe, die niemals hätte vollzogen werden sollen. Habt Ihr Gräfin Corinne gesehen?«

»Ja. Ich habe bemerkt, dass sie dem Grafen stark ähnlich sieht. Sind sie Cousins ersten Grades?«

»Schlimmer, viel schlimmer.« Piquier strich sich mit

Daumen und Zeigefinger über die Augenlider, als ob ihn das, was er sagen wollte, eine gewisse Überwindung kostete.

»Ja, Corinne ist die Tochter von Henry de Montfort, dem Onkel des Grafen. Sie konnte Othon nur heiraten dank eines Dispenses, den Bischof Lautrec ausgestellt hat und der ihm in Gold aufgewogen wurde. Im übrigen war sie schon schwanger. Mir scheint, Corinne wurde von Henry de Montfort adoptiert, und zwar auf Betreiben von dessen Bruder, Guibert, der eine illegitime Tochter loswerden wollte. Und Guibert war der Vater von Othon de Montfort.«

Eymerich erschauerte. »Dann wären der Graf und seine Frau Bruder und Schwester.«

Piquier nickte stumm.

Eymerich schwieg seinerseits, er dachte nach. Dann fragte er:

»Warum erzählt Ihr mir das? Was wollt Ihr von mir?«

»Ich fürchte um das Leben von Sophie. Ihr habt mich gesehen, wie ich sie an der Kette führte, wie ein Tier. In Wirklichkeit ist sie ein empfindsames Wesen.« Piquier stieß einen tiefen Seufzer aus. »Ihr seid erst vor kurzem hier angekommen, und bestimmte Gerüchte dürften Euch noch nicht erreicht haben. Das Volk hat Angst vor ihr, hält sie für eine Hexe, eine Ausgeburt der Hölle. Den Hass, den sie auf die Montforts hegen, richten die Leute auf sie. Seitdem diese Gegend zum Schauplatz mysteriöser Verbrechen geworden ist, häufen sich die Anklagen. Die Leute wollen, dass sie verbrannt wird. Habt Ihr je von den *masc* gehört?«

»Ja. Es soll eine Sekte von Blutverderbern sein.«

»*Masc* steht für *Maske*. Der Begriff ist mit Bezug auf Sophies Gesicht in Gebrauch gekommen. So wie man jemanden als maskiert bezeichnet, der einem Zauber zum Opfer gefallen ist.« Je länger er redete, desto verstörter wirkte Piquier. Jetzt war eine Art fiebriger Anspannung in seinem Tonfall. »Versteht Ihr nun, warum von verdorbenem Blut die Rede ist? Alle wissen, dass Sophie die Frucht eines Inzests ist. Die Leute glauben, dass sie jeden, der in ihre Nähe kommt, ansteckt. Ich habe Angst um sie, große Angst.«

Eymerich verspürte ein dumpfes Unbehagen. Die schauerliche Geschichte, die sich da vor ihm zu entfalten begann, rief seinen instinktiven Abscheu vor allem Krankhaften, Abnormen und Verdorbenen wach. Am liebsten wäre er gegangen, aber ihm war klar, dass das die wichtigste Unterredung von allen war, die er bis dahin geführt hatte.

»Ihr fürchtet also, dass die Leute ihr wehtun?«

»Nicht die Leute. Sie haben zu viel Angst vor dem Grafen von Montfort. Niemand würde es wagen, seine Tochter anzurühren.«

»Aber wer dann? Es gibt niemanden, der mächtiger ist als der Graf.«

»Doch, jetzt gibt es jemanden. Euch.«

Einen Moment lang herrschte Schweigen, dann schloss Eymerich die Augen halb. Langsam fuhr er sich mit der Hand übers Kinn. »Wenn ich recht verstehe, dann besteht Eure Angst darin, dass ich von den Gerüchten beeinflusst werden könnte, die über Sophie de Montfort im Umlauf sind.«

»Genauso.«

»Ihr habt mich unterschätzt.«

Piquier machte eine wegwerfende Handbewegung. »Jeder kann sich von den Vorurteilen der Leute beeinflussen lassen, wenn er sonst keine Anhaltspunkte hat.«

»Das wollte ich nicht sagen.« Eymerich beugte sich nach vorn. Ein kleines Lächeln huschte über seine Lippen, um sogleich wieder zu verschwinden. »Ihr habt mich unterschätzt, als Ihr mich um diese Unterredung batet. Mehr als das, was ich tun werde, interessiert Euch doch das, was ich weiß. Oder täusche ich mich da?«

Piquier versuchte nicht zu leugnen. »Nein, Ihr täuscht Euch nicht. Aber was ich Euch gesagt habe, ist wahr. Ich fürchte für Sophie und würde alles tun, um sie zu retten, wenn sie in Gefahr wäre.«

»Dann beantwortet ehrlich und aufrichtig meine Fragen, ohne zu versuchen, irgendetwas aus mir herauszulocken. Der Inquisitor bin ich, nicht Ihr. Seid Ihr dazu bereit?«

»Ja.«

Eymerich lehnte sich auf seinem Stuhl zurück. »Der Graf hält seine Tochter gefangen, und doch ging sie jeden Sonntag in einen Schleier gehüllt nach Castres hinunter. Gebt Ihr das zu?«

»Hat Euch das der Färber gesagt?«

»Beschränkt Euch darauf zu antworten. Gebt Ihr das zu?«

»Ja, so ist es.«

»Und natürlich wart Ihr es, der sie losgemacht hat.«

Nach einem kurzen Zögern antwortete Piquier: »Nicht ich allein. Ich hätte es nicht tun können ohne die Einwilligung ihrer Mutter. Der Graf geht jeden Sonntag gleich nach der Messe auf die Jagd und kommt erst zur Vesper zurück. Ich und die Gräfin machten Sophie los und begleiteten sie nach Castres zum Geschäft des Färbers, verschleiert und als Mädchen gekleidet.«

»Und dort traf sie den kleinen Raymond, ihren illegitimen Halbbruder.«

»Raymond war nicht ihr Bruder. Vor zwölf Jahren habe ich vorgegeben, er sei der Sohn des Grafen, damit er problemlos adoptiert werden konnte. Aber das stimmte nicht.«

Eymerich konnte seine Überraschung zügeln. »Wer war er dann?«, fragte er mit neutraler Stimme.

Statt zu antworten, stand Piquier auf. »Ich werde es Euch sagen, Pater, aber zuerst bitte ich Euch, mir zu folgen. Sonst würde es Euch schwer fallen zu verstehen.«

»Euch folgen wohin?«

»Zu Sophie. Ich will, dass Ihr mit ihr sprecht. Nur so könnt Ihr alles Übrige begreifen.«

Die Vorstellung, dieses groteske Geschöpf wiederzusehen, ließ Eymerich das Blut in den Adern stocken. Die kurze Begegnung mit ihr war ihm wie ein Eissplitter ins Gemüt gefahren. Trotzdem musste er sich überwinden. Er stand auf.

»Ist gut«, sagte er und kontrollierte den Tonfall seiner Stimme. »Doch was soll der Graf von meinem Besuch denken?«

»Er wird nichts davon erfahren. Er speist im Stockwerk darüber zu Abend. Damit ist er mindestens eine Stunde beschäftigt.«

Der Verwalter ging ins Vorzimmer hinaus, das nun verlassen dalag. Er trat zu der Stelle, wo die Tapetentür den geheimen Zugang verbarg, und hantierte daran herum. Der Mechanismus sprang auf und die Tür öffnete sich geräuschlos.

Piquier ließ Eymerich eintreten und schloss die Tür wieder. Sie befanden sich in einem kurzen und schmalen Gang, der von einer einzigen Fackel erleuchtet war. Von Ende her kam sehr helles Licht.

»Ich gehe Euch voraus.«

Der Gang mit kahlen Wänden war erfüllt von einem merkwürdigen, zu süßlichen Geruch. Sie durchquerten ihn und betraten das Zimmer von Sophie de Montfort.

Die junge Frau lag auf einem sehr kleinen Bett und wirkte wie ein Häufchen Knochen, eingehüllt in blaue Seide. Eymerich sah, wie sie sich bewegte, trotzdem schaute er sich um, um den Anblick dieses Gesichts hinauszuzögern. Das Zimmer war sehr ärmlich, mit einer Leinentapete, die stellenweise zerschlissen und vom Ruß der Fackeln geschwärzt war. Ein kleiner Schreibtisch und ein Stuhl waren das ganze Mobiliar.

»Sophie, das ist Pater Nikolas, ein Dominikaner aus Aragón. Er ist Euch besuchen gekommen.«

»Willkommen, Pater.« Die Stimme des Mädchens klang rau und brüchig, war im Übrigen aber von einer gewissen Anmut geprägt, die Eymerich nicht erwartet hätte. »Könnt Ihr meinen Anblick ertragen?«

»O ja, Fräulein Gräfin.«

»Nennt mich nicht Gräfin.« Sophie richtete sich auf und setzte sich an den Rand des Bettes. Sie wirkte wie ein großes Insekt, das seine Scheren streckt. »Der Graf würde das nicht mögen.«

Eymerich, der nach und nach seine Ruhe wiedergewann, fragte sich, was er sagen sollte. Wie immer brachte ihn der Anblick physischer Unvollkommenheit in Verlegenheit.

»Kommt er Euch oft besuchen?«, fragte er auf gut Glück.

»Nie – wie Ihr Euch denken könnt. Wer, glaubt Ihr, will mich schon sehen, ohne einen zwingenden Grund?«

»Ich bin hier.«

»Zweifellos werdet Ihr einen Grund haben, aber es freut mich trotzdem.« Die Zunge des jungen Mädchens schien sich zu verhaspeln. Erst nach einer merkwürdigen Kopfbewegung sprach sie weiter.

»Ich bin an meinen Zustand gewöhnt, ich bin so geboren. Lange Jahre hindurch habe ich befürchtet, mein Vater könnte mich töten lassen, doch offenbar hat er darauf verzichtet. Wichtig ist, dass er mich nicht sieht und dass mich Fremde nicht sehen.«

Eymerich wurde nachdenklich. Nun gelang es ihm,

auf dem Grund dieser Augen, die so sehr Fischaugen glichen, eine schmerzliche und ferne Intelligenz zu entdecken, daran gewohnt, im Verborgenen zu bleiben. »Wer sorgt für Eure Bedürfnisse?«

»Meine Mutter und Herr Piquier, der einzige Freund, den ich habe. Im übrigen habe ich nicht viele Bedürfnisse. Seltsam genug, aber dieser arme Körper funktioniert gut, abgesehen von vorübergehenden Krisen. Man muss ihm nur seine Ruhe lassen.« Sophie stieß so etwas wie ein Gelächter aus, das wie ein metallisches Krächzen klang.

Wieder in Verlegenheit geraten, verwendete Eymerich Worte, die ihm einst vertraut gewesen waren, nun aber fremd und ungewohnt erschienen.

»Tröstet Euch, Eure Leiden werden vergolten werden. Eines Tages wird Eure Seele den Frieden finden im Schoße…«

Was nun geschah, traf ihn völlig unvorbereitet. Ohne jede Vorankündigung richtete Sophie sich auf, das Gesicht zu einer schauerlichen Grimasse verzogen. »Schweig, Pfaff!«, schrie sie zitternd vor Wut. »Lüg doch nicht! Deine infernalische Kirche verheißt die Wiederauferstehung des Leibes! Begreifst du? Des Leibes!«

Sie sah aus wie eine große, sich windende Schlange und hatte Schaum vor dem Mund. Sehr bleich, wich Eymerich einen Schritt zurück. Piquier hingegen trat zu der jungen Frau. Er legte ihr die Hände auf die knochigen Schultern.

»Beruhig dich, Sophie! Ich bitte dich, beruhige dich!«

»Mich beruhigen? Diese vermaledeiten Priester, diese Diener von Ialdabaoth, sie behaupten, dass mein Geist nie frei sein wird, dass er in diesem grauenhaften Kerker wieder auferstehen wird! Nicht einmal der Tod soll mich befreien können. Sie nehmen dir nicht nur das Leben, sie nehmen dir auch noch den Tod!«

Eymerich war mit einem Schlag völlig kalt geworden. Distanziert betrachtete er diese Adern, die zu pulsieren schienen, hellrot unter der gelblichen Haut. Dann schritt er zur Tür. »Weitere Lästerungen höre ich mir nicht an.« Insgeheim fühlte er sich erleichtert, dass er nun wieder er selbst sein konnte.

Eilig durchschritt er den kurzen Gang und kehrte in das Vorzimmer zurück. Einen Augenblick später holte Piquier ihn ein, außer Atem.

»Ich bitte Euch, Pater, vergesst, was Ihr gehört habt!«

Eymerich sah den Verwalter verächtlich an. »Was ich gehört habe, ist die pure Häresie«, zischte er. »Ich werde die Konsequenzen daraus zu ziehen wissen.«

»Aber so versteht sie doch, gebt Euch doch ein wenig Mühe!« Völlig verschwitzt lehnte sich Piquier an die Wand. »Sie lebt in einem grauenhaften Körper und ist dabei doch so sensibel. Eine schlimmere Folter kann es nicht geben.«

Eymerich schwieg, doch sein kalter Blick sprach für sich.

»Gebt Euch einen Ruck, Pater!«, insistierte Piquier, Tränen in den Augen. »Habt Erbarmen mit dieser Kreatur. Sie hasst den eigenen Leib, weil ihre Seele um so viel reiner ist. Im Grunde empfinden wir doch alle so. Warum sie strafen? Jeder Tag ihres Lebens ist eine Strafe.«

»Ihr sprecht mit einem Inquisitor. Ich sehe, dass Ihr dazu neigt, das zu vergessen. Die Worte, die die junge Frau ausgesprochen hat, sind ein Bekenntnis zum katharischen Glauben. Eure auch.«

»Katharischer Glauben!« Mit einem Schlag wurde der Verwalter völlig starr, als ob man ihn an einer empfindlichen Stelle getroffen hätte. »Katharischer Glaube? Aber ich hasse das Katharertum.« Er stieß ein rauhes Gelächter aus. »Das Katharertum ist bloß eine Karrikatur, ein vulgärer Nachhall von viel älteren und edleren

Glaubensmeinungen, die verloren gegangen sind, aber die...«

Er unterbrach sich mitten im Satz, weil er das finstere Leuchten sah, das in den Augen des Inquisitors aufgeglommen war.

»Verlorene Glaubensmeinungen?«, fragte Eymerich mit einem Anflug von grausamer Gier in der Stimme. »Ist ja interessant. Von welchen Glaubensmeinungen redet Ihr?«

Es schien, als ob Piquier seine Kräfte verlassen hätten. Er schwieg und lehnte sich an die Wand, die Augen niedergeschlagen. Schweiß stand ihm auf der Stirn.

Eymerich betrachtete ihn in Stille, als ob er einen enorm weit entfernten Gegenstand beobachtete. Dann sagte er:

»Jetzt habt Ihr nur eine Chance, dem Scheiterhaufen zu entgehen, Ihr und Euer Schützling, indem Ihr meine Frage von vorhin beantwortet. Wer war Raymond für Sophie?«

Piquier sah sich um, schwankend zwischen Schrecken und einem schwachen Hoffnungsschimmer.

»Hier kann ich Euch das nicht sagen. Man könnte mich hören.«

»Hier ist niemand. Redet, und zwar schnell.«

»Raymond war Sophies Sohn.«

Eymerich verspürte ein Gefühl der Leere, als ob er einen Schlag direkt in die Magengrube bekommen hätte. Er brauchte ein paar Augenblicke, bis er wieder Worte fand. »Aber das ist doch nicht möglich«, murmelte er.

»Doch. Vor zwölf Jahren hat sie ihn zur Welt gebracht, als sie selbst vierzehn war. Und im Jahr davor hatte sie schon ein Kind. Sophie ist eine normale Frau, in jeder Hinsicht.«

Eymerich wurde eisig. »Sie ist überhaupt nicht

normal, das wisst Ihr ganz genau.« Und dann setzte er hinzu: »Und wer soll der Vater sein? Ihr, nehme ich an.«

»Ja.«

»Aber wie konntet Ihr nur…«

Piquier hob die Schultern. »Wenn sie nicht normal war, hatte sie doch das Recht, sich so zu fühlen. Versteht Ihr mich? Ich habe es verstanden, diese Seele zu erschließen, ihre Schönheit durch die äußere Erscheinung eines missgestalteten Körpers hindurch zu entdecken. Ich allein konnte sie glücklich machen, wenn auch nur für kurze Zeit. Ich habe das fast für meine Pflicht gehalten.«

»Und was hat der Graf dazu gesagt?«

»Die Absonderung, zu der sie gezwungen ist, kam uns entgegen. Niemand außer ihrer Mutter wusste von diesen Schwangerschaften. Niemand wusste von der Geburt Raymonds und Jouels…«

»Jouel?«

»Ihr anderer Sohn. Es ist mir gelungen, ihn ebenfalls bei einer Familie aus Castres unterzubringen, wie ich das mit den anderen Bastardkindern des Grafen auch schon gemacht hatte…«

Piquier unterbrach sich. Zwei Pagen waren ins Vorzimmer gekommen, Kerzen in der Hand. Sie kamen auf Eymerich zu.

»Wir haben Euch gesucht, Pater. Der Herr Graf hat uns befohlen, Euch auf Euer Zimmer zu geleiten und Euch zu fragen, ob Ihr etwas benötigt.«

»Nein, nichts. Ich komme.« Eymerich warf Piquier einen strengen Blick zu. »Ihr begreift, dass diese Unterredung Konsequenzen haben wird.«

»Um mich mache ich mir keine Sorgen. Habt Erbarmen mit ihr.«

Der Inquisitor antwortete nichts. Er folgte den Pagen, die ihn in ein Zimmer auf demselben Stockwerk führten, neben den Latrinen und ohne Fenster, doch erfüllt vom Duft eines Teppichs aus frischen Blumen und frisch gemähtem Gras. Als er allein war, untersuchte Eymerich sorgfältig das Bett, das ihm frei von Flöhen und anderem Ungeziefer schien.

Während er sich auszog, überlegte er sich, dass er seinem Körper stets sehr wenig Beachtung geschenkt hatte, ihn vielmehr stets als etwas Fremdes und Lästiges empfunden hatte. Er fragte sich, ob Sophies Unduldsamkeit nicht eine Radikalisierung seiner eigenen Empfindungen sein könnte. Bald jedoch wurden diese flüchtigen Überlegungen von den düstereren Gedanken überlagert, die mit den Ereignissen des Tages in Verbindung standen und ihn in den Schlaf begleiteten. Er war so müde, dass er vergaß, zu beten und die Kerze zu löschen.

Er wurde durch die Glocke geweckt, die ihm die erste Stunde zu schlagen schien. Als er aus dem Zimmer hinaustrat, fand er die Dienerschaft im Korridor damit beschäftigt, das Stroh vom Vortag zusammenzufegen und frisches auszustreuen.

»Der Graf ist mit der Gräfin zur Messe gegangen«, verkündete ihm ein Diener. »Er bittet Euch, unten auf ihn zu warten.«

Draußen war die Luft prickelnd frisch und klar. Eymerich ging bis zu den Ställen. Ein Stallbursche brachte ihm sein Pferd, das er gut genährt und ausgeruht fand. Er war gerade dabei, den Sattel auf den Rücken des Pferdes zu heben, als eine muntere Baritonstimme hinter ihm ihn zusammenfahren ließ.

»Wo habt Ihr Euch denn gestern Abend verkrochen, Pater?« Herr de Montfort trug ein Reisekostüm aus grüner Seide mit einem ledernen Überrock. Die Hosen, ebenfalls aus grüner Seide, waren so eng anliegend, dass man jeden Muskel an diesen kräftigen Beinen sah. »Ich habe mit meinen Tischgenossen gewettet, dass Ihr

Euch mit einer meiner Dienerinnen irgendwohin zurückgezogen habt.«

»Ihr seid weit von der Wahrheit entfernt, Herr«, entgegnete Eymerich mit einer knappen Verbeugung.

»Ich bin gleich bei Euch. Wartet auf mich.«

Die Wartezeit war ziemlich lang. Als sie endlich aufbrachen, taten sie das in Begleitung von vier Soldaten mit dem Kreuz auf dem Schild, unter dem Oberbefehl eines Offiziers. Der Platz vor dem Schloss war erfüllt von geschäftigem Treiben.

»Ich wette, Ihr habt Euch gefragt, wohin all diese Leute unterwegs sind«, sagte der Graf, während er neben Eymerich den Gang zwischen den Felswänden hinunterritt.

Der Inquisitor betrachtete die Bauern, Bettler und Soldaten, die unter Verneigungen und Grußworten vor ihnen beiseite wichen. »Tatsächlich, unten im Tal ist kein so lebhafter Betrieb.«

»Zuerst die Pest und dann die marodierenden Heere haben Hautpoul zu einer kleinen Stadt gemacht, in der wir nun zu dicht beieinander leben. Ringsum haben die Flüchtigen versucht, jedes Stückchen freien Grund zu nutzen und etwas anzubauen. Früher oder später werde ich mich entschließen müssen, sie wieder ins Tal zu jagen, auf fruchtbareren Boden. Der Bischof verlangt seinen Zehnten. Apropos, erlaubt, dass ich Euch erzähle…«

Diese Art von Unterhaltung interessierte Eymerich nicht sonderlich. Er hörte dem Grafen, der ununterbrochen redete, aus reiner Höflichkeit zu, während in ihm das fast physische Bedürfnis wuchs, allein reiten oder zumindest die eine oder andere Frage einstreuen zu können in diese Flut von Worten, die gewürzt war mit übertriebenem Gelächter oder dröhnenden Flüchen.

Je näher sie dem Fuß des Berges kamen, umso größer wurde die Hitze. Sie ließ vom Boden einen dichten und ungesunden Dunst aufsteigen, der in der Luft stand und sie zu kräuseln schien. Äußerst nervös, überlegte Eymerich, wie er es anstellen sollte, diesen Schwätzer, der an seiner Seite ritt, loszuwerden, sobald sie in der Stadt waren, als das Selbstgespräch des Grafen eine unvorhergesehene Wendung nahm.

»So könnt Ihr mich also verstehen, wenn ich die Gesellschaft der anderen Adeligen verschmähe und die eines Wegelagerers wie Hauptmann Morlux vorziehe. Die Adeligen haben weder Saft noch Kraft im Blut, es ist so durchsichtig wie Wasser. Im Übrigen habt Ihr meine Tochter gesehen, diese Spinne…«

»Eure Tochter?«, fragte Eymerich alarmiert.

»Ja, diesen Krüppel, genannt Sophie. Nein, leugnet es nicht. Ich weiß, dass Ihr gestern Abend bei ihr wart. Mein Schloss hat Augen und Ohren. Wie findet Ihr sie?«

»Nur auf Drängen von Herrn Piquier…«

»Diese halbe Portion!«, unterbrach ihn Herr de Montfort und brach in sein übliches Gelächter aus. »Aber nützlich. Er versteht es, meine Finanzen zu führen. Doch erzählt mir von meiner angeblichen Tochter.«

Eymerich bemerkte, dass die Situation ihm zu entgleiten drohte, und zwar schon zum zweiten Mal binnen weniger Stunden. Er konnte nicht zulassen, dass andere die Dinge lenkten und ihn dabei überrumpelten.

»Warum angebliche?«

»Weil sie mir überhaupt nicht ähnlich sieht!« Der Graf stieß einen deftigen Fluch aus. »Wenn überhaupt, dann sieht sie ihrer Mutter ähnlich, diesem Gespenst. Doch Ihr habt mir noch nicht geantwortet. Wie findet Ihr sie?«

»Sie hat gefährliche Ideen«, sagte Eymerich vorsichtig.

»Ideen? Nur ein denkendes Wesen hat Ideen. Nicht so eine Art Kröte.« Der Graf hielt sein Pferd an und fixierte den Inquisitor. »Ich weiß, dass alle sie für eine Hexe halten. Für meinen Namen und meinen Ruf ist das nicht gut. Könntet Ihr mich nicht irgendwie diskret von ihr befreien?«

Eymerich erstarrte. »Ich bin doch kein Mörder, Herr Graf.«

»Oh, so habe ich das nicht gemeint. Ich dachte an einen Urteilsspruch an einem abgelegenen Ort, der sie verurteilt, ohne mich ins Spiel zu bringen. Der mich im Gegenteil von jeder Schuld freispricht. Das erscheint mir nicht unmöglich, wenn man bedenkt, wie viel die Kirche den Montforts verdankt.«

Eymerich fühlte, wie ihm der Zorn zu Kopf stieg, doch er wusste ihn zu beherrschen. Ja, als er dann sprach, tat er das in abgewogenem, um nicht zu sagen verbindlichem Ton.

»Die Kirche ist sich bewusst, wie viel sie den Montforts verdankt. Sollte sich eine dramatische Lösung abzeichnen, werden wir uns mit Euch beraten. Doch im Augenblick habe ich keinen Anlass, Eure Tochter irgendeiner Sache anzuklagen, wenn sie auch bestimmte unbedachte Worte verwendet. Noch weniger allerdings scheint sie mir der Hexerei schuldig.«

Der Graf nahm die Worte des Inquisitors mit sichtlicher Genugtuung zur Kenntnis. Ein heimliches Gefühl der Freude durchdrang Eymerich, wie immer, wenn es ihm gelang, seine wahren Gedanken zu verbergen.

Von dem Zeitpunkt an wurde Herr de Montfort weniger gesprächig, vielleicht weil die Hitze anfing, ihm zuzusetzen, oder weil er schon gehört hatte, was er hatte hören wollen. Eymerich erzählte ihm von dem kleinen Raymond, in der Absicht herauszufinden, ob er wusste, wessen Sohn er war, und ob er über dieses unglaubliche Verhältnis zwischen Piquier und Sophie unterrichtet war. Nach einer Reihe von Anspielungen, die ins Leere gingen, schloss er, dass er wahrscheinlich nichts wusste.

Plötzlich tauchte inmitten von Krapp- und Safranfeldern Castres auf, wie ein in der Sonne glühender roter Strich in der Ferne. Erst da brach der Graf sein vorübergehendes Schweigen, während ihm der Schweiß in Strömen vom Haaransatz über das Gesicht lief.

»Pater Josserand ist eine merkwürdige Persönlichkeit. Habt Ihr ihn kennen gelernt?«

»Nein.«

»Wäre er kein Geistlicher, ich würde sagen, er ist völlig verrückt. Aber so ist er auch weniger gefährlich als sein Bruder Guy, der aus seiner Sympathie für die Engländer kein Hehl macht. Wenn Eduards Soldaten bis hierher vordringen würden, wäre er sofort bereit, mich abzusetzen.«

»Ihr sagt das sehr gelassen.«

»Oh, da mache ich mir überhaupt keine Sorgen. Ich bin der Ansicht, dass es das gute Recht des Stärkeren ist, zu siegen und den Feind in den Staub zu treten. Bis zum Beweis des Gegenteils bin aber der Stärkere im Augenblick hier ich. Und der alte Guy weiß das ganz genau.«

Bei der Ankunft des Grafen, des Inquisitors und der kleinen Eskorte an der Brücke über den Agout sprangen die Wachsoldaten auf und eilten, an der Brüstung Aufstellung zu nehmen. Herr de Montfort wechselte ein paar Worte mit dem Kommandanten des Wachtrupps, um sich über die Zolleinnahmen zu informieren, dann ritt er in die Stadt hinein, gefolgt von Eymerich.

An der Ecke der Straße, die zur Abtei des Heiligen Benedikt führte, stießen sie auf eine Menschenansammlung. Einige der Anwesenden sahen den Grafen und liefen eilig davon, sich von Zeit zu Zeit umsehend, als ob sie einen Überfall von hinten befürchteten. Die Mehrzahl der Anwesenden hingegen bemerkte die Neuankömmlinge nicht. Sie lauschten aufmerksam einem öffentlichen Ausrufer, der mitten in der Menge verborgen war, und unterbrachen ihn ab und zu mit Ausrufen voller Zorn.

»Verflucht sei dieser Dominikaner!«

»Warum verbrennt er nicht die Hexe, statt anständige Leute zu belästigen?«

»Die Montforts sind die Mörder. Ob die wohl glauben, wir wissen das nicht?«

Auf ein Zeichen des Grafen hin schoben sich die Wachsoldaten mit ihren Pferden in die Menge, die Schwerter gezückt. Nach anfänglichem Erstaunen liefen alle davon, einander rempelnd und stoßend. Der eine stolperte, ein anderer verlor den Hut. Man hörte einen vereinzelten Schrei:

»Pfaff, seit wann ist denn Inzest keine Sünde mehr?«

Eymerich suchte die fliehende Menge mit den Augen ab. Einen Moment lang begegnete er dem Blick des Jungen, der am Tag seiner Ankunft »Ein Hoch auf die *bonhommes*!«, gerufen hatte, doch im nächsten Moment war das Gesicht verschwunden. Da sah er den Grafen an, der den Ausruf jedoch nicht gehört zu haben schien.

Der Ausrufer war allein mitten auf der Straße zurückgeblieben, ein alter Mann mit einer kleinen Trommel und einer rotweißen Feder auf dem breitkrempigen Hut. Der Graf trat zu ihm hin.

»Was hast du gerade gemacht?«

»Ich habe eine Bekanntmachung verlesen, auf Befehl von Herrn d'Armagnac.«

»Das muss meine Bekanntmachung sein«, bemerkte Eymerich.

»Lies sie uns noch einmal vor«, befahl der Graf.

Der Alte entrollte ein Blatt Pergament, das er in der

Hand hielt, und las mit Stentorstimme, als ob die Menge noch immer da wäre:

»Wir, Nikolas Eymerich, von Gottes Gnaden und im Auftrag der Apostolischen Autorität Inquisitor und Verfolger der häretischen Verirrungen, fordern Euch, Einwohner von Castres, im Namen der Heiligen Dreifaltigkeit auf, Euch von dem Übel zu befreien, das sich in Eurer Stadt eingenistet hat, das Tote und Blutvergießen verursacht hat und eingeflüstert ist vom satanischen Wesen einiger verderbter Menschen. Wir befehlen Euch daher, Uns, Unseren Mitbrüdern oder der bischöflichen Autorität all diejenigen zur Anzeige zu bringen, die sich der Katholischen und Apostolischen Römischen Kirche gegenüber feindselig gezeigt haben, die ihre Lehre verspottet oder sonst ein Verbrechen gegen Gott oder die Menschen begangen haben. Wer dieser Pflicht genügt, darf sicher sein, dass sein Name nicht bekannt gemacht wird. Wer sich ihr hingegen entzieht, begeht den gleichen Irrtum wie die Schuldigen, erfährt das gleiche Urteil und die gleiche Strafe. Aufgesetzt zu Castres, 13. Juli 1358, im siebten Jahr des Pontifikats von Papst Innozenz.«

»Ihr hättet eine Belohnung in Geld aussetzen sollen«, bemerkte der Graf. »Das ist eine Stadt von Händlern.«

»Wir werden sehen, wer den Sieg davonträgt, die Händler oder der Tempel«, entgegnete Eymerich knapp.

Ein kurzes Stück gepflasterter Straße brachte sie zum Tor des Klosters. Es war ein mächtiger Bau, versteckt hinter sehr hohen, von rotem Staub verschmierten Einfassungsmauern. Darüber, zwischen den Wipfeln einiger Eichen, die auf einen großen Garten schließen ließen, erhob sich hoch und anmutig der Kirchturm der Abteikirche. Es gab zahlreiche Zugänge, doch sie waren alle von dichten Gittertoren verschlossen, außer denen, die anscheinend zu den Stallungen zu führten. Offenbar hatten die Benediktiner sich gegen indiskrete Blicke von außen wappnen wollen.

Der Haupteingang, der ebenfalls von einer Reihe von Gittertoren verschlossen war, war leicht an dem wuchtigen Bogen zu erkennen, der ihn überwölbte, und an dem kleinen Pförtnerhäuschen an seiner Seite. Auf dieses ging der Graf zu, nachdem er sein eigenes Pferd und das Eymerichs der Eskorte übergeben hatte.

Es empfing sie ein hoch gewachsener junger Mönch mit sehr förmlichen Manieren, der sie durch die Pförtnerstube führte. Durch eine Tür gelangten sie direkt in den Klosterhof.

»Ich gehe Euch voraus, meine Herren. Der Abt hält sich gerade im Gästehaus auf. Wollt Ihr geruhen, ihn dort zu treffen?«

»Ist der Verwalter da?«, fragte der Graf.

»Bruder Teofredo? Er müsste im Kapitelsaal sein.«

»Dann begleiten wir also Pater Nikolas zum Abt, und anschließend führt Ihr mich zum Verwalter.«

Während sie den baumbestandenen Hof überquerten, dessen erfrischende Kühle einen erfreulichen Kontrast zur glühenden Hitze draußen bildete, bemerkte Eymerich, dass der junge Benediktiner trotz der Ordensregel keine Tonsur hatte. Er bemerkte auch, dass die Kutte, die er trug, aus Seide war und bei jeder seiner Bewegungen angenehm raschelte.

Unter einer hundertjährigen Eiche vor dem Atrium, das zu den inneren Teilen des Klosters Zugang bot, hielt sich etwa ein Dutzend junger Männer auf, in roten und blauen Zivilkleidern. Sie sprachen lebhaft miteinander und lachten von Zeit zu Zeit hell auf.

»Beherbergt Ihr auch Laien?«, fragte Eymerich erstaunt.

Der Benediktiner lächelte. »O nein. Wir haben hier keine Unterkünfte für Fremde, wir haben nicht einmal ein Hospiz. Was Ihr da seht, sind Diener.«

»Ihr habt etliche davon.«

»Sie haben nicht weniger als fünf pro Kopf«, erklärte der Graf, »von den Dienerinnen ganz zu schweigen.« Er brach in lautes Gelächter aus.

Das Gästehaus war ein flaches Gebäude an der westlichen Einfassungsmauer, die es um einiges überragte. Man gelangte durch ein großes Portal hinein, gefolgt von einem langen Korridor, in dem in regelmäßigen Abständen Marmorbänke aufgestellt waren. Die Wände waren mit Fresken aus dem Leben des Heiligen Benedikt verziert, von hoher Qualität wenn auch etwas verblasst.

»Da ist der Abt«, verkündete der junge Mann. Er wies auf einen barfüßigen Alten in einer völlig zerschlissenen Kutte, damit beschäftigt, sehr schwere Bücher zu konsultieren, die auf einer Bank lagen. Er hatte ein kleines, hübsches Gesicht, umrahmt von einer sehr langen weißen Mähne und einem ebenso langen Bart. Auf der Nase trug er zwei Linsen, die von einem Holzgestell zusammengehalten wurden, das hinter den Ohren endete. Eymerich hatte etwas Ähnliches ein paar Jahre zuvor schon am Hof von Aragón gesehen.

»Pater Josserand, ich habe hier Besuch für Euch«, verkündete der Graf. »Das ist der berühmte Inquisitor, Pater Nikolas Eymerich. Ihr werdet von ihm gehört haben.« Er sagte das alles sehr schnell, als ob er es eilig hätte, sich zu verabschieden.

»Oh, ein Dominikaner!«, rief der Abt mit einem Lächeln, das sein ganzes Gesicht erhellte. »Aber ich sehe die Schlange nicht.«

»Welche Schlange?«, fragte Eymerich verwundert.

»Nun, ich verlasse Euch.« Der Graf entfernte sich, wobei er den jungen Benediktiner untergehakt hielt. »Ich muss Pater Teofredo sprechen.« Er stieß ein kleines unterdrücktes Lachen aus.

Der Abt achtete nicht auf ihn. »Ja, die Schlange die vor Bissen schützt. Versteht Ihr mich?«

»Nein«, antwortete Eymerich.

»Numeri. Einundzwanzig, sechs und neun. Sie haben Achtung vor der Schlange.«

»Wer: sie?«

»Die Feuertiere.« Verschwörerisch senkte der Abt die Stimme. »Einundzwanzig, sechs. Die Tiere, die man in dieser Gegend *masc* nennt.«

KAPITEL IX

Der unsichtbare Aggressor

Doktor Manuel Limonta überquerte die Plaza de la Revolución, wohl wissend, dass er unter der glühenden Sonne aussehen musste wie ein Kaffeetropfen, der über ein weißes Tablett rollt. Er ließ das Denkmal für José Martí und das monumentale Bauwerk der kubanischen Nationalbibliothek zu seiner Rechten. Das Gebäude, das er suchte, erhob sich unmittelbar hinter dem der FAR, *Fuerzas Armadas Revolucionarias*, das ein Grünstreifen andeutungsweise verschönerte.

Er stieg die Stufen mit einer gewissen Gemütsbewegung hinauf. Es war das erste Mal, dass er seinen Fuß ins Innenministerium setzte, in Kuba auch MININT genannt, und er erwartete sich eine endlose Serie von Kontrollen. Er wurde nicht enttäuscht. Die Soldatin, die ihm entgegenkam, eine Hünin mit ebenso schwarzer Haut wie er selbst, überprüfte vor allem seine Ausweispapiere und vergewisserte sich, dass die dort angegebenen Daten mit denen des erwarteten Besuchers übereinstimmten. Dann ließ sie ihn einen sehr langen Fragebogen ausfüllen. Schließlich überantwortete sie ihn einem Unteroffizier, der ihn in einen kleinen Raum zur *comprobación dactiloscópica* brachte. Limonta hatte dreißig Sekunden Zeit, seinen Fingerabdruck auf eine Lasche zu drücken und eine Plastikkarte entgegenzunehmen, die ihm Zugang zu den geheimsten Bereichen des Gebäudes geben würde.

Es folgten weitere Formalitäten, und schließlich gelangte er über einen Treppenabsatz und drei lange Korridore zur Tür von Oberleutnant Escasena Rivera, dem verantwortlichen Leiter der Dokumentations- und Informationsstelle des Ministeriums.

Hier genügte ein Klopfen. Escasena kam selbst an die Tür, was ihn einiges gekostet haben musste. Die olivgrüne Uniform des Offiziers, so weit sie auch war, reichte kaum aus, um seinen Bauch zu bedecken, der so enorm war wie bei einem Sumokämpfer. Schweißüberströmt schüttelte er Limonta die Hand und deutete auf einen Stuhl. Dann ließ er sich mit vollem Gewicht auf einen kleinen Sessel fallen, der hinter einem lächerlich kleinen Schreibtisch stand. Die Federn quietschten laut.

»Und?«, fragte Escasena ohne weitere Eröffnungsklauseln.

»Es ist kein Denguefieber«, antwortete Limonta. »Und auch kein Gelbfieber.«

Der Offizier wirkte erleichtert. »Das ist ja schon etwas. Haben Sie herausgefunden, worum es sich handelt?«

»Ja. Um das Adenovirus. Das ganz gewöhnliche Schnupfenvirus.«

»Mhm. Schwer vorstellbar, dass die CIA sich die Mühe machen sollte, in Kuba Schnupfen zu verbreiten. Aber an Ihrem Gesichtsausdruck sehe ich, dass da noch mehr ist.«

Limonta wischte sich mit dem Taschentuch den Schweiß von der Stirn. In diesem Büro erstickte man. »Ich bin mir noch nicht sicher, es sind ganz neue Forschungen, noch im Anfangsstadium. Aber auch ich habe mich gefragt, warum sich jemand die Mühe gemacht haben sollte, das Adenovirus in Umlauf zu bringen. Wenn es nicht in ein und derselben Fabrik in Santa Clara über hundert Fälle von Schnupfen gegeben hätte, wäre uns gar nichts aufgefallen.«

»Machen Sie weiter.«

»Anfänglich habe ich in Erwägung gezogen, dass

das Adenovirus unter bestimmten Bedingungen kanzerogen sein kann. Doch erste Untersuchungen haben gezeigt, dass das hier nicht der Fall war. Ich habe mehrere Tage über dieser Sache gebrütet, und dann kam mir die Erleuchtung. Der Schnupfen war nur ein Vehikel, ein scheinbar harmloses Vehikel für etwas viel Gefährlicheres. Es könnte sich um eine Transduktion handeln.«

Escasena beugte sich über den Schreibtisch: »Wie bitte?«

»Transduktion.« Limonta lächelte, allerdings ohne Fröhlichkeit.

»Sie müssen wissen, dass Viren die Fähigkeit haben, in die Zellen einzudringen und ihr eigenes genetisches Material dort einzuschleusen. Ein Virus, das ja im Grund nichts anderes ist als ein Abschnitt DNA oder RNA, kann die Gene der Zelle, in die es eingedrungen ist, durch seine eigenen Gene ersetzen. Die neuen genetischen Eigenschaften werden dann an die Tochterzellen weitergegeben. Das Phänomen ist seit etwa zwanzig Jahren bekannt, seit 1952, und ist noch nicht zur Gänze erforscht.«

»Sie wollen sagen, dass die kommenden Generationen von Kubanern Schnupfen haben werden.«

Limonta lachte wieder, doch sein Mund verzog sich bitter. »Wenn es nur das wäre. Aber es ist viel schlimmer. Es ist theoretisch möglich, einem Virus eine bestimmte DNA *aufzuladen*. Wenn das Virus in die Zelle gelangt und sich dort einnistet, kann es die DNA, die es mit sich führt, an die Stelle der dort vorhandenen setzen.« Er senkte die Stimme etwas. »Sie werden verstehen, dass es auf diesem Wege möglich ist, in kurzer Zeit die gesamte genetische Erbanlage eines Individuums zu verändern. Und die seiner Nachkommen natürlich mit.«

Escasenas rundes Gesicht verriet eine gewisse Beunruhigung. »Haben Sie Hinweise darauf gefunden?«

Limonta nickte langsam. »Ja. Ich habe die Untersuchungen durchgeführt, ohne allzu sehr daran zu glauben. Die Ergebnisse haben mich entsetzt.« Er schluckte beim Gedanken an das, was er gleich enthüllen musste. »Bei allen Individuen, die Schnupfen bekommen haben, lässt sich das Gen für Hämoglobin S nachweisen. Das heißt das Gen für das, was in Kuba *sicklemia* oder Sichelzellen genannt wird. Haben Sie schon davon gehört?«

Escasena war sehr blass geworden und nickte. »Vor zehn Jahren etwa überlegte eine Gruppe von *gusanos* in Florida, eine Krankheit mit ähnlichem Namen in Kuba zu verbreiten…«

»Die Sichelzellenanämie.«

»Genau. Meines Wissens hat Präsident Kennedy persönlich die Operation gestoppt, und wenig später ist er ermordet worden. Aber wenn ich mich recht entsinne, hieß es damals, die Krankheit würde nur Farbige befallen…«

»So ist es in der Tat. Aber nicht nur die Krankheit ist unter Farbigen verbreitet, sondern auch die Anlage dafür. Träger des Sichelzellengens sind Farbige. Ich selbst habe Hämoglobin S im Blut.«

Escasena musterte ihn etwas unbehaglich. »Fahren Sie fort.«

»Früher waren mindestens vierzig, fünfzig Prozent der farbigen Kubaner Genträger. Jetzt sind es… sind wir wenig mehr als vier Prozent.«

»Und die Gringos versuchen, diesen Prozentsatz anzuheben, und verstecken diese Operation hinter einer Schnupfenepidemie. Stimmt's?«

»Ja. Aber nicht nur das. Von 108 untersuchten Fällen sind 72 Individuen mit weißer Haut. Wissen Sie, was das bedeutet?«

Escasena stützte die Hände auf den Schreibtisch und stemmte sich mühsam hoch. Er ging zu einem Schränkchen. »Wollen Sie ein Bier?«

»Ja, bitte.«

»Ich brauche dringend eins.«

Hinten in dem Schrank stand eine Schüssel voll mit halb aufgetauten Eiswürfeln. Der Offizier tauchte die Hände hinein und zog zwei braune Glasflaschen ohne Etikett heraus.

»Seit Jahren schon habe ich einen Kühlschrank beantragt«, seufzte er. »Es heißt, in einem Büro sei der nicht nötig.«

Er öffnete die Flaschen am Schloss der Schranktür. Er reichte Limonta eine Flasche, die andere behielt er für sich. Dann setzte er sich wieder.

»Jetzt geht's besser«, sagte er nach dem ersten, großen Schluck. Er senkte seine schweren Lider mit den außergewöhnlich langen Wimpern. »Ich muss etwas mehr darüber wissen. Wie verbreitet sich diese *sicklemia*?«

»Bis heute, wie gesagt, nur auf genetischem Wege. Wenn beide Elternteile Hämoglobin S im Blut haben, wird von vier Kindern eines voraussichtlich normal sein, zwei werden Träger des Sichelzellengens sein und das vierte wird an Sichelzellenanämie sterben. Wenn dagegen beide Eltern an Sichelzellenanämie erkrankt sind, werden alle vier Kinder von dieser Krankheit befallen sein und das Erwachsenenalter nicht erreichen.«

»Und wenn ein Elternteil Genträger ist und der andere nicht?«

»Dann wird die Hälfte der Kinder normal sein, die andere Hälfte Genträger.«

Escasena nahm noch einen Schluck. »Beeindruckend. Aber eines würde ich gerne wissen. Dieses abweichende Hämoglobin muss doch einen Ursprung haben; es muss doch einen Moment geben, in dem das anfängt…«

Limonta nickte. »Sicher gibt es den, aber es ist unmöglich, ihn genau zu bestimmen. Man müsste Generationen, ja ganze Jahrhunderte zurückgehen. Wenn wir das könnten, würden wir auf ein erstes Individuum mit abnormem Hämoglobin stoßen, vielleicht vor tausend Jahren, das dann Nachkommen hatte. Fast mit Sicherheit in Nordafrika, da in diesen Gebieten das genetische Merkmal am weitesten verbreitet ist.«

»Und waren die Eltern dieses Individuums normal?«

»Ja, aber zwischen ihnen muss es zu einem genetischen Unfall gekommen sein, wie etwa bei der Verbindung zwischen Blutsverwandten. In Anbetracht der Schwere der Schädigung vermutlich eine zwischen Bruder und Schwester. Doch ich wiederhole, das werden wir nie mit Bestimmtheit wissen.« Limonta sah auf die Flasche, die sich in seiner Hand erwärmte. »Und jetzt haben wir es mit einem zweiten Unfall zu tun. Diesmal jedoch vorsätzlich herbeigeführt, wenn meine Schlussfolgerungen richtig sind.«

Einen Augenblick lang herrschte Schweigen, dann fragte Escasena: »Welche Maßnahmen schlagen Sie vor?«

»Oh, das ist ziemlich einfach. Es gibt Impfstoffe gegen das Adenovirus. Nicht hundertprozentig wirksam, aber sicher ausreichend, um zu verhindern, dass das Virus seine Ladung an DNA in die Zelle einschleust.«

Escasenas Gesicht entspannte sich. »Also ist die Schlacht für diesmal gewonnen.«

»Ja. Aber wir sollten uns darauf einstellen, dass wir in völlig neuer Weise vorgehen müssen. Wir waren auf Versuche gefasst, Krankheiten in Kuba einzuschleppen. In diesem Fall handelt es sich jedoch nicht um eine Krankheit, sondern um die *Veranlagung* zu einer Krankheit. Eine Art Zeitbombe, die im geeigneten Moment losgehen kann. Und hier liegt das eigentliche Geheimnis.«

»Welches Geheimnis?«

»Die Sichelzellenanämie bricht nicht auf Kommando aus. Die Anwesenheit von Hämoglobin S allein zeitigt noch keine schlimmen Folgen, wie mein eigener Fall beweist. Offenbar hat jemand eine Methode herausgefunden, die Anämie auszulösen, wann er will.«

»Haben Sie eine Ahnung, welche Methode?«

»Nein, absolut nicht. Aber wenn wir in den kommenden Monaten oder Jahren die Statistiken auswerten, werden wir Hinweise finden. In Kuba oder anderswo.«

Wieder schloss Escasena die Augen halb. Er dachte an diesen ersten Kranken vor Jahrhunderten, der das Blut von tausenden von Menschen geschädigt hatte. Trotz der Hitze überlief ihn ein eisiger Schauder.

Die gewöhnlich heisere Stimme von Lycurgus Pinks schlug plötzlich um und wurde schrill, wie es immer geschah, wenn er aufgeregt war.

»Ich hatte doch gesagt, man soll nicht Kuba auswählen. Die sind wachsam dort; sie haben einen eigenen Sicherheitsdienst gegen biologische Angriffe. Er heißt CIDMI oder so ähnlich. Wer hatte denn die geniale Idee?«

Am anderen Ende des Tisches, um den sich der Verwaltungsrat der Parmindex versammelt hatte, räusperte sich David Atlee Bishop.

»Ein Sektor der CIA macht Druck, Herr Pinks… Sie wollen Ergebnisse sehen, und zwar sofort. Ich habe gedacht, ich könnte sie zufrieden stellen…«

Pinks strich sich nervös über den Spitzbart, den er sich nach langen Jahren wieder hatte wachsen lassen. Nur, dass jetzt etliche graue Haare darunter waren.

»Die CIA ist mir egal«, sagte er, indem er jede Silbe einzeln betonte. »Wir sind stark genug, um uns andere Auftraggeber zu suchen. Doch um die zu finden, müssen wir ein erprobtes Produkt anbieten, das unter absolut sicheren Bedingungen getestet wurde. Von allen möglichen ›Laboratorien‹ haben Sie hingegen das einzige ausgesucht, das strengstens überwacht wird.«

Homer Loomis, der Verwaltungsratsvorsitzende, hob einen Finger und bat um Aufmerksamkeit.

»Wenn Sie erlauben, Herr Präsident. Ich stimme dem zu: Kuba zu nehmen, war wirklich ein Fehler. Doch der Versuch ist geglückt. Das Adenovirus hat sich als geeigneter Überträger des Sichelzellengens auf Individuen weißer Hautfarbe erwiesen. Unser Produkt ist sicher.«

Entschieden schüttelte Pinks den Kopf. »Nein, noch nicht. Wir wissen nicht, ob die DNA des Hämoglobin S sich dauerhaft festsetzt. Wir müssen weitere Versuche anstellen. Diesmal an geeigneterem Ort, den wir aussuchen und nicht die CIA.«

»Haben Sie etwas Bestimmtes im Sinn?«, fragte Loomis.

»Ich kann mich nicht um alles kümmern«, knurrte Pinks. »Wir brauchen eine isolierte Gemeinschaft von Weißen in einem Land Lateinamerikas, in dem die Parmindex vertreten ist. Eine geschlossene Gruppe, abseits vom Geschehen. Was weiß ich, eine religiöse Gemeinschaft, eine anarchistische Kommune, so was in der Richtung.«

Einer der Verwaltungsratsmitglieder, ein pausbäckiger Mann mit olivfarbenem Teint, lehnte sich über den Tisch. »Herr Präsident…«

»Ja, Doktor Mureles?«

»Ich kenne da eine Gemeinschaft, die genau das Richtige für uns ist. Zahlreich genug, um eine verlässliche Verifizierung unserer Ergebnisse zu gewährleisten, und so isoliert, dass wir unter absoluter Geheimhaltung operieren können.«

Zum ersten Mal seit Beginn der Sitzung entspannten sich Pinks' Gesichtszüge.

»Ausgezeichnet, Doktor Mureles. Erzählen Sie uns von diesen Versuchspersonen.«

KAPITEL X

Das zweite Kloster

Heiß fiel die Morgensonne in Emersendes Herberge, gefiltert durch den Zweig über der Tür, und ließ Staubwolken golden aufleuchten. Die Wirtin war in der Küche. An dem am weitesten von der Tür entfernten Tisch saß Eymerich und plauderte mit Pater Corona. Er erzählte ihm von der Begegnung mit Abt Josserand, und warf von Zeit zu einen raschen Blick zu den Wachen, die auf der Straße postiert waren.

»Bei seinen ersten Worten habe ich gemeint, der Alte sei völlig verrückt. Diese Zahlen, einundzwanzig, sechs, neun, und auch die Art, wie er redete, ständig lächelnd. Dann habe ich verstanden, dass er seine eigene, verschlüsselte Art zu kommunizieren hat, mit Zitaten, Verweisen auf die patristische Literatur, Anspielungen auf die Evangelien. Er kennt Klemens von Alexandrien, Origines, Tertullian, Basilius von Caesarea in und auswendig. Er spricht durch die Bibel und seine Lieblingsautoren. Normal ist er sicher nicht, aber wenn er zu faseln scheint, dann will er in Wirklichkeit etwas sagen.«

»Sind das auch Botschaften?«, fragte Pater Corona und deutete auf zwei große Codices, die Eymerich zwischen dem Weinkrug und dem Glas vor sich liegen hatte.

»In gewisser Weise. Das Kloster besitzt keine Bibliothek, und Pater Josserand hat seine Bücher überall stapelweise herumliegen. Auf einer Bank habe ich den *Adversus Haereses* des Eirenaios und die *Philosophoumena* von Hippolitos gesehen. Ich brauchte sie und habe ihn darum gebeten. Da hat er begriffen, dass ich die Schlüssel zu dem Geheimnis, in das wir verstrickt sind, in der Hand habe, und er hat sie mir mit einem noch größeren Lächeln gegeben. Die Botschaft lag eben in diesem Lächeln. Er hat verstanden, dass ich Bescheid weiß.«

Pater Corona wischte sich mit einem Taschentuch den Schweiß ab, der ihm aus dem Bart tropfte und den Hals hinunterlief. »Ich hoffe, Ihr wollt es auch mir erklären.«

»Dazu sind wir hier.« Eymerich sah auf die Tür. »Ich hoffe nur, es bleibt mir die Zeit dafür. Der Graf wird mich abholen kommen, um gemeinsam zum Bischof zum Mittagessen zu gehen. Wie spät mag es sein?«

»Oh, es ist noch ein Weilchen bis zur sechsten Stunde.

»Gut. Dann erlaubt, dass ich Euch eine Frage stelle.«

In diesem Augenblick kam Emersende aus der Küche und steuerte auf sie zu. Die Wirtin hatte den grimmigen Gesichtsausdruck, der bei ihr üblich war, abgelegt und sah stattdessen müde und unsicher drein. An den roten Augen sah man, dass sie geweint haben musste.

»Verzeiht, verehrte Patres«, sagte sie mit zitternder Stimme. Dann platzte sie heraus: »Ich kann nicht mehr! Ich kann nicht mehr!«

Eymerich meinte, sie spiele auf des leere Lokal an. Er runzelte die Augenbrauen.

»Was habt Ihr? Zahle ich Euch vielleicht nicht genug?«

»Darum geht es nicht.« Sie ließ sich auf eine Truhe fallen. »Es geht um Eure Bekanntmachung.«

»Ja und?«

»Es gibt viele Leute in dieser Stadt, die mir überwollen. Sie wissen, dass ich auf Seiten der Montforts bin, und sie erzählen allerhand Geschichten über mich und den Bischof…«

»Solche Lappalien interessieren mich überhaupt nicht.«

»Nein, wartet.« Eine Träne hing an den Wimpern der Frau. »Heutzutage ist es nicht leicht, sich durchzubringen, besonders für eine allein stehende Frau wie mich. Ich habe Dinge tun und verschweigen müssen, zu denen andere mich gezwungen haben. Eben erst habe ich vom Küchenfenster aus mit Amalde gesprochen, die Nachbarin des Kanonikus ist und ihm den Garten bestellt...«

»Ihr missbraucht meine Geduld!«, platzte Eymerich heraus.

»Wartet, Pater. Heute Morgen habe ich bemerkt, dass einige mich nicht grüßen. Ich habe nichts darauf gegeben, ich dachte, das ist, weil Ihr meine Gäste seid. Doch dann hat Amalde mir gesagt, dass sie mich bei Euch anzeigen wollen, als Komplizin der Hexe, zusammen mit Robert...«

»Langsam, langsam. Wer ist dieser Robert?«

»Der Färber, der Besitzer des Kellers, in dem Raymond wohnte. Er ist der einzige Färber, der nicht zur Zunft gehört, weil er die *bonhommes* hasst und ein Freund der Benediktiner vom Sidobre ist...«

Eymerich sah Pater Corona an. »Ich verstehe gar nichts. Was sind die Benediktiner vom Sidobre?«

»Der Sidobre ist eine Hochebene im Osten von Castres. Sie gehört mit zum Grundbesitz der Herren von Nayrac, die dort Granit abbauen. In der Ortschaft mit Namen Burlats, an den Hängen des Hochplateaus gelegen, gibt es ein zweites Benediktinerkloster, das demselben Abt untersteht. Es ist größer als das, welches Ihr gesehen habt, und es sind mehr Mönche dort.«

Eymerich sah Emersende streng an. »Ihr habt von *bonhommes* geredet. Spielt Ihr auf die Katharerführer an, die so genannten Vollkommenen?«

»Ja. Auf dem Sidobre halten sich etliche versteckt. Aber alle Färber von Castres sind Katharer, egal ob Meister oder Lehrburschen. Nur Robert ist es nicht,

Robert und wenige andere. Deshalb hassen sie ihn, und sie hassen auch mich, weil ich seine… weil ich seine Freundin bin.«

Pater Corona lächelte. »An Gesellschaft fehlt es Euch ja wahrlich nicht, Madame Emersende.« Ein wütender Blick Eymerichs brachte ihn zum Schweigen.

Mit einem Satz sprang der Inquisitor auf. Er trat zu Emersende und starrte sie an, die Augen zu zwei funkelnden Schlitzen verengt.

»Weib, du hast nur einen Weg, der Folter zu entgehen. Sag mir die volle Wahrheit, und lass mich diesen Befehl kein weiteres Mal wiederholen. Warum hält man dich für die Komplizin der angeblichen Hexe?«

Die Lippen der Wirtin zitterten, dann sagte sie: »Weil ich Robert und Raymond half, das Blut für sie herzurichten.« Sie verbarg ihr Gesicht zwischen den Händen und brach in hemmungsloses Schluchzen aus.

Eymerich schauderte. Ruckartig wandte er den Kopf zu Pater Corona um und traf auf seinen entsetzten Blick. Dann sah er wieder die Wirtin an, die Stirn in Falten gelegt. »Das Blut herrichten? Was willst du damit sagen?«

»Die Männer von Hauptmann Nayrac brachten uns fast jeden Tag Krüge voll Blut«, sagte die Frau, wobei sie weiter weinte. »Wir gossen es in ein Gefäß, das wir im Keller aufbewahrten. Es war für Sophie, die jeden Sonntag herunterkam.«

»Und was machte Sophie damit?«

»Ich weiß es nicht. Ich schwöre es Euch, ich weiß es nicht. Ich weiß nur, dass das Gefäß nach ihren Besuchen leer war.«

Eymerich schlug mit der flachen Hand auf den Tisch, sodass die Wirtin zusammenfuhr. Krug und Gläser bebten. »Du lügst! Du weißt ganz genau, was sie damit machte. Trank sie es? Badete sie darin?«

Emersende schluchzte noch heftiger. Sie brauchte

eine Weile, bis sie antworten konnte. »Wir gingen nicht mit ihr in den Keller hinunter. Ich weiß es wirklich nicht, glaubt mir.«

»Schwer vorzustellen, dass sie es trank«, bemerkte Pater Corona. »Das Gefäß ist riesengroß. Es passt der Inhalt eines kleinen Fässchens hinein.«

Eymerich trat hinter Emersende. Er ging kurz auf und ab und betrachtete dabei die vom Rauch geschwärzten Wände. Dann sagte er: »Hast du mir sonst noch etwas zu sagen?«

Die Frau versuchte, sich die Tränen zu trocknen. Sie schneuzte sich in den Ärmel ihrer Stoffbluse, die voller Flicken und Flecken war. »Nein, Pater, ich habe Euch alles gesagt.«

»Woher kamen die Soldaten, die das Blut brachten? Von Hautpoul?«

»Nein, vom Sidobre. Es waren Söldner von Hauptmann Nayrac. Man sieht sie nur selten in der Stadt; sie vertragen sich nicht mit den Männern unseres Grafen. Bis vor zwei Jahren kämpften sie auf Seiten der Engländer.«

»Dann geht dieser schmutzige Handel also schon seit zwei Jahren.«

»Ich weiß es nicht, es war Robert, der die Vereinbarungen getroffen hat.«

Eine paar Augenblicke lang starrte Eymerich den Nacken der Wirtin an, dann setzte er sich wieder. »Geh jetzt. Du wirst in der Küche bleiben, mit niemandem sprechen und dich nicht ohne Grund fortbewegen. Verstanden?«

Emersende erhob sich leicht schwankend. »Ich flehe Euch an, Pater, ich bin eine gute Christin, und ich…«

»Geh.«

Kaum war die Frau seinem Befehl gefolgt, sah Eymerich Pater Corona starr an, die Gesichtszüge aufs Äußerste gespannt. »Jetzt werdet Ihr mir erklären, warum Ihr mir nichts von diesen Geschichten erzählt habt.«

»Aber... weil ich nichts davon wusste.«

»Von gar nichts?«

Pater Corona zögerte einen Augenblick, dann seufzte er tief. »Nein, nicht ganz. Nichts wusste ich von den Ausflügen Sophie de Montforts in die Stadt, von ihren Beziehungen zu dem kleinen Raymond, vom Blut, das die Söldner vom Sidobre beschafften. Dagegen wusste ich, dass der Großteil der Färber sich zum Katharismus bekennt, dass das Blut der Montforts verdorben ist, dass der örtliche Klerus im Luxus lebt und sich Ausschweifungen hingibt. Das wusste ich.«

»Und Ihr habt nichts unternommen.« Eymerichs Stimme klang sehr hart. »Ihr, ein Inquisitor! Darf man den Grund dafür erfahren?«

Pater Corona hob die Augen mit festem, klarem Blick. »Gestattet Ihr mir, freimütig zu reden?«

»Ich befehle es Euch sogar.«

»Nun, ich bin nicht völlig von der Schuld dieser Leute überzeugt. Nein, unterbrecht mich nicht... Die Färber – und ganz allgemein die Handwerker in dieser Stadt – sympathisieren mit den Katharern, aus Hass auf den König von Frankreich. Die Herrschaft der Monarchie ist für sie gleichbedeutend mit der Brutalität und Raffgier des Grafen Montfort, mit der Laschheit eines Herrn d'Armagnac, Vertreter einer Schicht von Adeligen, die sich von den Engländern haben besiegen lassen und unfähig sind, auf ihren Ländereien wieder Ordnung herzustellen. Es brodeln hier die gleichen Gefühle wie bei dem Aufstand in Paris, der in den vergangenen zwei Monaten die Bürger gegen den Dauphin aufgebracht hat und die Provinzen im Norden erschüttert.«

»Aber der Katharismus ist Häresie, Frevel gegenüber der Kirche!«

»Und was ist die Kirche für diese Leute?«, erwiderte Pater Corona heftig. »Sie kennen nur das korrupte und schamlose Gesicht des Klerus, das seinerseits von der Korruption und Schamlosigkeit herrührt, die in Avignon herrschen, mit allerhöchster Billigung durch den Papstes selbst. Die Lehre der Katharer, die vorschreibt, die Gebrechen des Leibes und den äußeren Schein gering zu achten, enthält ein Versprechen auf Läuterung, das wir nicht mehr zu übermitteln imstande sind. Meint Ihr nicht auch?«

Im ersten Moment antwortete Eymerich nicht. Er streckte die Hand nach dem Weinkrug aus und goss sich ein Glas von dem dünnen Wein ein, den er langsam kostete. Als er dann sprach, tat er das in weniger heftigem Ton.

»Ich verstehe Eure Überlegungen, doch bevor ich Euch meinen Standpunkt darlege, wünsche ich, dass Ihr von Grund auf ehrlich seid. Stück für Stück und ganz allein musste ich die Geheimnisse des Hauses Montfort aufdecken. Ihr habt mich auf nichts hingewiesen. Ich möchte wissen, warum. Und kommt mir nicht wieder damit, dass Ihr keine Zeit dazu hattet.«

Nun schien Pater Corona in echter Verlegenheit. Er schluckte ein paarmal, dann antwortete er:

»Es stimmt, ich habe Dinge zurückgehalten. Als ich das erste Mal hierher kam, ging ich auch nach Hautpoul. Wie Ihr wurde ich von Herrn Piquier angesprochen, der mich zu Sophie brachte…«

»Und dann?«

»Ich kann Euch das Mitleid nicht schildern, das dieses arme Geschöpf in mir erregte. Sie war sensibel, feinsinnig, und doch zwang man sie, in diesem fensterlosen Zimmerchen zu leben, mit einem Vater, der sie hasste und aus seiner Absicht, sie umzubringen, kein Hehl machte…« Pater Coronas Stimme wurde leicht brüchig. »Ich gestehe, dass mir Eure Ankunft Angst gemacht hat. Ich fand Euch starr, grausam, fast unmenschlich. Als Ihr saht, unter welchen Bedingungen Raymond gehalten wurde, da schient Ihr wohl einen Moment lang ehrlich entrüstet, doch Euer Gefühl hat sich dann bloß in Zorn Luft gemacht. Es friert einen in Eurer Gegenwart.«

Eymerich war überrascht von diesen Worten, er fühlte sich jedoch nicht davon beleidigt. Wieder führte er das Glas an die Lippen, dann setzte er es ab. »Ihr fürchtet also, ich könnte Sophie wehtun, die das nicht verdient«, sagte er in ruhigem Ton.

»Selbst wenn sie es verdiente, sie leidet schon genug.«

Eymerich seufzte. Auf den gewöhnlich streng geschlossenen Lippen erschien der Anflug eines Lächelns. »Armer Pater Jacinto, wie naiv Ihr seid. Dieser Beruf ist entschieden nichts für Euch.«

Pater Corona wirkte etwas pikiert. »Warum sagt Ihr das?«

»Weil Ihr Euch zu leicht täuschen lasst. Oh, nicht von Sophie. Erinnert Ihr Euch an die kleine Szene im Vorzimmer des Grafen, in Hautpoul?«

»Als Sophie hinter der Tür auftauchte? Ja.«

»Piquier hielt sie an einer Kette. Um sie zurückzuholen, hat er heftig daran gerissen, so dass sie fast hingefallen wäre.«

»Ja, aber…«

»Findet Ihr, dass ein solches Verhalten zu dem Bild des ergebenen und großherzigen Mannes passt, das Piquier von sich zu geben bemüht ist? Antwortet mir.«

Pater Corona runzelte die Stirn. »Er hatte Angst, der Graf könnte sie sehen.«

Eymerich schüttelte den Kopf. »In Anwesenheit des Grafen wäre Piquiers Brutalität verständlich gewesen. Aber der Graf war nicht da. Es hätte genügt, zu dem Mädchen hinzugehen und es am Arm zu nehmen. Nein, Piquier hat ganz einfach etwas getan, was er gewöhnlich tut. Höchst seltsam bei einem Mann, der sich als so gutherzig hinstellen möchte.«

Pater Corona war beeindruckt, doch es fiel ihm schwer zuzugeben, dass der andere Recht hatte. »Als er mich zu Sophie brachte, kam er mir aufrichtig besorgt vor. Er befürchtete, ich könnte sie der Hexerei anklagen.«

»Auch mir gegenüber hat er diese Komödie aufgeführt. In beiden Fällen wollte er vorbeugen, und bei Euch hat er seinen Zweck erreicht. Bei mir nicht, denn ich begegne meinem Nächsten instinktiv mit Misstrauen. Wie Ihr sehen könnt, hat mir genau die Haltung, die Euch am meisten an mir stört, eine realistischere Einschätzung ermöglicht.«

Pater Corona wagte ein Lächeln. »Vielleicht. Und ich hoffe, dass Eure Intuition Euch auch so weit hilft, die Wurzeln des so genannten Katharismus der Färber zu begreifen, von dem ich Euch eben erzählt habe.«

»Begreifen ja, aber nicht rechtfertigen.« Eymerichs Stimme bekam wieder einen metallischen Klang. »Auch in diesem Fall habt Ihr durch Naivität gesündigt. Die Tatsache, dass diese Menschen die Reinheit anstreben, bedeutet keineswegs, dass sie gute Menschen sind. Wenn wir unserer Emersende glauben wollen, machen die braven Färber sich schon bereit, diejenigen anzuklagen, die nicht ihrem Glauben anhängen. Und ich wette, sie wären begeistert, wenn Sophie de Montfort auf den Scheiterhaufen käme. Eben weil, wie Ihr richtig bemerkt habt, ihr Katharertum von dem Hass herrührt, den sie auf den Grafen und den Rest des Adels hegen.« Eymerich legte die Hände zusammen und stützte sein Kinn darauf. »Lasst Euch von mir einen Rat geben, Pater Jacinto. Misstraut allen, misstraut aber vor allem denen, die zu abstrakte Tugendsysteme vertreten. Ist die Abstraktion zu weit getrieben, können sie in den alltäglichen Verhaltensweisen und in den konkreten Absichten oft keine Anwendung finden.«

Peter Corona hätte vielleicht etwas erwidert, doch der Eingang wurde verdunkelt von einer mächtigen Figur. Eine laute Stimme dröhnte durch den Raum:

»Was habe ich gesagt? Die Taverne, das ist der natürliche Aufenthaltsort für Mönche! Deswegen liebe ich sie so sehr und überhäufe sie mit Geschenken!«

Eymerich folgte dem Grafen etwas widerwillig. Der Bischof hatte eine prächtige Festtafel für sie gerichtet. Auf weißem Tischtuch mit bestickten Bordüren funkelten goldene und silberne Karaffen und Pokale. In der Mitte des Saals war ein Wasserbecken aufgestellt worden, ebenfalls aus Gold, in dem die Gäste sich die Hände waschen konnten. Das Menü wurde eröffnet von einer Pastete, sodann folgten Käse, Wild, Geflügel und Fisch. Zum Schluss eine Auswahl an Süßspeisen und Gebäck.

Während des ganzen Essens unterhielten sich der Graf und der Bischof angeregt miteinander. Thema war der Zehnte der Bauern, den der Bischof kärglich fand, während der Graf sich über die Raffgier des Vogts ereiferte, der unlängst eine Abgabe zugunsten des Lösegelds für den König erhoben hatte, der in englischer Gefangenschaft war. Die beiden kamen überein, die Rücksiedelung der Leute, die sich nach Hautpoul geflüchtet hatten, voranzutreiben, damit sie wieder die Felder um Castres und an den Hängen des Schwarzen Berges bestellten. Was die Ansprüche des Vogts anging, so würde der Graf ihnen dadurch begegnen, dass er eine neue Steuer auf die Stofffärberei erhob, wovon ein Teil dem Bischof zufließen sollte, um ihn für die Einbußen, die er zu erleiden hatte, zu entschädigen.

Eymerich hörte dem allem zerstreut zu und beteiligte sich an der Unterhaltung nur, wenn er dazu aufgefordert wurde. Von den aufgetragenen Speisen kostete er nur wenig und ließ den größten Teil davon in den Terrakottaschüsseln zurück, in denen sie serviert wurden. Die Hitze war ihm sehr lästig, ebenso wie die zu starken Aromen, die im Raum hingen.

Erst als das Gebäck aufgetragen wurde, ergriff er das Wort, ohne Rücksicht darauf, was die Tischgenossen in diesem Augenblick gerade redeten.

»Wisst Ihr schon von dem Autodafé, das ich plane?«, fragte er den Bischof.

Der alte Monsignore sah ihn fassungslos an. »Autodafé? Welches Autodafé?«

Der Graf, der schon ziemlich betrunken war, brach in dröhnendes Gelächter aus. »Stimmt, fast hätte ich's vergessen. Pater Nikolas, dieser Spaßvogel, will einen Scheiterhaufen für Ketzer errichten. Als ob es nicht schon heiß genug wäre.«

Der Bischof sah Eymerich mit aufgerissenen Augen an. »Das ist ja wirklich eine fixe Idee von Euch. Schon neulich habt Ihr davon gesprochen, jemanden zu verbrennen. Warum denkt Ihr nicht an angenehmere Dinge?«

»Bei Pater Eymerich überwiegt unter den Körpersäften bestimmt die Galle«, bemerkte der Graf. »Dennoch solltet Ihr seine Idee in Erwägung ziehen, Monsignore. Zusammen mit ein paar ketzerischen Bauern könntet Ihr doch auch ein paar unbelehrbare Juden auf den Scheiterhaufen schicken.«

»Aber ist es wirklich nötig…«

»Pater Nikolas wird mich berichtigen, wenn ich mich täusche«, fuhr der Graf fort, »aber mir scheint, die Besitztümer eines zum Scheiterhaufen Verurteilten fallen direkt an die Kirche, die durch den Bischof repräsentiert wird. Und unter den Juden dieser Stadt gibt es einige, die sehr reich sind.«

Ein boshaftes Leuchten huschte über das faltige Gesicht von Monsignore Lautrec. »Tatsächlich, der Reichtum der Ungläubigen ist wie eine Beleidigung in den Augen der redlichen Christen, die zur Armut verdammt sind. Wenn ich über ihre Güter verfügen könnte, könnte ich vielen Notleidenden helfen.« Er wandte sich an Eymerich. »Was meint Ihr dazu, Pater?«

Der Inquisitor griff nach einem Stück Gebäck und spielte damit. »Der Graf hat Recht. Die Güter dessen, der auf den Scheiterhaufen steigt, fallen in den Besitz der Kirche. Aber ich brauche Eure formelle Einwilligung.«

»Oh, die habt Ihr, die habt Ihr.«

Plötzlich trübte sich die Heiterkeit des Bischofs ein wenig. »Jetzt, wo ich daran denke: Der Platz hier vor dem Palast ist der einzige, der groß genug ist. Ihr werdet die Leute doch nicht unter meinen Fenstern verbrennen wollen.«

»Ich hatte an den Hof des Klosters gedacht.«

»Richtig, richtig. Das scheint mir eine vorzügliche Idee. Er könnte fast die gesamte Bevölkerung von Castres fassen, und es bliebe noch Platz.«

Ein böses Lächeln kräuselte Eymerichs Lippen, um sogleich wieder zu verschwinden. »Sehr gut. Ich bräuchte große Holzscheiter, Stroh, Kleinholz, Öl und jede Menge Schnüre.«

»Ich sorge für alles«, versicherte der Graf. »Bis wann braucht Ihr das?«

»In zwei, drei Tagen maximal.«

Othon de Montfort riss die Augen auf. »So bald?«

»Ja. Diese Stadt braucht dringend ein Exempel.« Eymerich warf dem Bischof einen leicht spöttischen Blick zu. »Und die Kirche braucht Einnahmen.«

»Einverstanden«, sagte der Graf. »Ihr sollt alles bekommen. Schickt mir eine genaue Aufstellung ins Schloss.«

Eymerich erhob sich. »Ich danke Euch sehr. Doch jetzt muss ich gehen. Es muss schon die neunte Stunde sein, und ich habe noch einiges zu erledigen.«

Er trat aus dem Palast heraus, überquerte die von der Sonne glühende Straße und betrat die Herberge. Pater Corona saß allein an einem Tisch, in seine Gedanken versunken, vor sich die Reste eines einfachen Mahls.

»Ich gehe hinauf in mein Zimmer und lese etwas. In einer Stunde etwa komme ich wieder herunter. Haltet euch bereit, denn wir müssen noch einmal den Färber Robert befragen gehen.«

Eymerichs Ruhepause dauerte nicht lang. Er hatte sich gerade in die Lektüre von Eirenaios vertieft, als es an der Tür klopfte. »Da ist ein Besucher für Euch«, verkündete Pater Corona.

»Lasst ihn vor.«

Der Mann, der eintrat, war klein und dicklich und ganz in Schwarz gekleidet. Sein pausbäckiges Gesicht strahlte von einem herzlichen Lächeln. »Welche Freude, Euch wiederzusehen, Pater Nikolas!«

»Herr de Berjavel!« Eymerich stand auf. »Ich habe Eure Ankunft schon mit Ungeduld erwartet. Hattet Ihr eine gute Reise?«

Nach einem kurzen Austausch von Höflichkeiten setzte Eymerich sich auf eine Truhe und lud den Notar ein, desgleichen zu tun.

»Nun, welche Neuigkeiten bringt Ihr mir von Pater de Sancy?«

»Der Prior hat Eure Botschaft bekommen«, antwortete de Berjavel. »Er hat Euch keinen Brief geschickt aus Angst, er könnte in falsche Hände geraten.«

»Eine kluge Vorsichtsmaßnahme. Auf dem Schwarzen Berg wimmelt es nur so von üblem Gesindel.«

»Stattdessen hat er mich beauftragt, Euch seine Antworten auf Eure Fragen zu übermitteln. Vor allem auf die wichtigste.«

»Nun und?«

»Man braucht die Einwilligung des Papstes. Dennoch, sagt Pater de Sancy, sollt Ihr Euch keine Sorgen machen, er ist sich sicher, sie zu erwirken. Was Ihr vorhabt, ist im vergangenen Jahrhundert schon mehrfach gemacht worden. Béziers ist das berühmteste Beispiel, aber da war auch Lavaur, Cassès und noch andere Fälle. Wenn Ihr meint, dass es notwendig ist, sollt Ihr freie Hand haben.«

Eymerichs Augen funkelten. »Ausgezeichnet. Und was die andere Frage betrifft?«

»Auch in diesem Punkt vertraut Pater de Sancy ganz auf Euch. Die Bretagne braucht einen Montfort, ganz gleich welchen. Ja, eine Frau wäre vielleicht besser als ein Mann. Charles de Blois hat nur einen Sohn, einen Bastard mit Namen Jehan. Wenn die Blois und die Montforts in einer Vermählung wieder eine Verbindung eingingen, könnte niemand Zweifel an der Legitimität der Ansprüche auf das Herzogtum hegen.«

Eymerich runzelte die Stirn. »Ich werde darüber nachdenken. Einstweilen hätte ich Euch eine Aufgabe anzuvertrauen. Seid Ihr sehr müde?«

»Ziemlich.«

»Ihr werdet Euch in einem anderen Zimmer dieser Herberge einquartieren. Die Wirtin, die ich in der Küche gefangen gesetzt habe, wird über einen weiteren Gast sehr erfreut sein. Wenn Ihr Euch ausgeruht habt, geht Ihr zum Bischof, der gegenüber wohnt. Er hat seine Einwilligung zum Autodafé versprochen, aber ich will, dass er sie mir schriftlich gibt. Darum kümmert Ihr Euch, in meinem Namen. Das Gleiche tut Ihr bei dem Grafen Montfort, der beim Bischof zu Gast ist, und bei dem Vogt, Herrn d'Armagnac. Die Wachen unten vor dem Haus zeigen Euch, wo Ihr ihn findet. Und noch etwas...« Eymerich kniff die Augen zusammen. »Vermeidet, dass in dem Dokument die Namen oder die Anzahl der Verurteilten angegeben werden, auch wenn man Euch danach fragen sollte.«

»Das soll geschehen. Entfernt Ihr Euch?«

»Ich muss einen Färber verhören und dann ein Kloster besuchen… ein sehr eigenartiges Kloster. Ich werde erst spät zurück sein.«

Nachdem Herr de Berjavel gegangen war, blieb Eymerich noch eine halbe Stunde in seinem Zimmer und las einen Passus des *Adversus Haereses*, der ihn interessierte. Dann sprach er einige Gebete, machte rasch Toilette und ging hinunter. Wenig später war er mit Pater Corona auf dem Weg zum Fluss, zum Haus des Färbers.

»Mach, dass wir hier nicht unsere Zeit verlieren«, drohte Eymerich dem großen Robert und betonte jede Silbe einzeln. »Die anderen Färber von Castres verlangen deinen Kopf. Dein Verhalten wird darüber entscheiden, ob ich ihnen nachgebe oder nicht.«

»Aber sie sind doch die Katharer! Ich befolge treu…«

»Das weiß ich schon alles. Sophie de Montfort kam jeden Sonntag hier herunter, und du hast ihr Menschenblut gegeben, das die Soldaten von Hauptmann Nayrac dir gebracht hatten. Mal dir selbst aus, welche Strafe ich dir auferlegen könnte.«

Auf der Stirn des rothaarigen Hünen, die von der Hitze und den Dünsten, die seinen Laden erfüllten, ohnehin schon schweißnass war, begann der Schweiß nun buchstäblich in Strömen zu fließen. »Was wollt Ihr von mir?«

»Ich will den vollen Behälter sehen, den ich gestern Morgen entdeckt habe.«

»Der ist nicht mehr da.«

Eymerich richtete sich zu seiner vollen Größe auf, die Augen funkelnd vor Zorn. »Und wohin hast du ihn gebracht?«

»Ich nicht«, murmelte Robert. »Zwei Mönche haben ihn geholt. Zwei Benediktiner vom Sidobre.«

»Kennst du sie?«

»Ja, vom Sehen. Sie kamen oft während der Woche, in Begleitung der Söldner. Sonntag nachmittag sah ich sie dann wieder. Sie kamen, um die Grafentochter abzuholen, und nahmen sie auch mit.«

»Wohin?«

»Auf den Sidobre, nehme ich an. Sie gingen in diese Richtung. Aber ich habe nie Fragen gestellt.«

Eymerichs Blick besänftigte sich, doch war er jetzt verschleiert von einer Ruhe, die vielleicht noch schrecklicher war als sein Zorn. »Nun hör mir gut zu. Von deiner Aufrichtigkeit hängt Dein Schicksal ab. Wer organisierte das alles? Ich meine das Sammeln von Blut, die Besuche von Sophie de Montfort und alles Übrige.«

Der Färber schlug die Augen nieder, trotzdem antwortete er, ohne zu zögern. »Der Verwalter des Grafen. Seit ein paar Jahren.«

»Herr Piquier?«

»Ja, genau der.«

»Wie verhielt er sich Sophie gegenüber? Wie ein Geliebter?«

Roberts Augen hoben sich voller Staunen. »Oh, bestimmt nicht. Er wirkte eher wie ein Bauer, der ein Tier führt. Besonders, wenn die junge Gräfin ihre Krisen hatte.«

Eymerichs Stirn legte sich in Falten. »Welche Krisen?«

»Sonntagabends kamen sie wieder hier vorbei. Ich konnte das Gesicht des Fräuleins nicht sehen, wegen des Schleiers, aber sie schien außer sich. Sie fuchtelte sinnlos herum, sie stammelte. Sie blieben so lange, bis sie sich etwas beruhigt hatte.«

»Und Raymond?«

»Oft weinte er, aber niemand achtete auf ihn.«

»Ihr auch nicht?«

Der Färber antwortete nicht.

Eymerich sah Pater Corona an. »Ich glaube, dieser

Elende hier hat uns fast alles gesagt. Wie gelangt man zum Sidobre?«

»Oh, das ist nicht weit. Zu Pferd braucht man weniger als eine Stunde.«

»Also machen wir uns unverzüglich auf den Weg.« Eymerich warf dem Färber einen eisigen Blick zu. »Von nun an kannst du für jeden Moment deines Lebens, der dir vergönnt ist, zunächst Gott und dann mir danken. Haben wir uns verstanden?«

Auf dem groben Gesicht des Mannes erschien ein Ausdruck der Hoffnung, genauso gemein, wie es zuvor der der Angst gewesen war. »Wollt Ihr die Namen der Katharer von Castres? Ich kann sie Euch alle nennen.«

Eymerich kehrte ihm den Rücken und entfernte sich, gefolgt von Pater Corona.

Bei der Herberge holten sie ihre Pferde. Sie hielten auf den nördlichen Ausgang der Stadt zu, am Agout entlang. Die Wasser des Flusses schimmerten rot, einesteils vom Widerschein der glutroten nachmittäglichen Sonne, die den Himmel mit Feuer überzog, andernteils von den Bächen scharlachroter Farbe, die sich aus den Werkstätten am Fluss ergossen.

Am Rand der Stadt kamen sie an einem dreistöckigen Palast vorbei, ein gefälliger Bau mit eleganten zweibogigen Fenstern. »Hier wohnt Herr de Nayrac«, erklärte Pater Corona. »Er ist der Kopf der englandfreundlichen Partei und einer der Mittelpunkte im gesellschaftlichen Leben von Castres.«

Eymerich betrachtete den soliden, aber eleganten Bau.

»Wenn ich mich nicht täusche, ist Guy de Nayrac der Bruder von Abt Josserand sowie eines Führers einer Bande von Söldnern.«

»Genau. Abgesehen von dem alten Josserand, der, wie Ihr gesehen habt, halb verrückt ist, sind die Nayracs eng miteinander verbunden. Sie leben alle von den Granitbrüchen des Sidobre, die ihnen gehören. Im Wesentlichen ist es so, dass Hauptmann Nayrac, der Söldnerführer, im Auftrag seines Bruders Guy die Gegend kontrolliert und ihn vor einem Handstreich der Montforts schützt.«

»Ich nehme an, auch die Nayracs streben die Herrschaft über die Stadt an.«

»Ja, aber mit Zurückhaltung. Die Nayracs sind viel reicher als die Montforts und genießen die Sympathie des städtischen Großbürgertums. Aber auf militärischer Ebene sind nach wie vor die Montforts überlegen, und sie haben die Bauern auf ihrer Seite, obwohl sie sie ausbeuten. Zwischen den beiden Familien hat sich ein gewisses Gleichgewicht etabliert.«

Ohne weitere Fragen von Eymerich durchquerten sie reitend die letzten Ausläufer der Stadt im Schatten einer Mauer, die jemand angefangen hatte zu bauen, ohne das Werk dann zu Ende zu führen. Auch das war ein Hinweis auf die politischen und sozialen Wirren, die Frankreich damals erschütterten. Im Mai dieses Jahres hatte der Dauphin angeordnet, alle Städte, die Flusshandel betrieben, sollten mit Mauern eingefasst und befestigt werden. Als der Adel versuchte, der Anordnung Folge zu leisten, war es in vielen Regionen des Nordens zu Aufständen der Bauern gekommen, die die Arbeiten über neue Steuern finanzieren mussten. Pater Corona erklärte, dass Herr de Montfort von dem *Jacquerie* genannten Aufstand gehört und die Durchführung des Erlasses abgebrochen hatte. Besser, man beutete das Land wie bisher nach und nach aus, als man presste ihm alles auf einmal ab, obendrein für einen künftigen König, der schwach war, zu jung und weit weg.

Dem Lauf des Agout folgend, gelangten sie nach einem kurzen ebenen Stück zu einer unregelmäßig geformten Hochebene aus Granit, durchfurcht von jähen Spalten und Gräben. Der Fluss bahnte sich seinen Weg durch tiefe Schluchten und zwischen Türmen von abgestürzten Felsen, die so merkwürdig aussahen, als ob ein Riese sie zu unregelmäßigen Haufen in einem prekären Gleichgewicht zusammengeworfen hätte. Der Pflanzenwuchs war teils dürftig, teils üppig und bedeckte den Stein wie ein dünnes Fell.

Die Straße am Agout entlang war ziemlich breit und wirkte gut gepflegt. Die beiden Dominikaner kamen ohne Schwierigkeiten voran, auch wenn sie mit ängstlichen Blicken auf die Felsmassen sahen, die bedrohlich über ihnen hingen. Auf einem dieser Felsen hinter einem waldigen Flecken sahen sie die ersten Wachposten.

»Wer wird das sein?«, fragte Eymerich. »An der Rüstung ist es nicht zu erkennen.«

»Mit Sicherheit Männer von Hauptmann Nayrac.« Pater Corona grüßte nach oben hinauf zu den Felsen über ihm. »Es dürfte keine Gefahr für uns bestehen.«

Ein Stück ritten sie unbehelligt weiter, von oben aufmerksam verfolgt. Dann sprangen zwei Fußsoldaten aus dem Wald hervor und versperrten ihnen den Weg. Es waren kräftige Kerle mit sonnenverbrannten Gesichtern und sehr dichten Bärten. Sie trugen bunt zusammengewürfelte Uniformen und ausgebleichte Kettenhemden bis zu den Knien. Auf dem Schild eines der beiden musste einst der Leopard der Plantagenets zu sehen gewesen sein, der jetzt zu einem fast unkenntlichen Relief verblichen war.

»Stehenbleiben!«, befahl der ältere der beiden Söldner und hob eine Hand. »Dies ist Gebiet des Herrn Guy de Nayrac, Gott schütze ihn.«

»Wir sind auf dem Weg nach Burlats, zum Kloster des Heiligen Benedikt«, antwortete Pater Corona. »Wir tragen keine Waffen.«

Der Soldat schien verwundert. »Zum Kloster? Aber heute ist Samstag. Die Zeremonie findet Sonntag nachmittag statt.«

Pater Corona wollte schon etwas erwidern, als Eymerich ihm zuvorkam.

»Das wissen wir, und wir werden daran teilnehmen. Wir sind früher gekommen, weil wir mit den Klosterbrüdern einige Dinge zu besprechen haben. Wie Ihr seht, sind wir Dominikaner.«

»Nun, ich glaube, Ihr könnt passieren. Gott sei mit Euch.«

Der Soldat gab seinem Gefährten ein Zeichen, doch Eymerich hielt sein Pferd zurück.

»Verzeiht meine Neugier. Nimmt Herr Guy de Nayrac auch an der Zeremonie teil?«

Es antwortete ihm der jüngere Söldner, in Langue d'Oeil, gespickt mit englischen Ausdrücken. »Nein, nie, und auch nicht unser Hauptmann, Armand de Nayrac.«

»Und Herr d'Armagnac?«

»Nein, den habe ich nie gesehen. Gewöhnlich sehe ich einige Kaufleute mit ihrem Propst an der Spitze, Advokaten, Notare, den einen oder anderen Fabrikanten. Kurz«, schloss der Soldat mit einer Spur von Groll, »alle, die in Castres wie Adlige leben, ohne es zu sein.«

»Und dauert die Zeremonie lang?«

»Das dürft Ihr uns nicht fragen. Wir halten lediglich Wache draußen vor der Abtei.«

»Danke, der Himmel schütze Euch.«

Eymerich und Pater Corona setzten ihren Weg durch die Schlucht fort, ab und zu vom Wasser des Flusses bespritzt, der sich an den glatt geschliffenen Felsblöcken brach. Erst als sie eine gewisse Entfernung von den Soldaten erreicht hatten, nahmen sie ihr Gespräch wieder auf.

»Was für eine Zeremonie hat er wohl gemeint?«

»Ich habe keine Ahnung«, antwortete Eymerich finster. »Oder besser, ich hätte wohl eine, aber ich will sie lieber erst überprüfen.«

Pater Corona begriff, dass der Inquisitor einen seiner Momente der Verdüsterung hatte, und er zog es vor, ihn nicht zu stören. Er verlangsamte die Gangart seines Pferdes etwas und setzte sich hinter ihn.

Dieses stumme Dahinreiten dauerte nicht lang. Auf einmal war die Schlucht zu Ende, und sie fanden sich auf flachem und weniger holprigem Gelände wieder, rings umgeben von Bergen. An einer Flussbiegung zwischen einem Kastanienwäldchen und einem Buchenhain erhob sich ein Komplex von zwei- oder dreistöckigen Gebäuden, rings um eine Kirche im romanischen Stil gruppiert.

»Das ist die Abtei«, verkündete Pater Corona. »Und in diesem großen Haus daneben war seinerzeit der Hof von Adelaide de Toulouse untergebracht.«

»Und wer wohnt jetzt dort?«

»Niemand. Es muss Eigentum der Nayracs sein, aber ich glaube, es wird von den Mönchen genutzt.«

»Gehen wir etwas näher«, sagte Eymerich, »aber leise. Bevor man auf uns aufmerksam wird, möchte ich mich so genau wie möglich umsehen.«

Sie stiegen vom Pferd und gingen durch die schmale Straße, die zwischen den Stämmen der Kastanienbäume fast verborgen war. Schon bald konnten sie die großen Kreuzfenster der Abtei sehen, die fein gearbeiteten Gesimse und reich geschmückten Kapitelle. Zu den Gebäuden gelangte man durch einen Säulengang, der von Gittertoren abgeschlossen und von zwei Pförtnern bewacht war. Eymerichs Aufmerksamkeit konzentrierte sich auf das Haus der Adelaide. »Was seht Ihr dort auf dem Dach?«

Pater Corona schärfte den Blick. »Eine Wetterfahne, würde ich sagen. In Kreisform.«

»Und erinnert Euch das nicht an etwas?«

»Mh… ja, an eine Schlange. Eine Schlange, die einen Kreis formt.«

»Genau. Eine Schlange, die sich in den Schwanz beißt. Genauso wie die, die wir bei den Sachen von Raymond gefunden haben.«

»Ihr habt Recht. Aber was soll das bedeuten?«

Eymerich deutete ein Lächeln an. »Abt Josserand hat versucht, es uns zu sagen. Erinnert Ihr Euch? Numeri. Einundzwanzig, sechs und neun.«

»Ja. Ihr wolltet es mir erklären, doch da wurden wir unterbrochen.«

»Ja, die Zahlen bezogen sich auf das Buch Numeri im Alten Testament, Kapitel einundzwanzig, Vers sechs. Ich zitierte aus dem Gedächtnis: ›Da schickte der Herr Giftschlangen unter das Volk. Sie bissen die Menschen, und viele Israeliten starben.‹ Vers neun: ›Mose machte also eine Schlange aus Kupfer und hängte sie an einer Fahnenstange auf. Wenn nun jemand von einer Schlange gebissen wurde und zu der Kupferschlange aufblickte, blieb er am Leben.‹«

Pater Corona starrte den Meister entgeistert an. »Wollt Ihr damit sagen, diese Wetterfahne dort oben ist die Schlange auf der Fahnenstange?«

»Es ist eine Anspielung darauf, aber nicht nur das. Wenn mich nicht alles täuscht, verbirgt sich dahinter ein noch wesentlich älteres Geheimnis.« Eymerich ging in Richtung Abtei. »Kommt. Wir haben genug gesehen, es ist an der Zeit, uns bemerkbar zu machen.«

Hinter dem Säulengang konnte man ein paar sehr sorgfältig bestellte Gärtchen erkennen. Jenseits davon tauchte die Sonne, die hinter den Bergen unterging, einen enormen Ziegelbau, umgeben von Stallungen und anderen niedrigeren Bauten, in tiefrotes Licht. Doch sie hatten keine Zeit, weiter vorzudringen.

Kaum waren sie aus dem Kastanienwäldchen heraus, trat ein sehr junger Mönch mit langen braunen Haaren aus dem Pförtnerhäuschen und kam ihnen entgegen. Er schwitzte in seiner weißen Kutte mit Hermelinbesatz, die in der Taille von einem goldenen Gürtel gehalten war.

»Gott sei mit Euch«, sagte er hastig. »Was wollt Ihr?«

Eymerich wurde sehr förmlich, was sonst nicht seine Art war.

»Wir sind vom Bettelorden der Dominikaner und sind zufällig hier in der Gegend unterwegs. Wir haben uns gefragt, ob Ihr uns bis morgen aufnehmen könntet. Unsere Pferde sind erschöpft.«

Der Blick des jungen Mannes verhärtete sich. »Davon kann gar keine Rede sein. Unsere Ordensregel ist da ganz präzis. Wir nehmen keine Gäste auf.«

»Das verstehen wir sehr gut«, antwortete Eymerich in demütigem Ton. »Aber wenn Ihr bedenkt, dass wir schon bei Pater Josserand…«

Auf den Lippen des Mönchs erschien ein ironisches Lächeln. »Gott erhalte den guten Pater Josserand, aber unsere Regel darf niemand durchbrechen. Wir können Euch nicht aufnehmen, in diesem Kloster sind keine Besucher zugelassen.«

»Ich sprach ja gar nicht vom Kloster.« Eymerich zeigte auf das Haus der Adelaide de Toulouse. »Ich sehe, dass es da eine Unterkunft außerhalb der Klostermauern gibt. Ich nehme an, dass es von Euren Einschränkungen ausgenommen ist.«

»Ihr täuscht Euch«, sagte der junge Mann ärgerlich. »Dieses Haus unterliegt denselben Bestimmungen. Geht fort von hier.«

»Einen Moment.« Eymerich suchte in seiner Jacke und zog die kleine gewundene Schlange hervor, die Raymond gehört hatte. »Ich nehme an, dass Euch das hier etwas sagt.«

Staunen malte sich auf dem Gesicht des Mönchs

ab. Als er sprach, war seine Stimme erheblich freundlicher.

»Warum habt Ihr das nicht gleich gesagt? Ihr solltet jedoch wissen, dass Ihr nur am Sonntag zu uns kommen könnt, nach der neunten Stunde. Wer schickt Euch?«

»Dieser Advokat aus Castres…«, versuchte Eymerich es auf gut Glück.

»Ah, Herr d'Abrissel. Leider hat er Euch falsch informiert. Wir können Euch wirklich nur am Sonntag einlassen.«

»Dann entschuldigt uns. Wir kommen morgen wieder.« Eymerich machte Anstalten, aufs Pferd zu steigen, dann wandte er sich aber doch noch einmal zu dem Benediktiner um.

»Verzeiht mir, Bruder. Die Männer von Hauptmann Nayrac werden misstrauisch, wenn wir wieder umkehren. Könntet Ihr uns einen Gefallen tun?«

»Gerne. Sprecht.«

»Wenn wir einen Eurer jüngeren Mönche bei uns hätten, könnte der eine Garantie für uns sein, dass wir durchgelassen werden. Er würde in Castres in der Abtei übernachten, und morgen kämen wir gemeinsam wieder.«

Der Mönch sah verwundert drein. »Also, ich weiß nicht… Ich muss fragen gehen.«

»Ich bitte Euch darum.«

Nach einem Augenblick des Zögerns sagte der Benediktiner:

»Angesichts der Tatsache, dass Ihr Freunde von Herrn d'Abrissel seid, ist das nicht ausgeschlossen. Wartet hier auf mich. Ich gehe, um mich zu erkundigen, ob einer von uns mit Euch nach Castres gehen will.« Dann setzte er in strengem Ton hinzu: »Und ich warne Euch, versucht nicht, dieses Tor zu passieren.«

»Seid ganz beruhigt.«

Als der Mönch gegangen war, packte Pater Corona Eymerich am Arm.

»Was machen wir? Gehen wir hinein?«

Der Inquisitor schüttelte den anderen ab, äußerst unwillig. »Ganz und gar nicht. Mein Plan sieht völlig anders auf. Wir warten hier ruhig ab.«

Die Wartezeit war sehr kurz. Wenige Augenblicke später war der Bruder Pförtner wieder zurück, zusammen mit einem noch jüngeren Mönch als er selbst, der schlaue Augen und ein ziemlich arrogantes Benehmen hatte.

»Bruder Guiscard muss ohnehin zu Abt Josserand, aber im Augenblick haben wir kein Pferd zur Verfügung. Kann er bei einem von Euch mitreiten?«

»Gewiss«, antwortete Eymerich. »Pater Jacinto wird es ein Vergnügen sein, sein Pferd mit ihm zu teilen.«

Der Abschied war so knapp, wie es die Begrüßung gewesen war. Der junge Guiscard setzte sich auf das Pferd von Pater Corona, wobei er sich die mit Silberstickereien verzierte Kutte sorgfältig um die Beine wickelte, dann ritten sie langsam die Straße hinunter, die am Agout entlangführte. Es war noch immer drückend heiß, aber der Abend warf doch schon erste Schattenstreifen auf die Wände der Schlucht.

Eymerich führte sein Pferd dicht neben das von Pater Corona. Er spürte, wie sich unter dem Jubel, der ihn erfüllte, seine Nerven anspannten, achtete jedoch darauf, von seinen Gefühlen nichts sichtbar werden zu lassen.

»Ihr tragt eine völlig andere Kutte als Euer Mitbruder«, sagte er in neutralem Ton. »In Castres habe ich noch andere gesehen. Gewährt Euch die benediktinische Ordensregel so viel Freiheit?«

»Ja, zum Glück.« In Guiscards Stimme schwang eine Art natürlicher Unverschämtheit mit. »Wir sind nicht wie Ihr strengen Regeln unterworfen. Sonst würde es uns nicht gelingen, die nachgeborenen Söhne aus den besten Familien der Stadt bei uns auf dem Sidobre zu versammeln. Unsere Sitten sind sehr viel freier.«

»Was versteht Ihr unter *frei*?«

»Dass wir niemandem sein Vergnügen verwehren, natürlich innerhalb bestimmter Grenzen. Aber auch diese Grenzen müssten fallen.«

»Warum?«

Der junge Mann sprach anmaßend und altklug wie ein erfahrener Theologe. »Weil der Leib nur eine wertlose Hülle ist. Der Geist ist es, der zählt. Warum also sollten wir uns um den Gebrauch sorgen, den wir von unserem Körper machen? Früher oder später verfault er ja doch.«

»Und die Seele wird frei sein.«

»Nicht die Seele«, erwiderte der junge Mann in herablassendem Ton. »Der Geist, er ist der Teil Gottes in uns. Die Seele ist bloß Mittlerin, der Körper ist nur ein Hindernis. Verwenden wir ihn also, wie es uns am besten dünkt.«

»Schöne Worte«, bemerkte Eymerich, und legte eine Spur von Bewunderung in seine Stimme. »Stammen sie von Abt Josserand?«

»Nein, sie sind von… Sie sind ganz logisch. Außerdem gibt es da welche, die ihren Leib kasteien, um den Geist zu sublimieren. Das ist bloß eine andere Art, um zum selben Ziel zu gelangen. Die Hülle, die wir mit uns herumschleppen, so bald wie möglich abzuwerfen.«

»Ja, Ihr habt Recht. Die Thesen der Gnosis sind sehr logisch.«

Der junge Mann zuckte zusammen. »Also wisst Ihr…?«

Eymerich nickte. »Sicher weiß ich Bescheid. Ich habe Eurem Mitbruder das Schlangensymbol gezeigt, nicht wahr, Pater Jacinto? Doch jetzt versuchen wir, etwas schneller zu reiten. Die Nacht bricht herein.«

Die Soldaten, die den Eingang zur Schlucht bewachten, hatten Feuer angezündet, die von den Anhöhen der Felsen herableuchteten. Sie schienen ihren Vorbeiritt nicht zu bemerken, oder vielleicht kümmerten sie sich nicht darum. Gegröle von Kriegsgesängen, das hier und da aufflackerte, um gleich wieder zu verstummen, ließ vermuten, dass viele von ihnen betrunken waren oder einen kleinen Überfall vorbereiteten.

Kurz vor der Komplet kamen sie in Castres an, als die Tavernen sich anschickten zu schließen und die letzten Passanten nach Hause eilten, um den Nachtwachen des Vogts zu entgehen. Sie ritten am Palast der Nayrac vorüber, dessen Fenster schon verschlossen waren, dann kamen sie auf den Platz der Färber, der nur von ein paar versprengten Grüppchen belebt war. Um zum Kloster zu gelangen, hätten sie nach links abbiegen müssen, doch Eymerich ritt geradewegs auf den Palast von Herrn d'Armagnac zu.

»Wo wollt Ihr hin?«, fragte Pater Corona.

»Folgt mir.«

»He!«, protestierte Guiscard. »Wenn ich zu spät komme, lässt der Abt mich nicht mehr ein.«

»Macht Euch keine Sorgen. Es dauert nur einen Augenblick.«

Das Tor zur Wohnung des Stadtvogts stand weit offen und war hell erleuchtet. Ein Trupp Fußsoldaten formierte sich gerade zu einer kleinen Kolonne, um zu ihrem Rundgang aufzubrechen.

Eymerich ging auf den zu, der sich durch seinen reichen Federschmuck und die Einheitlichkeit seiner Uniform als Kommandant auswies.

»Erkennt Ihr mich?«

»Ja, Pater. Ihr seid der Inquisitor.«

»Ist Herr d'Armagnac da?«

»Ich glaube, ja, aber ich weiß nicht, ob ich ihn stören kann.«

»Ich befehle es Euch. Ich werdet sehen, er kommt.«

Nach einem kleinen Zögern ging der Offizier in den Palast. Eymerich trieb sein Pferd neben das von Pater Corona und blieb etwas hinter ihm zurück. Dann, ohne jede Vorwarnung, packte er Guiscard bei den Schultern und zog ihn zu sich. Überrumpelt, stieß der junge Mann einen Schrei aus und stürzte zu Boden, wobei er auf den Rücken fiel.

Im selben Augenblick kam Herr d'Armagnac heraus, mit einem Schlafrock aus grüner Seide bekleidet. Hoch erstaunt betrachtete er die Szene. »Was geht hier vor, Pater Nikolas?«

Eymerich richtete sich im Sattel auf. Er zeigte auf den am Boden liegenden jungen Mann.

»Ich habe Beute für Euch, Herr Vogt«, sagte er mit kalter Stimme, in der eine Spur von Grausamkeit mitschwang. »Ich bitte Euch, ihn dem Peiniger zu übergeben, so lang wie nötig, um ihn geständig zu machen. Gewährt Ihr mir Eure Hilfe?«

Immer noch erstaunt, gab der Vogt mit einem Kopfnicken seine Einwilligung. »Sicher. Aber was soll er denn gestehen?«

»Das ist mein Problem«, erwiderte der Inquisitor kurz angebunden. »Überlasst ihn dem Peiniger die ganze Nacht. Wasser und Feuer sollen allerdings vermieden werden. Ich komme morgen früh mit einem Notar wieder. Ich will, dass er bereit ist, meine Fragen zu beantworten.«

»Ganz wie Ihr befehlt.« Herr d'Armagnac machte den Soldaten ein Zeichen. Sie hoben den Jungen auf, der noch immer ganz benommen war, und schleiften ihn durch das Eingangstor.

Eymerich nickte zustimmend, grüßte den Vogt und ritt im Trab auf die Herberge zu, ohne sich um Pater

Corona zu kümmern. Der folgte ihm einen Augenblick später, von heftigen Schaudern geschüttelt, als ob sein Meister eine Spur von Eis auf seinem Weg hinter sich ließe.

Die Umstehenden beschlich das gleiche unangenehme Gefühl, und sie kehrten eilig zu ihren Beschäftigungen zurück.

KAPITEL XI

Selbstmord

Lautlos schlich Doktor Mureles durch das Gestrüpp am Südrand des Flugfelds von Port Kaituma. Die kleine Fokker, mit der er gekommen war, schien außer Reichweite, wollte er nicht an der Cessna vorbeigehen, die von dem Abgeordneten Leo Ryan und einer Gruppe von Journalisten gemietet worden war.

Als er zwischen den beiden Hangars auf seiner Rechten den Lastwagen herankommen sah, ahnte er sofort, was geschehen würde. Jones' Männer würden glauben, dass er zusammen mit dem Abgeordneten, den Journalisten und der Gruppe von Angehörigen gekommen wäre.

Vier Männer stiegen von dem Lastwagen. Unter ihnen erkannte er Larry Layton, bewaffnet mit einem M1-Karabiner. Layton versuchte gar nicht, sich der Cessna zu nähern. Er gab aus dieser Entfernung eine Salve von Schüssen ab, dann kam er näher. Seine Gefährten machten es ebenso.

Mureles sah Leo Ryan nach Luft schnappen und dann auf einem Rad des Flugzeugs zusammenbrechen. Vielstimmiges Geschrei erhob sich, übertönt von Schüssen. Gleich darauf fiel Ron Javers vom *San Francisco Cronicle*. Dann war Don Harris von der NBC an der Reihe, während sein Kollege Bob Brown weiterhin die Fernsehkamera schwenkte, als wäre er von Sinnen. Einer von Jones' Männern setzte ihm ein Repetiergewehr an die Schläfe. Blut und Hirn spritzten in alle Richtungen.

Es war Zeit zu gehen. Mureles lief, so schnell er

konnte, zum Fluss Kaituma, unempfindlich für die Zweige der Dschungelpflanzen, die ihm ins Gesicht schlugen. Zweimal war er in Gefahr, in diesem sumpfigen Gelände zu versinken, doch er war geistesgegenwärtig genug, sich rasch aus den Sumpflöchern zu befreien. Schließlich sah er den gleißenden Strich des Flusses und Bishops Boot, das immer noch an einem Baumstamm vertäut war. In wenigen Augenblicken war er bei ihm.

»Flugzeug ist nicht. Wir müssen sofort weg«, schrie er. Als er sah, dass Bishop zögerte, begann er das Tau zu lösen.

»Also hattest du recht. Sie haben es gemerkt.«

Mureles starrte Bishop in die Augen. »Lass den Motor an! Auf der Stelle.« Während der andere gehorchte, fügte er hinzu: »Und ob sie es gemerkt haben. Sie lassen ihre Wut an Ryan aus. Sie glauben, wir gehörten zu ihm.«

Eine Minute später legte das Boot vom Ufer ab und glitt in das schlammige Wasser hinaus. Erleichtert atmete Mureles auf und lehnte sich an die Kajütenwand. »Wir haben es geschafft.«

»Wohin fahren wir?«, fragte Bishop und trat ans Steuerrad.

»Wohin du willst. Nur so weit weg wie möglich von Jonestown. Unsere Männer dort wissen ohnehin schon, was sie zu tun haben.«

Reverend Jim Jones rückte sich die Sonnenbrille zurecht und griff zum Mikrofon. Er sprach mit ruhiger, einschmeichelnder Stimme.

»Das ist schon viele Male in der Geschichte vorgekommen. So ist es Jesus Christus ergangen, Che Guevara und Martin Luther King. Es darf uns nicht wundern, wenn es nun uns trifft.«

Durch die Lautsprecher zu beiden Seiten des ›Pavillons‹, des großen Wetterdachs im Herzen von Jonestown, bekam seine Stimme eine noch schmerzlichere Note. Unterdessen stellten sich die Anhänger vom Tempel des Volks langsam in einer langen Reihe auf, die Kinder vorn, Eltern und Alte weiter hinten. Einige weinten, doch die meisten wirkten gelassen. Die Sonne warf gleißende Reflexe auf das Blechdach.

»Der Imperialismus will uns nicht, diese Welt der Reichen will uns nicht«, fuhr Jones fort. »Sie wollen unser sozialistisches Experiment nicht. Also haben sie uns vergiftet, haben unser Blut verdorben. Sie haben gemeint, so würden sie uns kriegen. Aber sie sollen uns nicht kriegen, meine Kinder, sie werden uns nicht kriegen.«

Marceline legte ihm eine Hand auf die Schulter, dann nahm sie die Schüssel, die das Gemisch aus Kool-Aid und Zyankali enthielt, und stellte sie neben die anderen Gefäße auf den Tisch in der Mitte des Raums. Maria Katsaris reichte ihr den Rührlöffel. Sie machten den Eltern mit Kleinkindern Zeichen, sie sollten näher kommen.

»Es liegt eine große Würde im Tod. Eine große Würde.« Jones' Hände, die er ums Mikrofon gelegt hatte, zitterten ein wenig. »Wir haben diese Prüfung erwartet. Wie oft haben wir sie uns ausgemalt. Wir wussten, dass die Regierung Babyloniens uns nicht erlauben würde, in Frieden zu leben. Nun, da der Moment gekommen ist, meine Kinder, wollen wir ihn freudig begrüßen. Ich weiß, in wenigen Augenblicken werden wir uns an einem anderen Ort wiederfinden, wo die CIA uns nicht erreichen kann. Wo niemand mehr versuchen wird, uns zu vergiften.«

Eine farbige Frau näherte sich weinend dem Tisch, ein Neugeborenes im Arm. Marceline nahm eine der zehn Spritzen, die bei den Schüsseln lagen. Die Mutter küsste das Kleine auf den Kopf, dann hielt sie es mit einer zugleich raschen und zögernden Geste hin.

Marceline liefen die Tränen übers Gesicht. Sie nahm das Neugeborene, wiegte es einen Augenblick lang, dann spritzte sie ihm das Zyankali zwischen die Lippen. Der kleine Körper krampfte sich nur einmal kurz zusammen. Andere Mütter traten vor.

»Wir sind glücklich gewesen«, sagte Jones und streckte sich wie vor Erschöpfung auf dem Korbstuhl aus. »Wir haben niemandem wehgetan. Doch das reichte nicht. Sie haben uns verhöhnt, sie haben jede Art von Unflat über mich verbreitet. Aber nicht einmal das reichte. Erinnert ihr euch noch, wie Lina Mertle als erste an Schnupfen erkrankte? Erinnert ihr euch, als aus allen ihren Adern Blut auszutreten begann? Sie haben gesagt, hier würde sie gepeitscht. Sie haben unsere Fotos genommen und so getan, als wären sie gestohlen. Da habe ich begriffen. Sie sind zu stark für uns, zu erbarmungslos. In diesem Leben.«

Nun waren die Kinder an der Reihe. Es waren fast dreihundert, von überall zusammengeholt. Der Großteil von ihnen war gefasst, sie waren sich der Feierlichkeit des Augenblicks vollkommen bewusst. Andere, kleinere, beteiligten sich aufgeregt an dem, was sie für ein Spiel hielten. Keines von ihnen versuchte jedoch aus der Reihe zu tanzen. Die eiserne Lagerdisziplin hatte sie zu strengstem Gehorsam erzogen. Höchstens suchten sie mit traurigen Augen und scheuem Lächeln ihre Eltern, die hinter ihnen standen.

Sie tranken das mit Zyankali versetzte Kool-Aid aus kleinen Pappbechern und husteten ein wenig dabei. Dann gingen sie hinaus, um außerhalb des Wetterdachs zu sterben, auf einem staubigen Stück Grund zwischen den Baracken. Manche fielen schon unterwegs hin, sich um sich selbst drehend wie Kegel. Viele Mütter hielten es nicht aus und liefen zu ihren Kleinen, um sie ein letztes Mal in die Arme zu schließen.

»Es liegt eine enorme Würde im Tod«, wiederholte

Jones mit gebrochener Stimme. »Die großen Heiligen der Geschichte wussten das, der Heilige Franziskus, der Heilige Petrus, Lenin, Che. Doch die uns vernichten wollen, kennen diese Würde nicht. Erst haben sie uns verseuchtes Essen, dann verseuchte Kleidung geschickt. Dann ist dieser Mensch gewordene Teufel, dieser Mureles, gekommen, um die Ergebnisse zu kontrollieren, mit seinem Gefolge von Abgeordneten und Journalisten. Sie wollten aus unserem Tod einen Zirkus machen, einen Schwanengesang vor laufender Fernsehkamera. Da werden wir sie enttäuschen. Wir werden sterben, das ja, aber aus freien Stücken, und bevor der Rote Tod in unseren Blutgefäßen ausbricht.«

Nun waren die Erwachsenen dran. Einige weinten, oder es rannen ihnen einfach die Tränen herunter wegen der Schnupfenepidemie, die erst zwei Wochen zuvor über die Gemeinschaft hereingebrochen war. Fünf oder sechs hatten die geschwollenen Adern und die gelbliche Hautfarbe, die dem Tod unmittelbar vorausgingen. Die Leichen vieler ihrer Genossen lagen gleich außerhalb von Jonestown, am Rand des Dschungels. Mureles, der sich hier als Epidemologe von der amerikanischen Botschaft in Guyana eingeführt hatte, war es gewesen, der darauf bestanden hatte, dass die Leichen weder bestattet noch verbrannt würden.

Eine farbige alte Frau war die erste Erwachsene, die den Trank zu sich nahm. Während sie den Becher an die Lippen führte, sah sie Reverend Jones an und lächelte ihm zu. Dann trank sie das Gift in einem Zug aus.

»Mutter, Mutter«, schluchzte Jones ins Mikrofon. »Mutter, Mutter, Mutter, Mutter, Mutter, Mutter.«

Ein kräftiger Mann griff nach einer der Spritzen, die auf dem Tisch lagen, und stach sich die Nadel in den Arm. Er brauchte fast fünf Minuten zum Sterben. Andere hingegen fielen nach wenigen Metern um und starrten in die Sonne, während das Gift wirkte. Nach einer Weile wurde es erforderlich, noch mehr Pappbecher zu holen, während erst etwa ein Drittel der Anhänger vom Tempel des Volkes auf dem festgestampften Boden des Platzes lag.

»Wir sehen uns wieder«, murmelte Jones. »Ja, meine Kinder, wir sehen uns wieder in den Armen des Herrn. Sein reines Blut wird unser verdorbenes Blut ersetzen. Neues Leben wird durch unsere Adern strömen. Danke, Herr, danke für die Aufnahme bei Dir. Danke für Dein Blut. Wir bringen Dir unsere armen Leiber zum Opfer, das Einzige, was uns geblieben ist.«

Lawrence Schacht, der Arzt von Jonestown, kam mit einem Kanister voller Kool-Aid und Zyankali aus dem Ambulatorium. Er reichte ihn Marceline, die seinen Inhalt auf die Schüsseln verteilte. Weitere Pappbecher wurden gefüllt.

»Lawrie, mein armer Lawrie«, flüsterte Jones. »Du als einziger hast verstanden, was sich hinter diesem Schnupfen verbarg. Und wir haben dir nicht geglaubt, bis nicht mehr zu übersehen war, dass du Recht hattest. Doch da war es zu spät. Lawrie, mein Sohn, du wirst anderswo deinen Lohn finden. Wir sehen uns bald wieder, mein alter Lawrie.«

Der Arzt grüßte in Richtung Pavillon, dann griff er nach einem Pappbecher und trank langsam, als ob er einen seltenen Likör kosten würde.

Jetzt füllten hunderte von Leichen den Platz und die Wege zwischen den Baracken. Viele hielten sich umarmt. Eine alte Frau war kniend gestorben, über den Leib eines Mädchens gebeugt. Die noch lebenden Anhänger waren weniger als hundert, und sie drängten sich um Marceline und streckten ihre Pappbecher aus.

Dann kamen die Männer herbei, die das Lager bewacht hatten, bewaffnet mit ihren Repetiergewehren.

Einige legten ihre Waffen ab und stellten sich mit den anderen an.

Jones führte das Mikrofon dicht an die Lippen. »Lebt wohl, ihr alle, meine Kinder. Im Himmel werden wir uns mit Malcolm X und mit Martin Luther King vereinen. Und wir hinterlassen die gleiche Frage wie sie: Warum kann es keine soziale Gerechtigkeit geben in Amerika? Warum?«

Als die Gruppe der Überlebenden, abgesehen von den Wachen, auf sechs oder sieben geschrumpft war, trank Marceline Jones das Gift. Dann blieb sie reglos stehen und sah ihren Mann an, bis ihre Knie unter ihr nachgaben. Dann war eine sehr alte Frau an der Reihe, die ihr geholfen hatte, nachdem Maria Katsaris das Gift genommen hatte.

»Mutter«, hauchte Jones. »Mutter, Mutter, Mutter, Mutter, Mutter.«

Eine der Wachen trat zu ihm, setzte ihm die Pistole an die Schläfe und drückte ab.

Die wenigen Überlebenden stießen einen Schrei aus. Einige von ihnen stürmten in Richtung Dschungel davon. Die Wachposten legten die Gewehre an und schossen ihnen hinterher. Diejenigen, die von Grauen gelähmt reglos stehen geblieben waren, wurden mit Genickschuss getötet.

»Der eine oder andere dürfte es geschafft haben«, bemerkte eine der Wachen mit ratlosem Blick auf den Dschungel.

»Wir müssen sie verfolgen«, sagte ein anderer der Bewaffneten und schulterte das Gewehr. »Die Befehle von Doktor Mureles sind eindeutig. Keiner darf lebend aus Jonestown raus.«

Der erste der Wachposten, ein kräftiger Mann, der der Anführer zu sein schien, zuckte mit den Achseln. »Die werden wir nie finden da drin. Und wahrscheinlich werden sie im Dschungel krepieren. Hier gibt es doch weit und breit nur Lianen und Treibsand. Kommt, wir gehen nach Hause.«

»Wie viele?« Lycurgus Pinks war so wütend, dass alle Farbe aus seinen Lippen gewichen war. Seine Hand zitterte, während er die Armlehne seines Sessels umklammerte. »Wie viele?«, brüllte er noch einmal.

»Sehr wenige, Herr Pinks.« Bishop wirkte zerknirscht. »Ein Dutzend, vielleicht weniger.«

»Ein Dutzend? Ich hatte gesagt: keiner!« Pinks warf Mureles einen Blick voller Verachtung zu. »Stimmt's oder nicht, du Idiot?«

Der Angesprochene versuchte die Angst, die er vor dem Chef der Parmindex empfand, zu überwinden.

»Es ist nicht unsere Schuld, Herr Pinks. Diese Frau, Hyacinth Prahs, war zu alt und krank, um mit den anderen zu gehen. Sie ist im Schlafsaal geblieben und hat nichts gesehen. Fünf oder sechs haben es geschafft, sich durch den Dschungel zu schlagen. Keiner hätte…«

»Sie sind Arzt, Mureles.« Pinks' Stimme wurde plötzlich kalt, ohne jede Modulation. »Was kann passieren, wenn sich das modifizierte Adenovirus in den Vereinigten Staaten ausbreitet?«

»Das ist eine Hypothese, die noch…«

»Antworten Sie mir. Was kann passieren?«

Mureles senkte den Kopf. »Daran möchte ich lieber nicht denken.«

»Dann will ich es Ihnen sagen. In zehn, fünfzehn Jahren sind siebzig Prozent unserer Bevölkerung Träger des Sichelzellengens. Und ich rede nicht von Niggern. Ich rede von Weißen, Gelben, Roten, von allen. Von Ihnen und mir.«

Bishop fand den Mut, Pinks in die Augen zu sehen.

»Wie lauten Ihre Befehle?«

»Die Befehle? Das ist schnell gesagt. Erstens, alle

Überlebenden von Jonestown töten. Zweitens, wenn das verhängnisvollerweise nicht gelingen sollte und jemand von ihnen am Leben bleibt, all unsere Mittel einsetzen, um die Tatsache zu verschleiern, dass Amerika am Rand einer genetischen Katastrophe steht. Dank zweier Idioten eures Kalibers.«

Mureles wagte ein schwaches Lächeln. »Nun, die zweite Maßnahme lässt sich durchführen, wenn die erste schief geht. Weil man glaubt, die Sichelzellenanämie sei erfolgreich bekämpft, wird niemand im Blut eines Weißen danach suchen.«

Pinks warf ihm einen vernichtenden Blick zu. »Ein Unfall würde genügen«, murmelte er leise, »ein einziger gottverdammter Unfall, und die Wahrheit kommt heraus. Der Himmel verhüte, dass das geschieht.«

KAPITEL XII

Kerker des Windes

Es war noch lang bis zur ersten Stunde, und der Sonntag kündigte sich als der heißeste Tag an, den Eymerich in Castres verbringen würde. Der Gestank, der von den Rinnsalen in der Mitte der Straßen aufstieg, hing in der Luft und mischte sich unter die erstickenden Dunstschwaden aus den Färberwerkstätten, die im Übrigen allesamt geschlossen waren. Es war, als ob man durch ein Lazarett ginge, zwischen schmutzigen Decken und verschwitzten, von Infektionen ausgezehrten Leibern hindurch.

Von dieser Atmosphäre bedrückt, eilte Eymerich in Richtung Kirche, die sich hinter dem Bischofspalast erhob und zu der man gelangte, indem man um das Haus des Herrn d'Armagnac herumging. Ein paar schwarz gekleidete Frauen gingen in dieselbe Richtung; doch bis zur Messe war noch viel Zeit, und sie schlurften langsam und lustlos dahin.

Eymerich hatte vermutet, dass der Handwerker, dem er am vergangenen Donnerstag auferlegt hatte, sich mit aschebedecktem Haupt in der Kirche zu zeigen, zur Frühmesse gehen würde, also dann, wenn noch wenige Leute auf den Straßen waren. Er war erfreut zu sehen, dass er richtig vermutet hatte. In einen Leinenkittel gehüllt, der ihm bis zu den Füßen reichte, schlich er sich vorsichtig an den Häuserwänden entlang und versuchte, ungesehen bis zum Eingang des Doms zu gelangen.

Der Inquisitor lächelte. Er war sicher gewesen, dass der Mann kommen würde. Auch in einer Stadt voller

Häretiker wie Castres war die Exkommunikation ein zu schwer zu ertragendes Los für jeden, der nicht vorhatte auszuwandern. Und mit Sicherheit hatte der Handwerker seine Familie in der Stadt, ganz abgesehen von seinen Geschäftsinteressen.

Eymerich holte ihn auf der Höhe der Strebepfeiler ein, die die rechte Seite der Fassade stützten, die schlicht und ohne prunkvolle Verzierungen gestaltet war. Als er eine Hand auf seiner Schulter spürte, zuckte der Mann zusammen. Er erblickte den Inquisitor und wurde aschfahl im Gesicht. »Wie Ihr seht, gehorche ich Euch«, murmelte er.

»Daran habe ich nie gezweifelt.« Eymerich legte große Strenge in seine Miene, gemildert nur von einem höheren Gerechtigkeitssinn. »Sag, willst du dir diese Demütigung ersparen?«

»Sprecht«, erwiderte der Handwerker so prompt wie einer, der das Verhandeln und Geschäftemachen gewohnt ist.

»Ich weiß, dass unter euch Färbern die Katharer in der Mehrheit sind. Nein, leugne nicht, ich weiß, was ich sage. Kannst du mir ein Gespräch mit einem von ihnen vermitteln?«

»Mit wem?«

»Mit dem Einflussreichsten, mit dem, der in Kontakt zu den Vollkommenen vom Sidobre steht. Ich nehme an, da gibt es einen. Der, den man *Filius major* oder *Filius minor* nennt.«

»Sie würden niemals einwilligen, Euch zu treffen«, murrte der Handwerker, ohne zu bemerken, dass er damit zugab, Kontakt zu den Häretikern zu haben.

»Aber ich will ihn ja nicht als Inquisitor treffen. Ich will nur ein gemeinsames Problem mit ihm bereden, von Mann zu Mann.«

»Und welche Garantien hätte er?«

»Du wärst der Garant.«

Der Mann schien einen Augenblick nachzudenken, dann schüttelte er entschieden den Kopf.

»Nein, er würde nie einwilligen.«

Eymerichs Augen funkelten. »Überleg dir das gut. Ich könnte alles mit dir anstellen. Deinen Besitz beschlagnahmen, deine Familie festnehmen, dich jeden Sonntag öffentlich auspeitschen lassen. Der Macht eines Inquisitors sind keine Grenzen gesetzt.«

Der Handwerker betrachtete den grausamen Gesichtsausdruck seines Gesprächspartners, dann senkte er den Blick. »Einverstanden, ich könnte es versuchen. Aber was würde für mich dabei herausspringen?«

Eymerich grinste. »Oh, nur meine Vergebung. Erscheint dir das wenig?«

Der Mann zögerte etwas, dann antwortete er: »Einverstanden, ich werde sehen, was ich tun kann. Wo wollt Ihr ihn treffen?«

»In Emersendes Herberge, zur sechsten Stunde. Wenn er nicht kommt, umso schlimmer für ihn. Und für dich.«

»Ganz wie Ihr befehlt. Und jetzt, was muss ich jetzt tun?«

»Ganz einfach nach Hause gehen und dir diese Asche aus den Haaren schütteln. Von nun an sollst du die Männer der Kirche achten und regelmäßig die Sakramente empfangen, oder die Buße, die ich dir auferlegt habe, tritt wieder in Kraft. Zusammen mit anderen, die ich mir überlegen werde.«

»So soll es geschehen«, murmelte der Mann in wenig überzeugtem Ton.

»Eine letzte Sache noch. Am Dienstag wird es im Benediktinerkloster eine besondere Zeremonie geben. Sie wird von den Ausrufern angekündigt werden. Sieh zu, dass du dabei bist.«

Ohne eine Antwort abzuwarten, kehrte Eymerich ihm den Rücken und ging die Straße wieder hinauf, die nun etwas belebter war. Beim Palast d'Armagnac stieß er auf Pater Corona und Herrn de Berjavel, die am Eingang auf ihn warteten.

»Gut, ihr seid pünktlich«, sagte er befriedigt. »Macht euch auf Enthüllungen gefasst, die euch nicht wenig erstaunen werden.«

»Wird es ein regelrechtes Verhör?«, frage der Notar.

»Ja, aber ich denke, es wird kurz sein. Dieser Guiscard schien mir aus keinem harten Material gemacht. Ihr werdet sehen, es dauert nicht lang, und er sagt uns alles.«

Die Wachen am Tor ließen sie sofort ein und erklärten, Herr d'Armagnac schliefe noch, habe jedoch angeordnet, ihnen in allem zu Diensten zu sein. Das Innere das Palasts war nicht so luxuriös wie das Schloss von Hautpoul, doch von der Eingangshalle an war hier alles mit herrlichen Wandteppichen und Truhen aus kostbarem Holz ausgestattet. Eymerich hatte keine Zeit, zu verweilen und die Einrichtung zu bewundern. Der Soldat, der sie begleitete, führte sie durch einen engen Korridor mit kahlen Wänden, der sich linker Hand auftat. An dessen Ende führte eine steile und gewundene Treppe, die von einem Gittertor verschlossen war, zu den Kerkerverliesen hinunter.

»Seid ihr die Patres Inquisitoren?«, fragte ein alter Kerkermeister und drehte den Schlüssel zweimal im Schloss herum. »Wir haben euch erwartet. Meister Bernard hat die ganze Nacht mit dem neuen Gefangenen zugebracht und kann es nicht erwarten, abgelöst zu werden.«

»Wer ist Meister Bernard?«, fragte Eymerich.

»Der Peiniger. Er hat den jungen Mann mit Gewichten und Seilwinden ordentlich gestreckt. Jetzt bringe ich euch zu ihm.«

»Nein, nein.« Ein unbestimmter Ausdruck von Ekel zeichnete sich auf Eymerichs Gesicht ab. Er gestand nicht einmal sich selbst ein, dass die Folterungen, denen er hatte beiwohnen müssen, in ihm eine Mischung aus Faszination und Abscheu auslösten. Beide Empfindungen hatten ihn verwirrt, und wenn möglich vermied er sie lieber.

»Das ist Sache des weltlichen Arms. Gibt es keinen für normale Verhöre eingerichteten Saal?«

»Sicher gibt es den. Der Vogt benützt ihn für die gewöhnliche Gerichtsbarkeit. Ich bringe euch hin.«

Der Kerkermeister führte sie zu einer anderen Treppe, aber statt sie hinunterzusteigen, blieb er auf dem feuchten, von einem Geländer begrenzten Absatz über ihr stehen.

»He, ihr da!«, rief er jemandem zu, der sich offenbar unten befand. »Bringt den Mönch herauf!« Dann nahm er eine Fackel von der Wand und beleuchtete eine Holztür.

»Hier ist es«, erklärte er. »Wartet, ich mache drinnen etwas Licht.«

Er verschwand hinter der Tür. Als Eymerich und seine Gefährten eintreten konnten, sahen sie einen schlichten Saal mit vertrocknetem Stroh auf dem Boden. Unter einem Kruzifix im Hintergrund stand ein langer Tisch mit drei Stühlen. Zwei weitere Tischchen standen zu beiden Seiten und waren bedeckt mit Papier und Tintenfässern mit langen Gänsekielen.

»Gibt es hier keine Wachen?«, fragte Eymerich sehr nervös.

»Das Gericht des Vogts tritt nur selten zusammen. Gewöhnlich kümmert sich Graf Montfort um die Justiz. Ich werde den Soldaten, die den Gefangenen bringen, sagen, sie sollen an der Tür stehen bleiben.«

»Wartet noch, bevor ihr sie hereinlasst. Wir haben noch ein paar Formalitäten zu erledigen. Ich gebe euch Bescheid, wenn wir fertig sind.«

»Zu Befehl.« Der Kerkermeister machte eine Verbeugung, ging hinaus und schloss die Tür hinter sich.

Kaum war der Alte draußen, traten die beiden Inquisitoren und Herr de Berjavel in der Mitte des Raums zusammen. Eymerich ließ seine Gefährten schwören, dass sie Stillschweigen bewahren würden über alles, was sie hören würden, dann erteilte er ihnen präventiv die Absolution für den Fall, dass sie noch einmal auf die Folter zurückgreifen mussten. Anschließend kniete er nieder, und Pater Corona erteilte ihm die Absolution.

Sobald diese Formalitäten erledigt waren, ging Herr Berjavel schnurstracks zu einem der mit Papier und Tinte versehenen Tischchen an der Seite. Eymerich ließ ihn zu Protokoll nehmen, dass angesichts der Außergewöhnlichkeit des Falles das Verhör von nur drei Personen vorgenommen würde, anstelle der vier vorgeschriebenen. Dann sagte er dem Kerkermeister Bescheid und setzte sich an den zentralen Tisch neben Pater Corona.

Herein kamen zwei Soldaten, die ein Geschöpf mit sich schleiften, in dem nur wenige den arroganten Guiscard vom Tag zuvor wiedererkannt hätten. Vollkommen nackt, konnte der junge Mann sich nicht auf den Beinen halten und musste dulden, dass die Wachsoldaten ihn an den Armen über den Boden schleiften. Er hatte keine Wunden, ja nicht einmal Abschürfungen. Nur seine Arme wirkten extrem lang, und seine Füße zeigten in einer völlig unnatürlichen Stellung nach hinten. Rund um die Ellbogen und die Knie schien die Haut violett, als ob sämtliche Blutgefäße dieser Regionen geplatzt wären und Blut in die Muskulatur geflossen wäre.

»Lasst ihn dort«, befahl Eymerich und wies auf die Mitte des Raums. Seine Stimme klang vielleicht etwas schärfer, als er gewollt hätte, Anzeichen für eine Anspannung, die er nur zum Teil beherrschen konnte.

Mit einem Schlag von seinen Begleitern losgelassen,

fiel der junge Mann mit dem Gesicht nach unten auf den Boden. Er bewegte sich am Boden wie ein großes Insekt, während ein Wimmern aus seinem Mund drang. Offenbar hatte er nicht einmal die Kraft zum Schreien.

»Er wirkt sehr mitgenommen«, sagte Pater Corona. »Ob er imstande ist, unsere Fragen zu beantworten?«

»Ja, Pater«, antwortete einer der Soldaten. »Er ist nur sehr schwach.«

Eymerich suchte auf dem Tisch und ergriff ein kleines, in Ziegenleder gebundenes Büchlein. »Gebt ihm das Evangelium zum Berühren.« Während der Soldat das ausführte, wandte er sich an den Gefangenen.

»Wenn du nicht die Kraft hast zu stehen, dann setz dich wenigstens auf. Ja, so ist es gut. Und jetzt sag mir: Schwörst du bei der Heiligen Schrift, die volle Wahrheit zu sagen, sei es über von dir begangene Dinge, sei es über Dinge, denen du beigewohnt hast und die im Widerspruch stehen zum christlichen Glauben?«

Der junge Mann hob die wässrigen Augen und versuchte zu antworten. »Ich schwöre«, murmelte er mit heiserer Stimme. Der Schweiß lief ihm in Strömen von der Stirn und verklebte ihm die Augenbrauen.

»Notar, haltet fest«, fuhr Eymerich fort. »*Coram Nicolau Eymerich, eductus de carceribus, et personaliter constitutus Guiscardus*... Wie ist dein voller Name?«

»Guiscard de l'Espinouse, Sohn des Joseph.«

»*...qui est homo statura parva, imberbis, habens cicatricem in facie ex parte dextera, et delato sibi iuramento veritatis dicenda*... Den Rest kennt Ihr ja.«

Eymerichs Stimme, die bis dahin ausdruckslos und förmlich gewesen war, schwoll plötzlich vor Zorn an.

»Und nun sag mir, du Elender. Wie lange gehörst du schon der Sekte der Naassener an?«

Ein Krampf durchfuhr das totenblasse Gesicht des

jungen Mannes, als ob er einen heftigen Schlag bekommen hätte. Er schluckte mehrmals. »Seit zwei Jahren«, antwortete er mit einem Flüstern, während sich Tränen unter seinen Schweiß mischten.

Eymerichs Augen leuchteten auf. Er sah Pater Corona an und den Notar, die beide von tiefem Erstaunen ergriffen waren. »Meine Ahnung war richtig«, sagte er und gab sich Mühe, den euphorischen Ton seiner Stimme zu dämpfen. Er machte eine wohlkalkulierte Pause, dann setzte er hinzu, als ob es sich um eine nebensächliche Frage handelte: »Wahrscheinlich werdet ihr euch fragen, wer die Naassener sind.«

»Ich frage mich das auch.«

Diese Worte hatte Herr d'Armagnac gesprochen, der in diesem Moment auf der Schwelle erschienen war. Er trug einen Rock aus türkisblauer Seide, der ihm bis zu den Füßen reichte, mit weiten Ärmeln und bestickten Säumen.

»Tretet ein, Herr, und nehmt an unserer Seite Platz«, antwortete Eymerich. »Die Prozedur gestattet das eigentlich nicht und ich müsste Euch als Zeuge vereidigen. Doch ich werde eine Ausnahme machen. Als Vertreter der weltlichen Gerichtsbarkeit ist Eure Anwesenheit fast unerlässlich.«

Als der Vogt Platz genommen hatte, wandte sich der Inquisitor zu ihm, wobei er sich eines seiner seltenen Lächeln gestattete.

»Die Naassener oder, wenn Ihr wollt, die Ophiten, sind diejenigen, die hier in dieser Gegend *masc* genannt werden. In biblischen Begriffen würde ich sie allerdings lieber als die Flammenden bezeichnen. Habe ich das richtig gesagt, Guiscard?«

Der junge Mann wurde von einer Regung des Stolzes gepackt, was bei einem nackt am Boden sitzenden Mann eher grotesk wirkte. »Wir sind Christen! Die wahren Christen!«

»Nein, Ihr seid bloß Ketzer. Auch wenn richtig ist, dass Eure Häresie mit dem Christentum zu tun hat.«

Eymerich stand auf und ging um den Tisch herum. Er trat in die Mitte des Raums, dem Gefangenen den Rücken zugewandt.

»*Naas* im Hebräischen heißt Schlange. Die Naassener waren eine Strömung innerhalb der Gnosis, die von den Kirchenvätern heftig bekämpft wurde. Eirenaios, Hippolyt und Epiphanius sprechen davon. Guiscard, willst du uns eure Theologie erklären?«

Der Gefangene schien nachzudenken, während er versuchte, das Zittern in seiner Unterlippe zu unterdrücken. Mit dem Arm versuchte er die laufende Nase abzuwischen, doch er konnte ihn nicht heben. Schließlich redete er fast mechanisch drauf los, unterbrach sich nur ab und zu, um zu husten.

»Gott gebahr den Gedanken, dann vereinte er sich mit dem Gedanken, seinem Sohn, und brachte die erste Frau hervor, nämlich den Heiligen Geist. Doch von der Frau ging ein Tautropfen aus, genannt Sophie, der ins Wasser fiel und Gestalt annahm. Sophie hatte einen Sohn, und sie gebahr sechs weitere Söhne. Einer von diesen, Ialdabaoth, war böse, und er war es, der die Erde erschuf…«

»Aber war für ein absurder Unfug ist denn das!«, rief Pater Corona aus.

»Das ist kein Unfug, das ist Frevel«, erwiderte Eymerich. »Dennoch werdet Ihr darin etwas wiedererkennen, was Euch vertrauter ist. Entsinnt Ihr Euch? Die Katharer identifizierten Satan mit dem Gott der Bibel, dem Schöpfer der Materie. Die so genannten Naassener machen es genauso, nur dass sie ihn Ialdabaoth nennen. Und sie messen der Schlange einen positiven Wert bei, weil sie sich gegen Ialdabaoth, das heißt gegen den biblischen Gott, auflehnt.«

»Wir sind keine Katharer!«, protestierte der Gefangene unter Aufbietung der wenigen Energie, die ihm verblieben war.

»Das ist wahr, ihr seid keine Katharer. Ihr seid ihre Vorfahren. Mit ihnen gemeinsam habt ihr den Hass auf die wahre Kirche, vor allem aber auf den Körper des Menschen, der den Wind, den Geist, den *anemos* gefangen hält.«

»Wind, komm heraus aus deinem Kerker«, murmelte Pater Corona.

Eymerich sah ihn an und nickte. »Genau. Als Raymond versuchte, mich umzubringen, stieß er einen Schrei aus, der bei diesen Ketzern rituell sein muss.«

»Wir sind keine Ketzer«, sagte der Gefangene unter Tränen. »Unsere Religion ist uralt. Und wir sind keine Katharer.«

»Ich sage es noch einmal: Es ist wahr, ihr seid keine Katharer. Aber ihr seid auch keine Naassener.«

Eymerich warf dem jungen Mann einen verächtlichen Blick zu, dann trat er wieder näher zum Tisch.

»Obwohl sie ihren Namen von einer uralten Sekte ableiten, scheinen sie ihre Voraussetzungen kaum zu kennen. Oder besser gesagt, sie vermengen deren Bestandteile mit solchen aus verschiedenen anderen Häresien der Vergangenheit. Gestern hat dieser unwürdige Mönch den hemmungslosen Gebrauch des Körpers als Weg zur Sublimierung der Seele gepriesen. Diese Überzeugung war typisch für eine andere gnostische Sekte, die Karpokratianer, die absolute Enthaltsamkeit predigten. Der Bezug auf die Schlange des Moses wiederum war typisch für die Peraten, noch eine andere Gruppe von Gnostikern.«

»Was schließt Ihr daraus?«, fragte Pater Corona, der eher verwirrt wirkte.

»Dass jemand oberflächlich über die Gnosis nachgelesen hat und daraus seine ganz persönliche Version entwickelt hat. Seit der Zeit der Naassener ist ein Jahrtausend vergangen. Das, was wir hier vor uns haben, die *masc*, sind neu erfundene Naassener. Ein intellektuelles Kunstprodukt, sozusagen.«

»Ich nehme an, Ihr denkt an Abt Josserand. Ihr habt mir gesagt, er kennt die patristische Literatur in- und auswendig.«

»Er kennt sie zu gut. Ihm würden bei einer Wiederbelebung der Gnosis keine so groben Fehler unterlaufen. Nein, vom ersten Augenblick an, als mir klar war, womit wir es zu tun haben, wusste ich, dass wir es mit einem Mann von einer gewissen Bildung zu tun haben, der aber nicht wirklich gelehrt ist, also mit einem Präzeptor oder einem Lehrer, keinem Philosophen. Von allen beteiligten Personen entspricht am ehesten Piquier diesen Merkmalen.«

»Ich kann das bestätigen«, schaltete sich Herr d'Armagnac ein. »Piquier war Bibliothekar bei Abt Josserand, bevor dieser beschloss, die Bibliothek ins Kloster auf dem Sidobre zu verlegen. Erst danach hat Graf Montfort ihn als Verwalter angestellt.«

Eymerich atmete erleichtert auf. »Damit wäre ein Teil des Geheimnisses aufgeklärt. Und nun wird uns dieser Junge den Rest erzählen.« In plötzlich wütendem Ton wandte er sich an den Gefangenen. »Jetzt wirst du uns von Sophie de Montfort erzählen und von der Zeremonie, die jeden Sonntag in eurem Freudenhaus dort oben abgehalten wird.«

Die Frage schien den jungen Mann mehr zu erschüttern als die über seine Sekte.

»Ich weiß nur wenig davon…«, murmelte er, während seine verrenkten Glieder sich mit Schweiß überzogen.

Eymerich sah die Soldaten an. »Hebt ihn auf!«

Brutal bei den Achseln gepackt, stieß der Gefangene einen lauten Schrei aus. Die Füße hoben sich vom Boden und bildeten einen schiefen Winkel, schauerlich anzusehen.

»Das reicht«, befahl Eymerich. »Lasst ihn los.«

Wie leblos fiel der junge Mann zu Boden. Er schlug mit der Stirn auf, die wieder zu bluten begann.

Der Inquisitor ging mit langsamen Schritten um ihn herum und sah ihn dabei aus gnadenlosen Augen an.

»Das ist dir ja selbst klar, dass du keine weiteren Folterungen aushalten würdest«, sagte er in gleichgültigem Ton. »Umso mehr, als jetzt die glühenden Eisen des Peinigers in diesem Körper wühlen würden, den du so sehr verachtest. Der Todeskampf könnte Stunden dauern.«

Der junge Mann bewegte sich. »Ich werde Euch alles sagen«, flüsterte er, ohne das Gesicht vom Boden zu heben.

»Besser für dich. Also, worin besteht die Zeremonie?«

»Blut trinken«, hauchte der Gefangene.

»Das habe ich mir gedacht. Sophie de Montfort trank das Blut, das die Männer von Hauptmann Nayrac ihr gebracht hatten.«

»Nein, nein. Das geschah später, in der Stadt. Die Gäste tranken das Blut von Sophie.«

Eymerich blieb mit einem Ruck stehen, fassungslos.

»Habe ich richtig gehört? Die Gäste der Nayrac, die Bürger von Castres, haben das Blut dieses Ungeheuers getrunken?«

»Ja, sie öffneten ihr eine Ader und tranken.«

Die Stimme des Inquisitors gab leicht nach. »Und ihr Mönche? Habt ihr auch daran teilgenommen?«

Der junge Mann brach in Schluchzen aus. »Ja.«

Erstauntes Gemurmel wurde unter den Anwesenden laut. Sogar Herr de Berjavel hörte auf zu schreiben. Er wischte sich mit der Hand über die Stirn.

Eymerich räusperte sich und versuchte, seine Verwirrung zu verbergen.

»Aber warum habt ihr das gemacht?«

»Sophies Blut ist krank. Wenn man es ihr nicht absaugt, stirbt sie. So sagt Herr Piquier.«

»Und das Blut, das die Söldner gesammelt hatten, diente dazu, das von euch abgesaugte zu ersetzen. Um ihr anstelle ihres unreinen Blutes gesundes Blut zu geben.«

»So ist es.«

Einen Augenblick lang herrschte tiefes Schweigen, nur unterbrochen vom Schluchzen des jungen Mannes. Dann ergriff Eymerich wieder das Wort:

»Ich verstehe immer noch nicht recht. Warum wolltet ihr Sophie am Leben erhalten?«

»Das ist es nicht.«

»Was dann?«

»Herr Piquier sagte, wir würden das Blut unserer Nachkommen verderben, und die würden mit ihren Nachkommen wiederum das Gleiche tun. Eines Tages würde die gesamte Menschheit vom Roten Tod hinweggerafft, den wir in den Adern hatten. So würde das Reich der Materie an sein Ende kommen.« Zum ersten Mal sah der junge Mann Eymerich direkt an, mit flackerndem Blick. »An dem Tag ist die Herrschaft Ialdabaoths für immer zu Ende. Der Mensch befreit sich vom Körper, der ihn gefangen hält, und kann sich wieder mit dem Geist verbinden, der im Himmel regiert.«

»Mein Gott«, murmelte Herr d'Armagnac erschüttert. »Das alles ist ungeheuerlich.«

Eymerich fühlte, wie seine Erschütterung sich in eine Art Übelkeit verwandelte, als ob er mit einer schlüpfrigen und ekelhaften Materie in Berührung käme.

»Es ist mehr als ungeheuerlich. Es ist teuflisch. Das ist der schlimmste Frevel, der jemals gegen den Schöpfer begangen wurde.«

Er bückte sich und packte den jungen Mann bei den Haaren, was diesem ein Wimmern entlockte. Er hielt sein Gesicht hoch. »Bist du dir im Klaren über die Verbrechen, die du begangen hast? Du bist über und über mit Blut besudelt, deine Seele ist mit Blut besudelt.«

»Wir haben nie jemanden getötet«, protestierte der junge Mann, der ein gewisses Maß an Dreistigkeit wieder zu finden schien.

»Ach nein? Und die Bauern, denen die Söldner im Auftrag deiner Sekte das Blut ausgesaugt haben?«

Während er diese Worte sprach, stand Eymerich das Bild der sechs blutleeren Leiber vor Augen, die er in dem *ostal* am Schwarzen Berg gefunden hatte, am Beginn seines Abstiegs in diese Hölle.

»Das waren materielle Menschen. Sie zu töten, ist keine Sünde.«

»Was heißt das?«, fragte Pater Corona immer verwunderter.

Eymerich ließ den Kopf des jungen Mannes los und richtete sich auf. »Die Naassener unterteilten die Menschen in engelgleiche, spirituelle und materielle. Die Letzteren hielten sie für bloße Körper, unberührt vom Tau der Göttlichkeit.« Er wandte sich an Herrn d'Armagnac.

»Ich habe genug davon. Ich übergebe diesen Elenden wieder Euch.«

»Ihr sollt ihn auf Eurem Scheiterhaufen wieder finden«, sagte der Vogt mit düsterer Stimme.

»Nein, das wäre ein zu würdevoller Tod für ihn. Ich will Eure Entscheidungen nicht beeinflussen, aber wenn der hier unter den Händen Eures Peinigers verbluten würde, wäre das eine seiner Schuld angemessene Strafe.«

»Sehr weise«, kommentierte Herr d'Armagnac mit einem Grinsen. Er machte den Soldaten Zeichen.

»Übergebt den Gefangenen wieder Meister Bernard und sagt ihm, dass er meine Anweisungen bekommen wird.«

Nachdem die Wachsoldaten und der Kerkermeister, den Gefangenen an den Beinen schleifend, den Raum verlassen hatten, trat Eymerich zum Tisch des Notars. »Ist das Protokoll komplett?«

»Ja«, antwortete Herr de Berjavel. »Aber es fehlt der Schluss.«

»Lasst das so. Versiegelt es und übergebt es einem Boten. Ich will, dass Pater de Sancy es so bald wie möglich bekommt.«

»Ganz wie Ihr befehlt, *magister*.« Der Notar sammelte die Blätter ein, die er vor sich hatte, und wandte sich zur Tür.

»Was Euch angeht«, sagte Eymerich zum Vogt gewandt, »so müsst Ihr mir Holz, Öl, Reisig und alles andere besorgen, was man für ein Autodafé braucht.«

»Aber das habt Ihr doch schon von Graf Montfort verlangt«, bemerkte Pater Corona.

»Ja, aber das genügt mir nicht. Ich plane einen sehr großen Scheiterhaufen. Ich will ganze Stapel von großen Holzscheiten. Und junges Holz, reichlich junges Holz.«

»Aber warum junges Holz?«

»Das brauche ich auch.«

»Ich werde mein Möglichstes tun.« Herr d'Armagnac stand auf. »Ich weise Euch jedoch darauf hin, dass das einiges kosten wird.«

»Ich werde Euch aus dem Besitz der Verurteilten entschädigen. Ihr werdet sehen, Ihr werdet zufrieden sein. Und noch etwas…«

»Sprecht.«

»Ich wünsche, dass die gesamte Einwohnerschaft von Castres an der Hinrichtung teilnimmt. Ich bitte Euch daher, eine Bekanntmachung herauszugeben, die alle Einwohner der Stadt, die über neun Jahre alt sind, verpflichtet, sich am Dienstag vormittag im Kloster des heiligen Benedikt von Norcia einzufinden. Wer nicht erscheint, wird als der Ketzerei verdächtig eingestuft, und es wird ihm der Prozess gemacht.«

»Euer Wunsch soll erfüllt werden, Pater. Aber scheint Euch Dienstag nicht etwas früh?«

»Ich vertraue auf Eure Tüchtigkeit. Wenn Ihr mir gehorcht, sollt Ihr nicht nur belohnt werden, sondern ich werde auch den Tod eines gewissen dominikanischen Terziaren vergessen, über dessen Tod Nachforschungen anzustellen meine Pflicht wäre.«

Herr d'Armagnac zuckte leicht zusammen, fing sich aber sofort wieder. »Bis Dienstag sollt Ihr alles haben, was Ihr braucht. Ich gehe sofort und setze die Bekanntmachung auf.« Er machte eine leichte Verbeugung.

»Ich danke Euch, Herr.«

Mit einem kleinen Lächeln auf den Lippen verfolgte Eymerich, wie der Vogt den Raum verließ, dann sah er Pater Corona an.

»Nun, wie ist Euch das vorgekommen? Ich meine das Verhör des jungen Naasseners.«

Der beleibte Dominikaner schüttelte den Kopf. »Ich kann nicht ganz glauben, was ich gehört habe. Der Plan, die ganze Menschheit zu verseuchen, eine Generation nach der anderen, bis zur vollständigen Ausrottung! Das ist nicht nur verrückt, sondern es scheint mir auch undurchführbar.«

»Ich weiß nicht, ob es durchführbar ist oder nicht, aber auf jeden Fall passt es recht gut in die perverse Logik, die von dieser Stadt insgesamt Besitz ergriffen hat. Kommt, gehen wir hinaus. Wir sprechen darüber auf dem Weg zur Herberge.«

In den schattigen Ecken des Platzes drängten sich Menschengrüppchen zusammen, die beim Vorbeigehen der Inquisitoren verstummten und schiefe Blicke in ihre Richtung warfen. Niemand deutete jedoch eine feindselige Geste an; im Gegenteil, die Leute, die am nächsten standen, grüßten voller Respekt, entblößten den Kopf und behielten die Festtagsmützen in der Hand.

Eymerich würdigte die Menge keines Blickes. »Ihr selbst habt darauf hingewiesen, dass religiöse Überzeugungen oft eine Maskerade für die Ambitionen der verschiedenen Stände sind«, sagte er zu Pater Corona, der neben ihm ging. »Hier in Castres haben zuerst die Pest und dann der Krieg einen Wunsch keimen lassen, der nach solchen schweren Krisen nicht ungewöhnlich ist. Den Wunsch nämlich, die so hinfällige sterbliche Hülle abzustreifen, um Angst und Elend für immer loszuwerden. Daher die Verbreitung von Lehren, die die Kasteiung oder die Geißelung des Fleisches verkünden, mit Blick auf eine Erlösung, die die endgültige Trennung vom Elend des Fleisches verheißt. Doch dieser gemeinsame Wunsch rief in den verschiedenen Ständen unterschiedliche Reaktionen hervor. Wenn die Färber und Handwerker das Katharertum zu neuem Leben erweckten, so konnte das Bürgertum sich mit einer so simplen Antwort nicht zufrieden geben. Als Piquier begann, seine eigene gnostische Lehre zu verbreiten, die phantastisch und absonderlich ist, aber durchaus ihre Komplexität besitzt, haben die Bürger darin die passendste Lösung für ihre intellektuellen Bestrebungen gesehen. Und haben sie sich zu Eigen gemacht.«

»Aber es handelt sich doch um eine ungeheuerliche Lehre!«

»Auch dieses Element kam einer Klasse entgegen, die jeden unter sich verachtet und jeden über sich beneidet. Und zu den vielen Dingen, um die das Bürgertum den Adel beneidet, gehören Freizügigkeit der Sitten und ein gewisser Hang zur Perversion. Die von Piquier angebotene Religion enthielt nun auch diese beiden Elemente, die aus den unterschiedlichsten Häresien zusammengesucht sind. Das Bürgertum der Stadt hat also nicht gezögert, seine Söhne ins Kloster auf dem Sidobre zu schicken. Und wenn jemand Vorbehalte hatte, musste er sich schließlich doch den Bräuchen seines Standes fügen, oder er wurde ausgeschlossen.«

Unterdessen waren sie zur Herberge gekommen, die immer noch von den Soldaten des Herrn d'Armagnac bewacht wurde. Eymerich trat zum Führer der Patrouille, der am Boden saß und mit seinen Männern Karten spielte. »Hat jemand nach mir gefragt?«

»Nein, Pater«, antwortete der Soldat, wobei er aufstand.

»Geht nur. Für heute brauche ich eure Hilfe nicht mehr.«

Die Soldaten sammelten die Karten ein und entfernten sich. Eymerich sah die Straße entlang, dann fragte er Pater Corona:

»Ob es wohl schon die sechste Stunde ist?«

»Es dürfte nicht viel fehlen.«

»Dann müsste der Mann, den ich erwarte, bald kommen. Vorausgesetzt, er akzeptiert es zu kommen.«

Drinnen trafen sie Emersende, die offenbar beschlossen hatte, dass die Zeit ihrer Verbannung in die Küche abgelaufen war. Eymerich, der sie völlig vergessen hatte, wies sie nicht darauf hin, dass er keinen diesbezüglichen Befehl gegeben hatte.

»Neuigkeiten?«, fragte er sie.

»Nein, Pater. Aber mir sind gewissen Dinge eingefallen, gewisse Namen, die …«

»Ein andermal. Jetzt bringt uns Limonade, wenn Ihr welche habt, und dann lasst uns allein.«

Er setzte sich mit Pater Corona in den schattigen Raum, eine Karaffe Wasser vor sich, in der eine Zitronenschale schwamm. Das Warten dauert eine Weile, während die brütende Hitze draußen wuchs und auch ihre kühle Zuflucht nicht mit ihrem Gluthauch verschonte. Dann läuteten die Glocken die sechste Stunde, und genau in diesem Augenblick tauchte in der Tür ein Schatten auf.

Es war der junge Mann, der auf dem Platz der Färber »Ein Hoch auf die *bonhommes*« gerufen hatte und der dann während der Verlesung von Eymerichs Bekanntmachung die inzestuösen Beziehungen des Grafen erwähnte hatte. Eymerich war nicht sehr überrascht, ihn zu sehen. Er beschränkte sich darauf, ihm mit einem Zeichen zu bedeuten, er solle sich setzen, und musterte ihn kalt.

Es war das erste Mal, dass er Gelegenheit hatte, ihn aufmerksam zu betrachten. Er durfte noch keine fünfundzwanzig Jahre alt sein. Anstelle der üblichen Bluse der Färberlehrlinge trug er eine schwarze Kutte, die in der Taille mit einer einfachen Kordel gegürtet war. Er hatte markante Gesichtszüge, die auch etwas Leidendes zum Ausdruck brachten. Fast mit Sicherheit war er ein Vollkommener, das heißt ein Katharer, der vollständig auf fleischliche Vergnügungen verzichtet hatte, zugunsten eines Lebens im Zeichen strengster Enthaltsamkeit.

Der junge Mann trat zum Tisch von Eymerich und Pater Corona, blieb aber stehen.

»Ich weiß nicht, warum Ihr mich habt kommen lassen, aber ich nehme an, es ist eine Falle«, begann er unwirsch. »Ich und Ihr, wir sind Feinde.«

»Sicher sind wir Feinde«, antwortete Eymerich eisig. »Ich hoffe, dich früher oder später auf den Scheiterhaufen zu bringen, zusammen mit deinen Gefährten. Doch jetzt haben wir einen gemeinsamen Feind.«

»Ich wüßte nicht, welchen. Ihr seid mein Feind.«

»Da bin nicht nur ich. Du weißt ganz genau, dass es in dieser Stadt eine Sekte gibt, die in gewisser Hinsicht der euren ähnlich ist, euch jedoch mit Herablassung betrachtet. Ich meine die Naassener.«

Ein Anflug von Wut huschte über das Gesicht des jungen Mannes und verzerrte einen Augenblick lang dessen strengen, aber ruhigen Ausdruck. »Ich habe mit diesen Leute nichts zu tun. Das sind unverbesserliche Sünder, Söhne des Teufels. Sie sind eher wie Ihr.«

Eymerich deutete ein ironisches Lächeln an, das er sogleich wieder unterdrückte. »Lass mich aus dem Spiel. Ich komme zur Sache. Eine Familie Eurer Anhänger ist in meiner Hand. Dienstag werden sie bei lebendigem Leibe verbrannt.«

Wieder verlor der junge Mann seine Ruhe. »Ihr Todeskampf wird nur kurz sein, Eurer nicht. Ihr werdet auf ewig in der Hölle schmoren und Eure Sünden bereuen. Ihr seid eine verfluchte Kreatur, ein Diener des Teufels, die Fleisch gewordene Schlange!« Er schüttelte die geballte Faust vor Eymerichs Gesicht, dann zog er sie zurück und nahm mit einem Schlag wieder seine distanzierte Haltung ein.

»Kann sein, aber die Hölle ist noch fern«, antwortete der Inquisitor mit ruhiger Stimme. Er spürte die Schwäche seines Gesprächspartners, und das verdoppelte seine Kraft. »Befassen wir uns mit der Gegenwart. Ich kann deine Freude freilassen und dir gleichzeitig die rivalisierende Sekte vom Hals schaffen, die dich so sehr stört. Was sagst du dazu?«

Der junge Mann runzelte die Stirn. »An was für eine diabolische Falle denkt Ihr?«

»Wenn ich dir sagen würde, dass ich an gar keine Falle denke, würdest du mir nicht glauben. Also betrachten wir es so: In diesem Augenblick ist mein wichtigstes Anliegen, die Naassener zu vernichten. Mit euch Katharern gedenke ich später abzurechnen, und ihr werdet sehen, wie erbarmungslos ich sein kann. Doch das liegt in der Zukunft. Jetzt biete ich dir das Leben der Katharerfamilie an, die in meinen Händen ist, doch im Tausch dafür will ich das Leben der Mitglieder der anderen Sekte.«

Pater Corona sah den Inquisitor mit einem gewissen Erstaunen an. Auch der junge Mann schien verwundert. »Was heißt das konkret?«

Eymerich fixierte ihn. »Dienstag findet im Kloster des Heiligen Benedikt das Autodafé statt, das ich erwähnt habe. Es wird eine Tribüne da sein, auf der die vornehmen Bürger Platz nehmen. Herr d'Abrissel wird da sein und alle anderen wohlhabenden Bürger, Notare, Ärzte, die Vorsteher der Zünfte. Alle, die in Castres etwas zählen, ohne adelig zu sein.« Er beugte sich vor. »Du weißt so gut wie ich, dass sie die *masc* sind.«

In den Augen des jungen Mannes funkelte tiefer Zorn. »Ich habe verstanden. Und dann?«

»Diese Tribüne wird wackelig sein, schlecht gezimmert. Ich werde die Ankunft der Verurteilten hinauszögern. Du und deine Freunde werdet auf ein Zeichen von mir die Tribüne umstoßen und genau auf den Haufen aus Holz und Stroh kippen. Im selben Moment werden die Soldaten des Vogts das Feuer anzünden. Die angesehenen Bürger, die du hasst, werden anstelle der Verurteilten verbrennen, die dagegen frei sein werden.«

Pater Corona war der Mund offen geblieben. Doch seine Verwunderung war nichts im Vergleich zu der des jungen Mannes, der vor Fassungslosigkeit verstummt war. Er brauchte ein paar Augenblicke, bis er wieder Worte fand. »Ihr seid vollkommen verrückt«, murmelte er dann.

»Du weißt selbst, dass das nicht so ist.«

»Was Ihr vorschlagt, ist ja überhaupt nicht durchführbar. Wenn die Tribüne zusammenbrechen würde, würden alle den Gestürzten zu Hilfe eilen. Die Soldaten könnten das Feuer gar nicht legen.«

»Die Entscheidung über die Details solltest du mir überlassen. Ich rede nie ins Blaue hinein.«

Der junge Mann schüttelte den Kopf. »Nein. Das ist verrückt.«

Eymerich machte eine unbestimmte Geste. »Keiner zwingt dich anzunehmen. Das wird heißen, dass die Familie eurer Anhänger lebendig verbrannt wird, und dann seid ihr alle dran. Akzeptierst du hingegen, dann kommen nicht nur die Gefangenen frei, sondern ich garantiere dir auch eine Zeit der Kampfpause.«

»Woher so viel Liebe uns gegenüber?«

»Mit Liebe hat das nichts zu tun. Ich habe gesagt, eine Kampfpause, kein Friedensschluss. Was mich jetzt interessiert, ist, die Naassener zu vernichten.«

Der junge Mann seufzte tief. »Welche Garantie gebt Ihr mir, dass Ihr die Wahrheit gesagt habt?«

»Mein Wort.«

»Das genügt mir nicht.«

Eymerich hob eine Hand. »Ich schwöre es dir vor Gott«, sagte er in feierlichem Ton.

»Ist gut.« Der junge Mann ging zur Tür. »Jetzt kann ich Euch keine Antwort geben. Ich muss zuerst mit meinen Leuten sprechen. Wenn Ihr uns Dienstag im Kloster seht, heißt das, dass wir akzeptiert haben.« Er wandte den beiden Dominikanern den Rücken zu und ging auf die Straße hinaus.

»*Magister*!« Pater Corona war fassungslos. »Wie konntet Ihr nur…«

Eymerich setzte ein kleines Lächeln auf. »Mein Freund, vertraut nie auf Worte. Sie täuschen.«

»Aber Ihr habt einen Pakt mit den Ketzern geschlossen! Und Ihr habt geschworen, ihn einzuhalten!«

»Nein. Ich habe ganz einfach geschworen, ohne zu sagen, was. Den Inhalt des Schwurs habe ich für mich behalten. Und der stimmt ganz und gar nicht mit dem überein, was dieser junge Dummkopf meint.«

Wieder war Pater Corona sprachlos. »Aber das scheint mir nicht… ehrlich«, murmelte er dann.

Eymerich schüttelte den Kopf, ein ironisches Leuchten in den Augen. »Werdet Ihr das wirklich nie lernen, Pater Jacinto? Einem Ketzer gegenüber muss ein Inquisitor alles vergessen, Ehrlichkeit, Loyalität, Aufrichtigkeit und andere Tugenden. Seine Aufgabe ist es, den Feind zu vernichten, ganz gleich, welche Mittel er dazu einsetzt. Er darf täuschen, lügen, Versprechen geben, von denen er mit Sicherheit weiß, dass er sie nicht halten wird. Er hat keinen Menschen vor sich, sondern einen Diener Satans, der häufig ebenso gerissen ist. Und vor einem Diener des Teufels wird Ehrlichkeit zur Schwäche, Aufrichtigkeit zur Nachsicht und Loyalität zu Begünstigung. Ist das klar?«

Pater Corona wusste nichts zu erwidern. Eymerich warf einen Blick ins Freie, dann stand er auf und ging zur Küche.

»Ich gehe Madame Emersende suchen. Es wird Zeit, dass wir etwas essen. In Kürze habe ich etwas Wichtiges vor.«

»Könnt Ihr es mir sagen?«

»Sicher. Heute ist Sonntag, Ihr entsinnt Euch? Am Nachmittag kommt Sophie in die Werkstatt des Färbers, und dann wird sie zur Zeremonie auf dem Sidobre gebracht. Ich will sie abfangen, bevor sie ins Kloster hinaufgeht, und mit der Person sprechen, die sie begleitet.«

»Piquier?«

»Nein, das glaube ich nicht.« Ohne noch weiter etwas hinzuzusetzen, ging Eymerich in die Küche.

Es war ein frugales Mahl, bestehend aus Waldbeeren und Schafskäse, dazu der mittelmäßige dünne Wein von Gaillac. Anschließend erhobt sich Eymerich rasch vom Tisch. An der Tür blieb er stehen. »Kennt Ihr Herrn Nayrac? Ich meine Guy, nicht Armand.«

»Ich habe ihn ein paarmal gesehen. Er mag Pfarrer nicht, und Dominikaner noch weniger.«

»Geht zu ihm und ladet ihn ein, an dem Autodafé am Dienstag teilzunehmen. Bittet ihn, die Einladung auch an seinen Bruder, den Hauptmann, weiterzugeben und an die besten seiner Söldner. Glaubt ihr, er wird annehmen?«

»Vielleicht. Er ist ein jähzorniger Charakter.«

»Sagt ihm, Abt Josserand wäre bei der Hinrichtung anwesend. Ja, gebt ihm zu verstehen, dass der Abt selbst die Idee hatte, seine Brüder einzuladen.«

»Aber das ist doch nicht wahr!«

»Sicher ist es nicht wahr. Na und?«

Ohne eine Antwort abzuwarten, trat Eymerich auf die Straße hinaus. Um diese Zeit wirkte die Stadt verlassen. Nur ein paar vereinzelte Bettler ertrugen stoisch die sengende Hitze. In den Straßen stand ein leichter, etwas dunkler Nebel, der von den Ausdünstungen aus den Abwasserkanälen noch dumpfer wurde.

Roberts Werkstatt am Fluss, der im Sonnenlicht gleißte, schien leer. Davor war jedoch eine Sänfte zwischen den zum Trocknen ausgebreiteten Stoffballen abgestellt. Als Eymerich näher kam, bemerkte er hinter den Vorhängen krampfartige Bewegungen, wie von einem großen, auf zu engem Raum eingesperrten Tier. Er unterdrückte einen Schauder. Hinter den Vorhängen konnte man sehr lange Gliedmaßen erkennen, die auf der Suche nach einer bequemen Position herumzappelten. Sein Blick streifte zwei riesige Augen, erschrocken und entgeistert zugleich, sogleich wieder hinter den Stofffalten verborgen. Er ging vorbei. Weiter unten am Fluss saßen zwei Soldaten des Grafen Montfort und redeten leise miteinander.

Still trat Eymerich durch den Bogen in die Färberwerkstatt. Robert saß in einer Ecke auf einem Schemel, einen Ellbogen auf den Rand des großen Bottichs gestützt, der den ganzen Raum einnahm. Neben ihm war eine Frau, in schwarze Seidengewänder gekleidet, die teilweise ihr Gesicht verhüllten. Als sie den Schritt des Inquisitors hörte, wandte sie ihm mit einem Ruck das verbrauchte, ausdruckslose Gesicht zu, das von überwiegend grauen Haaren umrahmt war. Ein Ausdruck des Schreckens belebte einen Moment lang die erloschenen Augen.

Wie Eymerich vermutet hatte, war es Corinne de Montfort. Er verbeugte sich respektvoll vor ihr. »Guten Tag, Frau Gräfin.« Dann warf er einen harten Blick auf Robert. »Verschwinde. Und komm nicht vor Abend wieder.«

Der Handwerker erhob sich und ging eilends zur Tür. Corinne zeigte eine Regung des Protests. »Ich will nicht mit Euch reden!«, rief sie.

»Ich aber wohl.« Ohne eine Aufforderung abzuwarten, zog Eymerich den Schemel heran, auf dem bis eben noch der Färber gesessen hatte, und setzte sich. »Bleibt hier, ich bitte Euch«, sagte er zur Gräfin, die Anstalten gemacht hatte aufzustehen. »Ihr werdet sehen, dass diese Unterredung für uns beide von Nutzen ist.«

»Ich wüsste nicht, was wir uns zu sagen hätten.«

»Was uns angeht, sehr wenig. Thema ist jedoch Eure Tochter Sophie.« Eymerich deutete in Richtung Straße. »Ich habe sie draußen gesehen, wie sie sich in ihrer Sänfte wand.«

Bei dieser letzten Formulierung verzerrte sich Corinnes Gesicht, das auf den ersten Blick wie erstorben wirkte, zu einer Grimasse des Schmerzes. Doch fast auf der Stelle kehrten diese Züge wieder zu ihrer starren Ausdruckslosigkeit zurück. »Ihr sprecht von ihr wie von einem Tier. Schon allein das legt einen Abgrund zwischen Euch und mich.«

»Ich bilde mir nicht ein, ihn überwinden zu können. Freilich glaube ich, dass es möglich ist, ein Einverständnis zu erzielen, wenn man gemeinsame Interessen hat. Euch liegt Sophies Leben am Herzen. Das ist eine ausgezeichnete Basis für eine Übereinkunft.«

Corinne de Montfort zuckte die Achseln, im höchsten Maße verächtlich. »Ich sehe nicht, wodurch das Leben meiner Tochter bedroht sein sollte. Gewiss nicht durch Euch, Ihr armer, anmaßender Pfaffe.«

Ein flüchtiges Lächeln umspielte Eymerichs Lippen. »Oh, so viel beanspruche ich ja gar nicht. Aber ich bin ein bescheidener Diener der Inquisition, und die Inquisition interessiert sich für bestimmte Dinge. Zum Beispiel die Existenz der Sekte der Naassener, die Tatsache, dass deren Anhänger sich vom Blut Sophies nähren und dass Sophie selbst mit dem Blut von ermordeten Bauern am Leben erhalten wird.« Eymerichs Gesicht wurde plötzlich hart. »Wie Ihr seht, weiß ich alles, einschließlich des aberwitzigen Vorhabens, die gesamte Menschheit auszurotten. Ihr könnt also Euer gravitätisches Benehmen ruhig ablegen. Mir gegenüber ist es fehl am Platze.«

Corinne senkte mit einer raschen Bewegung den Blick, als ob sie eine Träne verbergen wollte, die ihr in die Augen getreten war. »Die Inquisition hat mir schon einen Enkel entrissen. Jetzt will sie mir auch Sophie nehmen.«

»Einen Enkel ent…«, begann Eymerich in fragendem Tonfall. Dann unterbrach er sich. Er erinnerte sich an die Zelle in Carcassonne, den an eine Säule geketteten Jungen mit dem blutigen Gesicht, Pater de Sancy, der mit einem Nagel in seinen Wunden bohrte. »War das Sophies Sohn? Der Bruder von Raymond?«

Corinne nickte. Sie hob die Augen, tränenfeucht, doch mit einem Blick voller Würde. »Ja. Er hieß Jouel. Und ich weiß auch, wer ihn euch ausgeliefert hat.«

»Wer?«

»Mein Mann Othon.«

Eymerich bemerkte, dass er an Boden verlor. Diese

Frau sprach von Dingen, die sich seiner Kenntnis entzogen. Außerdem schien sie hinter ihrem unscheinbaren Äußeren eine beachtliche Kraft zu verbergen. Die musste sofort gebrochen werden, indem man ihr einen gezielten und grausamen Schlag versetzte. »Ihr habt gesagt ›mein Mann‹. Ihr hättet sagen sollen ›mein Bruder‹.«

Der Schlag hatte gesessen. Die Frau büßte mit einmal ihren ganzen Stolz ein, und ein verwirrter Ausdruck trat an dessen Stelle. Sie brach nicht in Tränen aus, weil ihr Schmerz jede physische Manifestation überstieg. »Ihr wisst es«, murmelte sie und senkte den Kopf.

»Ich weiß es und rechne es Euch nicht als Schuld an.« Das war beständig Eymerichs Taktik, auf den besiegten Feind nicht einzuschlagen. Wer sich in die Enge getrieben sah, konnte aus Verzweiflung reagieren. Er milderte seinen Tonfall beträchtlich.

»Das enorme Ausmaß der Sünde, das auf Euch liegt, kann gemildert werden. Vertraut Euch mir an, ohne Angst.«

Corinne schien auf ihrem Schemel zusammenzusinken. Als sie wieder zu sprechen begann, tat sie das mit einer kindlichen Stimme, als ob zum ersten Mal ihre wahre Seele bloßgelegt worden wäre.

»Ich war sehr jung damals. Ich wusste wirklich nicht, dass bestimmte Blutsbande Sünde waren. Othon dagegen wusste es ganz genau. Und alle anderen um uns herum auch, den Bischof eingeschlossen.«

»Wann habt Ihr das begriffen?«

»Ich habe lange gebraucht, ich war sehr naiv. Ich spürte jedoch, dass etwas nicht stimmte. Die Bestätigung bekam ich, als mein erstes Kind zur Welt kam, ein Junge. Er war grauenhaft anzusehen. Niemand wollte ihn taufen, selbst der Bischof nicht, der doch die Trauung vollzogen hatte. Er blieb ohne Namen. Der Kanonikus war es, der mir eröffnet hat, dass ich meinen Bruder geheiratet hatte, und dass meine Kinder fast mit Sicherheit anomal sein würden. Aber wie mit Othon darüber reden? Ihr werdet ihn kennen gelernt haben, aber nicht so gut wie ich. Seine Wutanfälle sind fürchterlich.«

»Ich verstehe. Und Sophie?«

»Das arme Mädchen! Sie war noch monströser als der Junge.« Corinne sprach mit großer Gelassenheit darüber, als ob sie sich von einer Last befreien würde, die sie jahrelang still mit sich herumgetragen hatte.

»Othon hatte sich eingebildet, sie würde normal sein, und bei ihrer Geburt waren sehr viele Zeugen anwesend. Es war nicht möglich, sie irgendjemandem anzuvertrauen. Ich dachte jedoch, dass sie nicht lange leben würde. Alle haben wir das gedacht.«

»Hingegen?«

»Sie hielt durch. Othon wollte, dass keiner sie sah, und er ließ sie in einem geheimen Zimmer wie lebendig begraben. Erst mit etwa sechs Jahren fing Sophie wirklich an zu leiden. Doch an dem Punkt hatte ich sie lieb gewonnen und war nicht bereit, sie sterben zu lassen. Da ihre Krankheit im Blut lag, dachte ich, sie könnte überleben, wenn man ihr anderes Blut gab.«

»Blut woher?«

»Oh, damals war das leicht. Es war Krieg und Othon war mit Hauptmann Morlux im Gefolge des Königs von Frankreich unterwegs. Das Land war übersät mit unbestatteten Leichnamen. Wenn es an etwas nicht fehlte, dann an Blut. Doch ich dachte, es würde genügen, wenn das Kind einmal davon trank. Ich bildete mir sogar ein, sie würde gesund werden.«

Eymerich schloss die Lider zur Hälfte. »So war es aber nicht.«

»Nein.« Corinne sprach jetzt wie zu sich selbst, die Augen starr auf den Boden gerichtet. »Sie brauchte immer mehr. Mit der Zeit begriff ich, dass sie die Höhe nicht vertrug. In Hautpoul zu leben, das ja nicht einmal so besonders hoch liegt, verursachte ihr alle sechs oder sieben Tagen Erstickungsanfälle. In diesen Momenten brauchte sie frisches Blut – und in immer größerer Menge.«

»Und wann kam Herr Piquier ins Spiel?«

»Da war Sophie zwölf Jahre alt. Piquier war Bibliothekar bei Abt Josserand, und er hatte lange Zeit in Alexandria in Ägypten gelebt. Ich meinte, Sophie bräuchte einen Lehrer, und wandte mich an ihn. Othon, der zwischen zwei Schlachten aufs Schloss heimkehrte, war damit einverstanden, ihn als Verwalter anzustellen. Ich hätte nie gedacht, dass der junge Mann sich in sie verlieben würde.«

»Sich verlieben?«

»Ihr habt Recht, das ist nicht der richtige Ausdruck. Sophie war es, die ihn liebte. Piquier verfolgte gewisse eigene Ziele, von denen ich damals nichts wusste. Er wusste fast sofort über die Krankheit meiner Tochter Bescheid und über ihr ständiges Bedürfnis nach Blut. Das störte ihn überhaupt nicht. Weniger als zwei Jahre nach seiner Ankunft auf dem Schloss wollte er sie sogar heiraten, in einer geheimen Zeremonie. Othon war noch weit weg.«

»Und Ihr?«

Die zu lange zurückgehaltenen Tränen begannen Corinne übers Gesicht zu strömen. »Ich hätte alles getan, damit meine Tochter glücklich ist. Sie war so intelligent, so sensibel. Ich willigte in die Hochzeit ein, nur weil sie es wollte. Im Übrigen war das der einzige normale Moment in ihrem armen Leben.«

Eymerich fühlte eine gewisse Bewunderung in sich aufsteigen für diese Frau vor ihm, aber er unterdrückte sie sofort. Er konnte sich keine Schwäche leisten.

»Wie ist die Sache mit den Naassenern entstanden?«

»Das war eine Idee von Piquier, wie Ihr begriffen

haben werdet. Er hat immer danach gestrebt, Zugang zu den höheren Klassen zu erlangen. Er dachte, dass der religiöse Rahmen es ihm erlauben würde, in die Kreise einzudringen, von denen er ausgeschlossen war. Sophie war sein Werkzeug. Sie ist es noch heute.«

»Wie konntet Ihr das alles dulden?«

»Sophie braucht Blut, sie lebt von Blut. In den Wirren des Krieges war es mir nicht möglich, genug davon zu finden. Piquiers Sekte würde meiner Tochter ermöglichen, am Leben zu bleiben, indem er ihr genug Blut beschaffte. Ich fügte mich, auch wenn ich nie vom Christentum abgewichen bin.«

Eymerich sah sie streng an. »Und findet Ihr, dass all das gut ist?«

»Nein, natürlich nicht. Aber wenigstens hat Sophie so überleben können.« Corinne schluckte, um ein Schluchzen zu unterdrücken. »Ich habe nur sie.«

Eymerich stand auf, finster im Gesicht. Er ging kurz auf und ab, die Hände auf dem Rücken verschränkt. Dann blieb er vor der Frau stehen.

»Wisst Ihr, dass Euer Mann den Kopf Eurer Tochter von mir verlangt hat?«

Die Frau schlug einen tränenfeuchten, flackernden Blick zu ihm auf.

»Dieses Vieh! Er hat nie etwas anderes gewollt! Mit meinen eigenen Händen würde ich ihn ermorden, wenn…«

»Wenn?«

Corinne verstummte. Verständnis leuchtete in ihren Augen auf.

»Also das ist es, was Ihr wollt?«

Eymerich schüttelte den Kopf. »Nein. Das ist, was Ihr wollt. Ich kann Euch höchstens Straffreiheit zusichern.«

»Oh, auf mich selbst kommt es mir nicht an.«

»Mir dagegen kommt es auf Euch an.« Eymerich

senkte die Stimme. »Das Leben Eurer Tochter zu garantieren, ist am Rande meiner Möglichkeiten. Doch ich kann es tun. Im Tausch dafür verlange ich aber sehr viel. Viel mehr als das, was Ihr angedeutet habt.«

Eine schwache Hoffnung malte sich auf Corinnes traurigen Zügen ab. »Sprecht. Für Sophie bin ich zu allem bereit.«

Eymerich begann wieder auf und ab zu gehen. Er sprach weiter, als ob er nichts gehört hätte.

»Nicht nur Euer Mann will Sophies Tod. Ganz Castres verlangt danach. Ich könnte ihr den Scheiterhaufen nur ersparen, wenn sie verschwinden würde, wenn sie so weit weg ginge, dass man sie vergäße.«

»O ja, wir gehen, wohin Ihr wollt.«

»Nein, Ihr nicht. Ihr werdet Sophie Lebewohl sagen müssen. Ich spreche nicht von einem Umzug, ich rede von einem Exil. Außerhalb von Frankreich.«

»Aber ich muss mit ihr gehen. Sie würde in wenigen Tagen sterben, wenn…«

Eymerich machte eine gebieterische Geste. »Ich wiederhole: Das ist nicht möglich. Ihr könnt sie begleiten lassen, von wem ihr wollt, Ihr jedoch müsst hier bleiben. Und das ist noch nicht alles. Ihr müsst Euch bereit erklären, ein Werkzeug in unseren Händen zu werden, widerspruchslos allem zu gehorchen, was die Kirche Euch befiehlt. Mit Euch haben wir unsere eigenen Pläne.«

»Ich lebe für Sophie. Was mich selbst angeht, so bin ich schon seit einer Weile tot. Seitdem ich begriffen habe, dass ich eine Sünde begangen habe, die Gott mir nie verzeihen wird.«

»Es gibt keine Sünde, die Gott nicht verzeihen könnte.« Eymerichs Tonfall wurde noch milder, wenn auch von Weisheit und Strenge geprägt. »Überlegt Euch das. Wenn Ihr Euch der Kirche anheimgebt, beginnt für Euch ein neues Leben, frei von der Erinnerung an vergangene Schuld. Sophie wird weit weg sein, aber am Leben und vielleicht nicht unglücklich. Und es ist nicht ausgeschlossen, dass Ihr sie eines Tages wiedersehen könnt.«

Wieder leuchtete ein Hoffnungsschimmer in Corinnes Augen auf. »Wie kann ich Euch vertrauen?« Ihre Stimme zitterte. »Die Kirche hat schon meinen Enkel Jouel ermordet.«

»Niemand wusste, dass er Euer Enkel war, außer seinem eigentlichen Mörder. Ihr wisst, wen ich meine. Ihr müsst mir vertrauen. Die Alternative ist der Scheiterhaufen für Sophie – und für Euch ein Leben an der Seite von Othon de Montfort, demjenigen, der Euch zum Inzest und zum Verbrechen getrieben hat. Ein Leben in Reue und Schande.« Er machte eine Pause. »Also, nehmt Ihr an?«

Ein langes Schweigen trat ein, währenddessen es schien, als ob die ohnehin schon unerträgliche Hitze in dem Gewölbe noch größer würde. Dann nickte die Frau. »Ich nehme an, aber unter einer Bedingung.«

Der Inquisitor sah sie misstrauisch an. »Und die wäre?«

»Dass Ihr Piquier auch rettet. Außer mir ist er der Einzige, der für Sophie sorgen kann.«

»Ihr verlangt zu viel von mir. Piquier ist die übelste Figur in dieser ganzen Geschichte.«

»Ich weiß. Ich hasse ihn selbst und weiß ganz genau, dass er Sophie überhaupt nicht liebt. Doch er ist ihr Mann, und er hat ein Interesse daran, sie am Leben zu erhalten. Wenn ich sie nicht ins Exil begleiten kann, dann will ich, dass sie wenigstens diesen Mann an ihrer Seite hat.«

Eymerich schwieg einen Augenblick, dann seufzte er. »Einverstanden. Aber im Gegenzug dafür willigt Ihr in alles ein, was von Euch verlangt wird, so unangenehm oder absonderlich es auch erscheinen mag?«

»Ja. Für das Leben meiner Tochter und ihres Mannes willige ich ein.«

Eymerich unterdrückte den Jubel, der ihn erfasste. »Das ist eine kluge Entscheidung. Im Augenblick verlangt nicht mehr von mir. Es ist an Euch, das letzte Hindernis aus dem Weg zu räumen. Ich werde nicht eingreifen.«

»Aber nachdem ich... Wenn Othon tot ist... werde ich gefasst.«

»Flieht mit Sophie ins Kloster auf dem Sidobre und rührt Euch auf keinen Fall von dort weg. Selbst dann nicht, wenn die Mönche am kommenden Dienstag nach Castres hinuntergehen. Ich werde dort oben zu Euch stoßen.«

Eymerich verneigte sich leicht und ging um den Bottich herum auf den Eingangsbogen des Gewölbes zu. Corinne stand auf und lief hinter ihm her. Sie packte ihn am Arm.

»Aber jetzt, was soll ich jetzt machen? Es ist Sonntag, und Sophie braucht Blut.«

Seine instinktive Regung unterdrückend, wehrte Eymerich sich nicht gegen diese Berührung. Er sah die Gräfin mit ruhigem Blick an.

»Ihr wisst so gut wie ich, wo Ihr es findet. Besser, Eure Tochter trinkt das But eines unwürdigen Vaters als das eines unschuldigen Bauern.« Als er sah, welches Grauen sich auf dem Gesicht der Frau abzeichnete, setzte er hinzu: »Es ist, als ob Euer Mann sein Leben hingäbe, um Sophie am Leben zu erhalten. Durch sein Sterben wird er endlich diejenige Liebestat vollbringen, zu der er sein ganzes Leben lang nicht imstande war. Und im Übrigen trinken wir ja alle bei der Kommunion das Blut des Vaters.«

Nach diesen Worten ging Eymerich mit raschen Schritten davon, während die Gräfin in Tränen aufgelöst zu der Sänfte stürzte.

Die Hitze war mörderisch.

KAPITEL XIII

Fuel-Air

Jean-Paul Maric, der Sonderberichterstatter vom *Nouvel Observateur*, sah, dass der ägyptische Offizier in seine Richtung Zeichen machte. Leicht verärgert stand er auf und ging zu ihm hinüber. »Was ist los?«

Der Offizier wies auf den dicken Leutnant von den Marines, der neben ihm stand.

»Weder ich noch meine Leute sprechen Englisch«, sagte er in seinem etwas unsicheren Französisch. »Schauen Sie, ob Sie verstehen, was er will.«

Der Amerikaner sah Maric sichtlich erleichtert an. Er war ein vierschrötiger Kerl mit sympathischen Manieren. Er schien kein sonderliches Vertrauen in die Verständnisfähigkeit der Ägypter zu haben.

»Zum Glück sind Sie da. Sagen Sie diesen Leuten, dass sie keine Angst haben sollen heute Nacht. Wir laden über den Irakis ein paar FAE-Bomben ab. Sie sehen aus wie Atombomben, sind aber harmlos… für uns, natürlich. Keine Strahlung.«

Maric übersetzte. Der Ägypter sah verwundert drein. Er wollte eine Frage formulieren, aber der Journalist kam ihm zuvor.

»Was sind FAE-Bomben?«, fragte er den Amerikaner. »Ich höre den Ausdruck zum ersten Mal.«

»FAE steht für Fuel-Air-Explosive«, antwortete der Marine mit dem Ausdruck dessen, der etwas zum hundertsten Mal erklärt. »Ein kleines Geschenk unserer Luftwaffe an Saddam. Das sind Bomben, die mit einem Fallschirm runterkommen.« Er begleitete seine Worte mit weit ausholenden Gesten. »Auf einer gewissen

Höhe explodieren sie und setzen Äthylenoxyd frei und eine zweite Sprengladung. Die explodiert einen Augenblick später und entzündet die Aerosol-Wolke, die sich gebildet hat. Aller Sauerstoff, der in der Luft vorhanden ist, wird im Nu verbrannt. Habe ich mich klar ausgedrückt?«

Maric übersetzte die Erläuterungen für den Ägypter. »Mein Freund möchte wissen, welche Wirkung das alles hat?«, sagte er dann.

»Das ist schnell gesagt.« Der Marine legte die Hand an die Kehle und streckte die Zunge heraus. »Wer sich unter der Aerosol-Wolke befindet, erstickt. In wenigen Sekunden.« Dann beeilte er sich hinzuzusetzen: »Aber es ist keine Atombombe. Die Leute hier können beruhigt sein. Wer sich in den vorderen Linien befindet, kann allerhöchstens einen leichten Sauerstoffmangel verspüren. Es besteht überhaupt keine Gefahr.«

In dieser Nacht herrschte im ägyptischen Lager gespannte Erwartung. Die Augen aller waren auf den Himmel gerichtet, der schwach vom Mond erhellt war. Etwa zwanzig Kilometer entfernt erwarteten die Irakis, halb in den Sand eingebuddelt, das übliche Flächenbombardement, zitternd vor Kälte, Hunger und Durst, vor allem aber vor Angst. Maric, der neben dem Offizier hockte, verfolgte seit Tagen mit wachsendem Abscheu ihren Todeskampf. Abscheu vor dem Diktator, der sie auf die Schlachtbank schickte, aber auch vor denen, die sie mit eiskaltem Kalkül abschlachteten.

»Ich glaube, wir sind so weit«, sagte der Offizier und wies auf den Himmel.

Man hörte das dumpfe Dröhnen der B 52, ähnlich dem Stampfen einer Lokomotive, die unterirdisch näher kommt. Diesmal waren es nicht die dreißig Sekunden totalen Grauens, in denen die Erde bebte und die Wüste in Glutfontänen explodierte. Diesmal geriet der gesamte Horizont in Brand, still und geheimnisvoll. Eine Feuerwolke von nie gesehenen Ausmaßen, die nach ein paar Augenblicken lautlos verschwand.

Maric verspürte leichten Schwindel, dann sah er auf den Offizier an seiner Seite. Er war sehr blass. »Aber was für ein Krieg ist denn das?«, murmelte er mit aschfahlen Lippen.

Dreißig Nächte lang, immer zur selben Zeit, stand der Himmel nun von einem Ende zum anderen in Flammen, in vollkommener Stille. Dann ergab sich das irakische Heer. Maric konnte die Insekten-Soldaten sehen, wie sie aus ihren Höhlen hervorkrochen, aus geborstenen Leitungsrohren, aus den unvorstellbarsten Erdlöchern. Kleine Jungen in zu großen Uniformen, Kriegsveteranen mit angstverzerrten Gesichtern, humpelnde Alte, dickbäuchige Bürger in zerfetzten Uniformen. Ihre Offiziere hatten sie schon vor Zeiten im Stich gelassen. Saddam Hussein hatte sie als Opfer ausersehen, die Alliierten hatten sie abgeschlachtet. Das war ein Haufen armer Teufel.

Ein paar Tage später konnte Maric mit anderen Journalisten die Autobahn entlangfahren, die Irak mit Kuwait verband. Das war eine ununterbrochene Kette von liegen gebliebenen Fahrzeugen, ausgebrannten Wracks, umgekippten Bussen. Aber keine Spur von Leichen. Die einzigen Leichname, die sie entdecken konnten, waren die von etwa zwanzig Schafen auf dem Anhänger eines umgekippten Lastwagens. Keines der Tier wies Wunden oder Verbrennungen auf. Sie waren erstickt, als ob eine riesige Hand sie an der Gurgel gepackt und mit aller Macht zugedrückt hätte. Er wusste, dass die verschwundenen Soldaten das gleiche Ende gefunden hatten.

»Was für ein Schauspiel, hm?«

Maric drehte sich um. Er erkannte einen amerikanischen Krankenpfleger wieder, den er zu Beginn des

Krieges kennen gelernt hatte. »Was habt ihr mit den Leichen gemacht?«, fragte er.

»Die kann man nicht vorzeigen«, antwortete der Amerikaner. Dann setzte er leiser hinzu: »Aber das waren Irakis. Wir haben allerdings auch unseren Ärger.«

»Welchen Ärger? Ihr habt wenig mehr als hundert Tote.«

Der andere schüttelte der Kopf. »Darum geht es nicht. Versuch herauszufinden, warum in den letzten Tagen neunhundert Marines Hals über Kopf nach Hause geschickt worden sind. Dieser Krieg ist keine so harmlose Sache gewesen, auch für uns nicht.«

»Was willst du damit sagen?«

»Versuch, es selbst herauszufinden. Wenn man es dir erlaubt, wirst du eine Überraschung erleben. Eine dramatische.«

Der kugelsicher gepanzerte, unterirdische Saal, in dem Generalstabschef Powell die geheimsten Sitzungen abhielt, war im Pentagon unter den Namen ›Tank‹ bekannt. Es gab kein elektronisches Abhörsystem, das durch diese Wände hätte dringen können; es gab keine Waffe, die sie auch nur hätte ankratzen können.

Am Abend des 13. März 1991 zog Powell sich in Begleitung der verschiedenen amerikanischen Geheimdienstchefs in den Tank zurück. Das war in dieser Zeit nichts Ungewöhnliches; ungewohnt hingegen war, dass der Gruppe auch ein Mann in Zivil angehörte, den man noch nie zuvor in dem Untergeschoss gesehen hatte: ein junger Mann mit asiatischen Zügen, der sich ziemlich unbehaglich zu fühlen schien.

»Meine Herren«, begann Powell, sobald seine Gäste rund um den Tisch aus Glas und Metall in der Mitte des schmucklosen Saales Platz genommen hatten. »Sie werden Verständnis dafür haben, dass ich den Namen des Mannes, den ich eingeladen habe, nicht nennen kann. Die Sicherheit unseres Landes liegt in diesem Augenblick in seinen Händen, und vielleicht in seinen allein.« Er wandte sich an den jungen Asiaten. »Herr Doktor, wollen Sie uns die Ergebnisse Ihrer Untersuchungen vorstellen?«

Der Angesprochene hüstelte und rückte sich die Goldrandbrille auf der schmalen Nase zurecht.

»Ich wurde beauftragt, die neunhundert Soldaten zu untersuchen, die heimlich vom Irak nach Hause gebracht wurden. Die Diagnose war nicht schwer. Sie sind alle von einer Krankheit befallen, die unter Weißen äußerst selten ist. Von der Sichelzellenanämie.«

»Das wussten wir«, sagte Dick Kerr, der Vizedirektor der CIA. »Gibt es Hoffnung für sie?«

»Wir halten sie mit Transfusionen am Leben. Auf lange Sicht aber würde ich sagen, nein, es gibt keine Hoffnung.«

Eine leises Raunen lief um den Tisch. Powell hob eine Hand.

»Herr Doktor, wollen Sie den Herren bitte den beunruhigendsten Aspekt an der Sache erklären?«

»Oh, beunruhigende Aspekte gibt es etliche. Doch da ist einer, der besonders erschreckt. Die Sichelzellenanämie bekommt man nicht zufällig. Man muss die genetische Veranlagung dazu haben. Man muss einen bestimmten Typus Hämoglobin haben, der Hämoglobin S genannt wird. Nun, von den neunhundert Soldaten hatten alle diese Veranlagung.«

»Fahren Sie fort.«

»Die Einheiten, denen sie angehörten, umfassten insgesamt 1211 Mann. Das heißt, drei Viertel der Soldaten wiesen eine genetische Disposition auf, die das Auftreten der Sichelzellenanämie ermöglicht. Sie waren, mit anderen Worten, Träger des sogenannten Sichelzellengens. Doch da ist noch mehr. Die Sichelzellenanämie betrifft normalerweise fast ausschließlich die farbige

Bevölkerung. Die befallenen Marines dagegen waren zu sechzig Prozent Weiße.«

Powell sah sich um. »Begreifen Sie nun die ganze Tragweite der Sache, meine Herren?«

Der Chef des Geheimdienstes der Armee, G2, ein alter Mann mit Ziegenbärtchen, hüstelte, um sich Gehör zu verschaffen.

»Halten Sie es für möglich, General, dass Saddam Hussein über eine bakteriologische Waffe verfügt, die die Gene unserer Männern verändern kann?«

»Das war auch meine erste Vermutung, die ich in Erwägung gezogen habe. Aber gleich darauf hat der Doktor eine andere Hypothese aufgestellt, die sich leider als fundiert erwiesen hat.« Er machte ein Zeichen in Richtung auf den jungen Asiaten.

»Ich habe mich gefragt, ob das Phänomen, das unter den Soldaten aufgetreten war, auch in der Zivilbevölkerung verbreitet ist.« Der Arzt schien sich jetzt um einiges wohler zu fühlen, auch wenn er nach wie vor an der Brille herumrückte. »Wenn es so gewesen wäre, hätte die Sache unbemerkt bleiben können. Niemand würde nämlich auf die Idee kommen, bei Amerikanern weißer Hautfarbe nach dem Sichelzellengen zu fahnden. Ich habe in der Klinik, die ich leite, eine Gruppe von Patienten ausgewählt. Und über zwei Drittel der Untersuchten waren Träger des Sichelzellengens, ohne jeden Zweifel.«

»Gestatten Sie mir eine Frage, Herr Doktor«, sagte der Leiter des G2 mit derart heiserer Stimme, dass es unangenehm war. »Wir wollen einräumen, dass das Sichelzellengen bei Weißen unbemerkt bleiben kann. Aber ein gewisser Prozentsatz derer, die es haben, werden Kinder gehabt haben, die von Sichelzellenanämie befallen sind. Ist es nicht so?«

Der Asiate lächelte. »Ja. Ich sehe, Sie verstehen etwas davon.«

»Wie ist es möglich, dass *dieses* Phänomen nie bemerkt wurde?«

Der Arzt nickte. »Das ist eine logische Frage. Ich habe mir die Statistik der Kindersterblichkeit in den Vereinigten Staaten angesehen. Nun, da gibt es eine beeindruckend hohe Zahl von frühem Tod durch Thrombosen, was einer der sichtbarsten Effekte der Anämie ist. In der Praxis wird das Phänomen vernachlässigt, sei es wegen des sehr geringen Alters der Opfer, sei es wegen der anomalen, außergewöhnlichen Natur seiner wirklichen Ursache.«

Paul Wolfowitz vom Verteidigungsministerium zuckte mit den Achseln. »Ich kann nicht glauben, dass die Verantwortlichen im Gesundheitswesen die Zunahme der Kindersterblichkeit durch Thrombosen nicht bemerkt haben sollen.«

»Sie haben es wohl bemerkt«, erwiderte der Mediziner. »Aber sie haben die Sache dem erhöhten Zigarettenkonsum bei jungen amerikanischen Müttern zugeschrieben.«

General Powell lehnte sich in seinem Stuhl zurück, die Hände lagen auf dem Tisch.

»Kurz, meine Herren, es sieht so aus, als hätten wir es mit einer genetischen Veränderung zu tun, von der mehr als zwei Drittel der Amerikaner betroffen sind, und wir kennen die Ursache nicht. Was schlagen Sie vor?«

»Dürfte ich dem Doktor noch eine Frage stellen?«, fragte der Leiter des G2.

»Bitte.«

»Was hat zum Ausbruch der Sichelzellenanämie geführt, bei Soldaten, die lediglich die Anlage dazu hatten?«

»Noch eine sehr kluge Frage«, antwortete der Arzt und lächelte wieder. »Die latente Anämie wird virulent, wenn der Sauerstoffdruck nachlässt. In diesem

Moment nehmen die roten Blutkörperchen die charakteristische Sichelform an. Ich habe nun entdeckt, dass die betroffenen Soldaten an vorderster Front waren, als die Irakis mit den Aerosol-Bomben angegriffen wurden...«

»Die Fuel-Air-Bomben«, erklärte Powell. »Sie verbrennen den Sauerstoff in der Luft.«

»Genau. Unsere Truppen waren weit genug entfernt, um der Wirkung der Bomben nicht unmittelbar ausgesetzt zu sein. Die Explosionen haben jedoch im Umkreis eine leichte Verringerung des Sauerstoffgehalts in der Luft bewirkt. Das hat genügt, damit bei den Genträgern die roten Blutkörperchen ihre Form veränderten und die Krankheit zum Ausbruch kam. Ein schlichter Unfall, der uns jedoch erlaubt hat, alles, was dahintersteckt, aufzudecken.«

Es herrschte ein langes Schweigen, dumpf und lastend. Dann sprach Powell mit ernster Miene.

»Ich wiederhole meine Frage von vorhin, meine Herren. Was schlagen Sie vor?«

»Was zu tun ist, scheint mir klar«, brummte der Chef des G2.

»Sagen Sie es, Mister Pinks.«

»Vertuschen, alles vertuschen.« Lycurgus Pinks schüttelte die knochige Hand in der Luft. »Wenn etwas durchsickern würde, würden wir nicht nur die Bevölkerung in Panik versetzen, sondern wir würden auch unseren Feinden Angriffspunkte bieten.«

Powell nickte. »Ich stimme Ihnen zu. Es ist jedoch nicht leicht, eine genetische Veränderung geheim zu halten, die die Mehrzahl der Amerikaner betrifft.«

»Mittelfristig ist das nicht unmöglich.« Pinks runzelte die Brauen und strich sich das weiße Bärtchen glatt. »Auf lange Sicht freilich... Nun, wie ein berühmter Wirtschaftswissenschaftler schon sagte: Auf lange Sicht sind wir alle tot.«

KAPITEL XIV

Autodafé

Der Montag war ein anstrengender Arbeitstag für Eymerich. Schon am frühen Morgen schickte man vom Kloster des Heiligen Benedikt nach ihm. Die Fuhren Holz vom Grafen Montfort waren eingetroffen, und die Mönche wussten nicht, wohin damit. Eymerich begab sich vor Ort und fragte zunächst nach dem Grafen, doch niemand hatte ihn gesehen. Der Befehl, das Holz zu bringen, stammte vom Tag zuvor.

Er kümmerte sich um die Unterbringung der Ladung, und im Lauf des Vormittags traf auch das Holz von Herrn d'Armagnac ein. Es waren insgesamt elf Karren Holz und Stroh, und an dem Punkt begannen die Mönche heftig zu protestieren. Sogar Abt Josserand, der gewöhnlich alles gleichgültig hinnahm, wollte den Inquisitor sprechen und konfrontierte ihn mit einer Reihe von Bibelzitaten. Er protestierte, weil der Hof voller Holz war, sodass man zwischen den Stapeln kaum noch durchkam. Der Bischof höchstpersönlich musste gerufen werden; er befahl den Mönchen, den Anweisungen des Inquisitors Folge zu leisten, auch wenn sie ihnen unverständlich vorkommen sollten.

Der Klosterhof war eine riesige rechteckige Fläche. Zur Hauptstraße hin wurde er abgeschlossen vom Gästehaus, dem langgezogenen Bau der Stallungen und dem kleinen Bau in der Ecke, in dem die Latrinen untergebracht waren. Der Haupteingang war der mit dem Pförtnerhäuschen daneben, durch den Eymerich erst zwei Tage zuvor zum ersten Mal hereingekommen war; es gab aber noch einen zweiten Zugang zwischen den Ställen und dem Gästehaus, und der Stall selbst hatte drei Eingänge von der Straßenseite her.

Eymerich ordnete an, dass, abgesehen von einer der Stalltüren, nur der Zugang durch das Pförtnerhäuschen offen bleiben sollte. Die anderen Türen ließ er von außen verriegeln, und zur größeren Sicherheit ordnete er an, dass Ketten vorgelegt würden. Die wirkliche Überraschung für die Mönche kam aber dann, als er, nachdem die Fallgitter des zweiten Eingangstors geschlossen worden waren, befahl, dass die Seilwinde entfernt werden sollte, durch die sie hinaufgezogen werden konnten.

Das Innere des Hofes lag im Schatten von sechs großen Eichen; es war auf der linken Seite abgeschlossen vom Gästehaus, auf der rechten Seite von einer sehr hohen Einfassungsmauer. Im Hintergrund war der Kapitelsaal zu sehen, der ins Refektorium überging; dann, nach einem nicht allzu breiten Durchgang, erhob sich ein zweistöckiger Turm mit einem Söller obenauf, der vom Kreuzgang her zugänglich war. Die Westseite des Turms war eins mit der Mauer, an deren Außenseite ein wenig begangener Weg entlangführte.

Eymerich untersuchte vor allem die Fenster der Gebäude und stellte zu seiner Genugtuung fest, dass sie mit schweren Eisengittern verschlossen waren. Unter erneutem Protest der Mönche und des Abts ließ er sodann die Türen des Gästehauses, des Kapitelsaals und des Refektoriums, die auf den Hof gingen, von innen verriegeln, wodurch nur die Verbindungstüren zwischen den Gebäuden offen blieben. Und er ließ sich die Schlüssel von sämtlichen Vorhängeschlössern aushändigen.

Nun gelangte man nur noch durch den Haupteingang in den Hof oder durch den Durchgang, der zwischen Turm und Refektorium zum Schlafsaal führte.

Eymerich begab sich zum Palast des Herrn d'Armagnac, wo man ihm die Männer gab, die ihm in den folgenden Stunden helfen sollten. Sie waren es, die die Pferde wegführten und in den Ställen das überflüssige Stroh stapelten, was enorm viel war. Sie errichteten auch den Scheiterhaufen in der Mitte des Hofs, der auf eigenartige, um nicht zu sagen absonderliche Weise gebaut wurde.

Auf Anordnung des Inquisitors wurde zunächst eine Lage junges Holz ausgebreitet, sodann mit Stroh abgedeckt. Das Ganze wurde mit Öl übergossen – zur größten Verwunderung von Pater Corona, der in der Zwischenzeit eingetroffen war. »Aber dieses Öl hier brennt doch nicht«, bemerkte er.

»Ich habe meine Pläne«, entgegnete Eymerich in einem Ton, der keinen Widerspruch duldete.

Auf das ölige Stroh wurden große Scheiter Brennholz geschichtet, aber so steil aufgetürmt, dass sie nur vielfach mit Kordeln vertäut zusammengehalten werden konnten. Es gab sechs Pfähle für die Verurteilten, aber das war der Aspekt, dem Eymerich die geringste Beachtung schenkte. Hingegen kümmerte er sich um die große Menge überflüssigen Strohs. Er ließ die überzähligen Garben rund um den Hof verteilen und an den Wänden aufschichten, sodass sie schließlich bis unters Dach reichten. Und da noch immer zu viel Stroh da war, ließ er damit den Durchgang zwischen Turm und Refektorium verschließen, wodurch der einzige Zugang vom Hof zu den rückwärtigen Teilen des Klosters versperrt wurde.

Viele der Handlanger fragten sich, ob derjenige, der die Arbeiten leitete, verrückt geworden war. Dieser Zweifel verdichtete sich noch, als Eymerich auch das Stroh an den Hauswänden mit Öl tränken ließ und befahl, diejenigen Baumäste abzusägen, die über die Mauereinfassung hinausreichten.

Der Tag endete mit dem Bau einer Tribüne, die die Honoratioren der Stadt aufnehmen sollte, zwischen Stall und Scheiterhaufen, gefolgt von der Errichtung zweier kleinerer Logen rechts und links vom Scheiterhaufen, für die Herren Nayrac und für Bischof Lautrec. Die größte Sorgfalt verwandte Eymerich auf den Bau der großen Tribüne, wobei er eine Reihe von Details mit dem Zimmermann absprach. Den Einwänden von Pater Corona, der den Aufbau der Tribüne und die Anordnung insgesamt kritisierte, begegnete er mit gereiztem Schweigen.

Schließlich ging der Inquisitor zum Abendessen zu Herrn d'Armagnac, wo er bis zur Komplet verweilte. Pater Corona wartete lange auf ihn, mit Herrn de Berjavel an einem der Tische der Herberge sitzend; als Eymerich kam, schien er keine Absicht zu haben, sich zu unterhalten.

»Nachrichten vom Grafen Montfort?«, fragte er lediglich.

»Anscheinend ist er krank«, antwortete der Notar. »Seit gestern hat ihn niemand gesehen.«

»Und seine Frau und die Tochter?«

»Sie sind in der Stadt gesehen worden, aber ich weiß nicht, wohin sie unterwegs waren.«

Eymerich nickte zerstreut und ging in sein Zimmer hinauf. Einen Teil der Nacht verbrachte er im Gebet, auf dem Boden ausgestreckt. Dann verfiel er für ein paar Stunden in einen leichten, sehr unruhigen Schlaf.

Im Morgengrauen des Dienstag stieg er hinunter, sehr nervös und angespannt. Trotz der frühen Stunde verhieß der Tag schwül zu werden, ohne einen Hauch von Wind. Das würde dem Scheiterhaufen insgesamt weniger Kraft verleihen, doch im Moment des Anzündens würde es die Ausbreitung der Flammen fördern.

Eymerich trat auf die noch verlassene Straße hinaus und blieb unter dem Zweig stehen. Er hatte eine frische Kutte angelegt anstelle der abgetragenen, in der er gekommen war, und trotz der Hitze hatte er nicht auf Skapulier und schwarzen Mantel verzichtet. Er hatte sich sorgfältig rasiert, zum ersten Mal, seit er in Castres war.

Während er den Bischofspalast und die rötlichen Häuserfassaden betrachtete, verspürte er ein Gefühl enormer Erregung, aber auch einen Kloß im Hals. Bald würde er den Effekt eines lange und mit extremer Sorgfalt ausgeklügelten Plans auskosten können, und das begeisterte ihn; doch es handelte sich dabei um etwas ungemein Tragisches, wovon die Menschen noch lange sprechen würden. Er hätte dem Ereignis gerne im Verborgenen beigewohnt oder sich unsichtbar unter die Zuschauer gemischt. Bei sich lächelte er, weil er dachte, dass im Grunde offenbar auch er danach strebte, körperlos zu sein, ein Klümpchen Geist, losgelöst im Raum schwebend. Hingegen würde er gezwungen sein hervorzutreten, die Zeremonie zu dirigieren, den Opfern in die Augen zu schauen.

Zum Glück verspürte er keine Gewissensbisse; oder besser gesagt, er verspürte eine ferne Ahnung davon, die jedoch erstickt war unter einer Schicht aus eisernen Prinzipien, von unumstößlichen Dogmen und Regeln der Disziplin, kurz, einer Reihe mittlerweile verinnerlichter Verhaltensweisen, die ihm zur zweiten Natur geworden waren. Nein, keine Gewissensbisse würden das stören, was er oberflächlich betrachtet für seine Pflicht hielt, was in der Tiefe jedoch seine ureigensten Triebe befriedigte.

Die Sonne war etwas höher gestiegen. Die ersten Menschen, die Eymerich auf der Straße erblickte, waren die beiden überlebenden Terziaren. Er hatte sie fast vergessen. Sie kamen aus dem Bischofspalast und führten ein großes Banner mit sich, auf dem ein roh gezimmertes Kreuz zu sehen war, mit einem Olivenzweig auf der linken, einem Schwert auf der rechten Seite. Rundherum war die Aufschrift gestickt: *Exurge Domine et Judica causam tuam. Psalm 74.*

»Sollen wir es in den Klosterhof mitnehmen, *magister*?«, fragte einer der beiden.

»Nein. Hisst es auf dem Söller des Turms, der zwischen Hof und Kreuzgang steht. Wisst ihr, wie man hineinkommt?«

»Nein.«

»Man geht durch den rückwärtigen Teil des Klosters. Die Tür zum Turm liegt in einer Ecke des Kreuzgangs. Geht nicht durch den Hof, der ist verrammelt.«

Die jungen Männer machten sich mit ihrer Last auf den Weg. In dem Augenblick schlug es die erste Stunde. Nach und nach gingen die Fensterläden auf, und die ersten Passanten bevölkerten die Straßen. Einige grüßten Eymerich, der es vorzog, sich ins Haus zurückzuziehen.

Wenig später kam Pater Corona herunter, einen ungewissen Ausdruck im Gesicht. »Wollt Ihr mir Eure Pläne noch immer nicht verraten?«

»Besser nicht, Pater Jacinto, besser nicht.«

»Und die Katharerfamilie, die hingerichtet werden soll?«

Eymerich zuckte mit den Achseln. »Ich habe sie gestern freigelassen. Es sind nicht sie, die büßen müssen. Wie Ihr selbst gesagt habt, es sind nur arme Leute vom Land.«

Pater Corona lächelte: »Wisst Ihr, wie Ihr in Castres genannt werdet?«

»Nein.«

»Heiliger Bösewicht. Weil die Leute sich nicht im Klaren sind, ob Ihr gut oder böse seid.«

Eymerich machte eine abschätzige Handbewegung. »Bald werden sie mich überhaupt nichts mehr nennen.«

Sie aßen ein paar Stück Brot, aufgetragen von der besorgten Emersende, als Herr de Berjavel zu ihnen stieß, elegant gekleidet in eng anliegenden Hosen und mit weitem Kragen. Gemeinsam beendeten sie das bescheidene Frühstück, dann wandten sie sich zum Ausgang. Auf der Schwelle rief Eymerich die Wirtin.

»Ihr kommt unter keinen Umständen ins Kloster. Verstanden?«

»Aber in Eurer Bekanntmachung heißt es…«

»Das weiß ich auch, wie es da heißt. Doch tut, wie ich Euch sage, bleibt hier.«

»Wie Ihr befehlt«, antwortete die Frau, enttäuscht darüber, dass sie ein so wichtiges Ereignis wie eine Hinrichtung versäumte.

Die Straßen belebten sich. Obwohl es noch zwei Stunden bis zum Autodafé waren, zogen schon ganze Familien in Richtung Kloster, aufgeregt miteinander schwatzend. Kinder fehlten, die Bekanntmachung hatte sie ausgenommen; doch Alte waren dabei, einige wurden sogar auf der Bahre getragen, und ganze Scharen von Beginen, mit schweren Rosenkränzen bewehrt. Einige Getränkeverkäufer hatten schon ihre Holzlatten bei sich, aus denen sie ihren Stand zusammenbauen würden.

Vor dem Palast d'Armagnac herrschte hektisches Treiben. Der Vogt musste alle seine Soldaten zusammengerufen haben, etwa vierzig insgesamt. Jetzt waren sie dabei, mit Hilfe von Stallburschen oder Dienern aus dem Palast ihre Rüstungen anzulegen. Beim Vorbeigehen der Dominikaner knieten alle Soldaten unter großem metallischem Geklirr nieder und neigten den Kopf. Eymerich segnete sie rasch mit einem Zeichen.

»Besteht nicht die Gefahr, dass sie den vornehmen Bürgern zu Hilfe eilen, sobald sie merken, dass diese die zum Tode Verurteilen sind?«, fragte Pater Corona leise.

»Herr d'Armagnac hat mir versichert, dass sie das

nicht tun werden«, erwiderte Eymerich. »Im Übrigen habe ich die Anzahl der anwesenden Soldaten auf ein Minimum beschränkt. Sie bleiben außerhalb der Klostermauern, was auch immer geschieht.«

Herr de Berjavel, der über das Programm besser informiert war als Pater Corona, warf seinen Begleitern einen schiefen Blick zu, sagte aber nichts.

Auch das Kloster war in Aufruhr, während die Menge langsam begann, sich vor dem einzigen offen gebliebenen Zugang, dem Haupteingang, zu sammeln. Eymerich kämpfte sich bis zum Pförtnerhäuschen durch und zeigte sich dem Bruder Pförtner, der sehr aufgeregt und sehr besorgt war.

»Wie lautet Euer Befehl?«, fragte der Inquisitor

»Alle einlassen, die herbeiströmen, die ganze Menge, dann selbst hineingehen. Auf ein Zeichen von Euch hin sämtliche Fallgitter herunterlassen und die Seilwinden entfernen, wie Ihr es beim anderen Tor gemacht habt. Schließlich die Tür zum Pförtnerhäuschen mit Vorhängeschloss abschließen und den Schlüssel übers Tor hinauswerfen.«

»Passt auf, ich verfolge jede Eurer Bewegungen. Wehe, wenn Ihr meinen Befehlen zuwiderhandelt.«

»Ich werde gehorchen, aber warum das alles? Wie kommen wir hinaus?«

»Da sind die Ställe und der Ausgang zum Kreuzgang.«

»Ja, aber die sind voller Stroh.«

»Das Stroh wird beiseite geschafft.« Verschwörerisch senkte Eymerich die Stimme. »Ich habe es schon zu Pater Josserand und den anderen Mönchen gesagt. Ich fürchte einen Überfall der Katharer von außen, und ich will keine Überraschungen.«

»Aber warum wollt Ihr dann, dass ich den Schlüssel hinauswerfe?«

»Das ist mit den Soldaten von Herrn d'Armagnac so abgesprochen. Sie werden ihn an sich nehmen.«

Sobald er im Hof erschien, musste Eymerich diese Erklärungen den Mönchen gegenüber wiederholen, die sich um ihn drängten und von den ausgegebenen Befehlen verwirrt waren. Viele von ihnen waren sehr jung und kamen aus dem Kloster auf dem Sidobre. Der Inquisitor hatte einiges zu tun, um sie zu beruhigen und den Handlungen, die er von ihnen verlangte, einen Sinn zu geben. Doch es gelang ihm, den Tumult zu beschwichtigen.

Dann kam ein Mönch auf ihn zu und verkündete, dass ein Besucher nach ihm fragte.

Eymerich runzelte die Augenbrauen. Er sah Pater Corona an. »Wer kann das sein?«

»Er ist dort, hinter dem Scheiterhaufen«, sagte der Mönch und wies auf einen Punkt jenseits des Holzhaufens, der die Mitte des Hofs einnahm. »Er bittet Euch, zu ihm zu kommen.«

Mit großen Schritten machte Eymerich sich auf den Weg in die angegebene Richtung, wobei er allen auswich, die sich ihm nähern wollten. Pater Corona und Herr de Berjavel sahen, wie er auf einen Mann von kleiner Statur zutrat, in abgerissener Kleidung, der kurioserweise eine bis zum Kinn heruntergezogene schwarze Kapuze trug.

»Ob das einer der Henker ist?«, fragte der Notar.

»Das glaube ich nicht«, antwortete Pater Corona.

Sie sahen, dass Eymerich den Unbekannten auf den Söller oben auf dem Turm hinwies, wo schon das Banner mit dem rohen Holzkreuz flatterte, und dann mit weit ausholenden Gesten ringsum auf das Kloster. Der Kapuzenträger ging auf den Ausgang zu, während der Inquisitor zu seinen Gefährten zurückkehrte.

»Wer war das?«, fragte Pater Corona.

Eymerich schmunzelte. »Das werdet Ihr später sehen. Sagen wir, es ist ein Freund, der uns überraschen wollte.«

Sie machten einmal die Runde um den Hof, während die Mönche nach und nach zu beiden Seiten des Scheiterhaufens ihre Plätze einnahmen, von wo aus sie ihre Gesänge anstimmen würden. Die Logen, die für den Bischof und die Herren Nayrac bestimmt waren, und die große Tribüne, die die städtischen Würdenträger und den Kleinadel aufnehmen würde, wirkten robust und solide gebaut. Doch Eymerich achtete kaum darauf. Er ging vielmehr zu den Strohgarben an der Einfassungsmauer und befühlte sie mehrmals.

»Ich hatte befürchtet, das Öl würde trocknen«, bemerkte er. »Zum Glück ist das nicht geschehen.«

»Ich wusste nicht, dass dieses Öl das Feuer schürt«, meinte Herr de Berjavel.

»Pater Jacinto hat das Gleiche zu mir gesagt«, entgegnete Eymerich, gab jedoch keine weiteren Erklärungen.

Der Zwischenraum zwischen dem Turm und dem Refektorium war ganz mit Stroh ausgefüllt, das bis zu doppelter Mannshöhe aufgestapelt war. Sie stießen auf Abt Josserand, der diese unsinnige Konstruktion betrachtete, die ihn bei seinen gewohnten Gängen behinderte. Eymerich begrüßte den Alten mit großem Respekt, doch dann gingen sie rasch davon, ohne anzuhören, was er faselte. »Jetzt ist es Zeit, dass wir hinaufgehen und unsere Stellung einnehmen«, sagte er zu seinen Gefährten.

Sie hatten den Ausgang aus dem Hof fast erreicht, als von draußen Waffenlärm hereindrang. Ein Trupp berittener Soldaten sprengte durch das Tor, und sie sahen sich mit drohender Miene um. Mit Sicherheit waren das Söldner, etwa dreißig und bis an die Zähne bewaffnet. Einer trug ein verblichenes Banner, das einen Ginsterzweig auf rotem Feld zeigte.

Eymerich wusste, um wen es sich handelte, als er den Soldaten mit dem englischen Leoparden auf dem

Schild wiedererkannte, dem er auf dem Sidobre schon einmal begegnet war. »Sehr gut«, murmelte er. »Es sieht so aus, als hätten die Nayrac das Gros ihrer Truppen mitgebracht.«

»Das sind also die Soldaten, die die Bauern in der Umgebung abschlachten«, sagte Pater Corona.

»Ja. Seht Euch doch nur ihre Visagen an.«

Auf den Gesichtern einiger dieser Söldner schien sich besondere Grausamkeit abzumalen, verstärkt noch durch die ungepflegten und sehr langen Haare, die manchmal mit einem Band zusammengebunden oder zu Zöpfen geflochten waren. Eymerich ahnte, dass es sich um Armagnaken handelt, die brutalsten unter den Söldnern, die auf Seiten der Engländer kämpften. Aber ein Soldat erregte seine besondere Aufmerksamkeit. Er brauchte einen Augenblick, um sich zu erinnern, wo er ihn schon einmal gesehen hatte, bis ihm die Szene wieder einfiel. Das war der Mann, den er auf der Reise von Carcassonne nach Castres gesehen hatte, wie er den Fluss überquerte, in der Nähe des *ostals* des Todes.

Hinter den Söldnern kamen die Herren Nayrac, die Eymerich zum ersten Mal sah. Er hatte keine Schwierigkeiten auszumachen, wer von den beiden Guy, der Schlossherr war, und wer Armand, der Söldnerführer. Letzterer unterschied sich von seinen Männern nur durch die Vollständigkeit und den Glanz seiner Rüstung und durch die langen Pfauenfedern, die seinen Helm schmückten. Er hatte jedoch den gleichen beutegierigen Blick und den gleichen grausamen Zug um den Mund wie sie.

Bei Guy dagegen, der mit einer eleganten grünen Seidenjacke bekleidet war und einen schwarzen Umhang über die Schultern geworfen hatte, verbanden sich ungewöhnlich eindringliche Augen mit verfetteten und hängenden Gesichtszügen, die zu einem

Doppelkinn zusammenliefen. Mit dem Bruder gemeinsam hatte er das grimmige, von einer Hakennase beherrschte Profil; die Lippen dagegen waren fleischig und die Wangen voller weicher Hängefalten.

Auch ihre Frauen, die einen Augenblick später zu Fuß und umgeben von Dienerinnen und Gesellschafterinnen in den Hof traten, waren sehr verschieden voneinander. Vornehm und von extremer Blässe Guys Frau, die eine goldbestickte, blaue Pellerine über einem langen, bestickten weißen Kleid trug; rotbäckig und gewöhnlich die Frau von Armand, die mit einer unschicklichen Hosentunika aus gelber Seide bekleidet war.

Eymerich ging den Neuangekommenen mit einem Lächeln entgegen.

»Welche Freude, Eure Bekanntschaft zu machen, meine Herren. Ich bin Inquisitor Nikolas Eymerich. Ich wagte schon gar nicht mehr zu hoffen, Euch zu sehen.«

»Aber wenn Ihr uns doch eingeladen habt«, begann Armand in grobem Ton. Er wurde jedoch übertönt von Guy, der eine komplizierte Verbeugung ausführte, soweit ihm das im Sitzen auf dem Pferd möglich war. »Die Freude ist ganz auf unserer Seite, Pater Nikolas. Wir sind froh, dass in Castres endlich jemand für Gerechtigkeit sorgt. Wenn ein König schwach ist, dann ist auch seine Verwaltung schwach.«

Eymerich antwortete mit einer ebenso höflichen Verbeugung. »Der König der Kirche ist Jesus Christus, weshalb ihre Schwäche sehr eng gezogene Grenzen hat.«

»Das hängt von den Verbündeten ab, die sie sich zu schaffen weiß.« Guy de Nayrac sah sich um. »Ist auch Platz für uns da?«

Eymerich wies auf die Loge links vom Scheiterhaufen. »Die habe ich eigens für Euch herrichten lassen. Ihr werdet die Zeremonie aus nächster Nähe sehen.«

»Und mit wem müssen wir dieses Privileg teilen?«

»Nur mit Abt Josserand. Gegenüber von Euch, in der anderen Loge, wird Bischof Lautrec sein.«

»Und der Graf?«

Der Inquisitor schüttelte den Kopf. »Ich weiß nicht, ob Graf Montfort bei uns sein wird. Offenbar ist er sehr krank.«

»Das tut mir sehr leid.« Die Gesichtszüge von Guy de Nayrac hellten sich auf und straften seine Worte Lügen. »Nehmen wir gleich Platz. Ich hoffe, Euch so bald wie möglich unter vier Augen zu sprechen. Ihr wisst ja wohl, dass das Kloster vom Sidobre regelmäßig Geschenke von mir empfängt.«

»Ich weiß es und bin Euch dankbar.« Eymerich konnte nicht verhindern, dass Empörung aus seinen Augen sprach, daher verneigte er sich, um es zu verbergen.

Draußen vor dem Tor schwoll die Menge an, und der Bruder Pförtner hatte Schwierigkeiten, sie ruhig zu halten. Eymerich forderte ihn auf, sie in Schach zu halten, bis die Wachen des Vogts einträfen. Als er sah, dass die Wein- und Getränkeverkäufer begannen, vor dem Tor ihre Verkaufsbuden aufzuschlagen, ging er eilig auf sie zu; seine Gefährten konnten ihm nur mit Mühe folgen.

»Ihr solltet euch daran erinnern, dass alle Einwohner von Castres an der Hinrichtung teilnehmen müssen«, brüllte er. »Bringt eure Stände in den Hof.«

Einer der Verkäufer kam mit der Mütze in der Hand auf ihn zu. »Aber das ist doch gegen die Tradition, Pater.«

»Das ist mir gleichgültig. Gehorcht, oder ich lasse eure Ware beschlagnahmen.«

Die Verkäufer beeilten sich, seinem Befehl Folge zu leisten. Amüsiert kommentierte Pater Corona: »Christus wollte keine Händler im Tempel. Ihr macht es genau umgekehrt.«

Eymerich erwiderte nichts. Angespannter denn je, beschleunigte er seinen Schritt an den äußeren Klostermauern entlang in Richtung auf die hinteren Eingänge.

Sie bogen gerade um die Ecke der Frontmauer, als sie Herrn d'Armagnac sahen, der an der Spitze seines gesamten Gefolges eintraf. Neben ihm schritt zu Fuß der Bischof einher, mit einem breitkrempigen violetten Hut auf dem Kopf und dem Bischofsstab in der Hand. Ihm folgten ein Kanoniker, einige Diakone, vier Diener, die eine Sänfte trugen, und eine Gruppe Beginen.

Eymerich begrüßte den Vogt und bückte sich, um den Ring des Bischofs zu küssen, der zog jedoch die Hand zurück.

»Herr d'Armagnac sagt mir, Ihr habt keinen einzigen Juden verhaften lassen«, begann Monsignore de Lautrec in ärgerlichem Ton. »Habt Ihr mich etwa zum Narren gehalten?«

Der Inquisitor tat verwundert. »Aber nein, Monsignore. Hat man Euch denn nicht informiert? Graf Montfort hat sie festnehmen lassen. Sie werden gleich nach den Katharern auf den Scheiterhaufen geworfen.«

D'Armagnac wollte etwas sagen, doch ein Blick Eymerichs bremste ihn. Der Alte kehrte zu seinem üblichen Lächeln zurück.

»Sehr gut. Ich fürchtete schon, diese Mörder Christi würden ungeschoren davonkommen. Gibt es etwas, das ich tun soll?«

»Nein, Monsignore. Ich habe eigens für Euch eine Loge aufstellen lassen, rechter Hand vom Scheiterhaufen. Dort werdet ihr mit Eurem Gefolge Platz nehmen. Die Verlesung der Urteils ist Sache des Inquisitors.«

»Ich werde es mit dem größten Interesse vernehmen. Ich liebe schön gesetzte Worte.«

Diesmal ließ der Bischof sich den Ring küssen, dann ging er auf den Eingang zum Hof zu. Herr d'Armagnac hingegen blieb, umringt von seinen Offizieren.

»Der Augenblick ist also da«, sagte er mit etwas besorgter Stimme.

»Ja«, antwortete Eymerich. Mit einem Blick auf die Soldaten fragte er: »Habt Ihr Euren Männern gesagt, sie sollen ihre Familien zu Hause lassen?«

»Oh, das ist kein Problem. Sie sind fast alle aus dem Norden, und hier haben sie kaum Bindungen. Sie wissen, was sie zu tun haben.«

»Gehen wir hinauf.«

Herr d'Armagnac wandte sich an die Offiziere. »Denkt daran. Keiner darf außerhalb des Klosters bleiben außer euch. Wenn die Männer von Morlux kommen…« Er drehte sich zu Eymerich um. »Ich nehme an, Ihr habt ihn auch eingeladen.«

»Ich habe ihm eine Nachricht geschickt. Ich denke, er ist der eigentliche bewaffnete Arm der Montforts.«

»Genau. Wenn die Männer von Morlux kommen«, sagte der Vogt weiter zu seinen Offizieren, »vermeidet jeden Kontakt und geht nicht auf ihre Provokationen ein. Vergewissert euch nur, dass sie im Hof Platz nehmen. Wer bleibt im Stall?«

»Ich«, antwortete ein Unterführer.

»Gut. Behalt immer den Turm im Auge. In einem bestimmten Moment werde ich den Mantel ausziehen. Das ist das Zeichen. Im Übrigen kümmert euch nicht um das, was im Inneren des Hofs passiert. Ihr seid nur für das Äußere zuständig.«

»Euer Befehl soll erfüllt werden.«

»Los, los, gehen wir hinauf«, drängte Eymerich sehr ungeduldig.

Gefolgt von Pater Corona, dem Notar und dem Vogt ging er die Klostermauer entlang bis zur Rückseite. Ein breiter, nicht bewachter Eingang bot Zutritt zum Kreuzgang. Mit großen Schritten durchmaß Eymerich den von zierlichen Säulchen getragenen Laubengang und gelangte an die Tür zum Turm. Vier sehr steile

Treppen führten sie ins oberste Stockwerk, wo sich der Söller befand. Dort trafen sie die beiden Terziaren an, die auf die Menge hinunterschauten, und den Mann mit der tief ins Gesicht gezogenen Kapuze. Herr d'Armagnac musterte Letzteren misstrauisch.

»Wer ist der Kerl?« raunte er Eymerich zu.

»Achtet nicht auf ihn. Es ist ein Freund, der unerkannt bleiben möchte.«

Auch Pater Corona war verwundert über den Unbekannten. Er machte ein paar Schritte in seiner Richtung, doch der andere drehte sich zur Wand und gab zu verstehen, dass er nicht belästigt werden wollte. Der Dominikaner zuckte mit den Achseln und trat an die Brüstung, wo Eymerich mit fast fiebrigen Augen in den Hof hinuntersah.

Es dauerte zwei Stunden, bis die gesamte Einwohnerschaft von Castres auf diesem engen Raum Platz gefunden hatte, der nur knapp ausreichte, um sie zu fassen. Die Getränkeverkäufer mussten darauf verzichten, ihre Verkaufsstände aufzubauen, so groß war das Gedränge, und beschränkten sich darauf, mit Flaschen beladen in der Menge umherzugehen. Großen Aufruhr verursachte das Eintreffen der Vertreter der Zünfte, die mit ihren Bannern Einzug hielten und sofort Ehrenplätze beanspruchten. Sie beruhigten sich erst, als ihre angesehensten Vertreter eingeladen wurden, auf der Tribüne für die Honoratioren Platz zu nehmen, neben Ärzten, Advokaten, Kaufleuten und den Besitzern der größten Werkstätten.

Mit Genugtuung bemerkte Eymerich, dass die Zunft der Färber, die von allen die zahlenmäßig stärkste war und sich durch die rote Schärpe auszeichnete, die ihre Mitglieder um die Taille trugen, nicht dem Beispiel der anderen gefolgt war, sondern sich zu Füßen der Bürgertribüne versammelte. Unruhig suchte er den jungen Vollkommenen, und er zuckte zusammen, als er seinem strengen Blick begegnete, der auf ihn gerichtet war. Erst da beruhigte er sich etwas, obwohl die fiebrige Anspannung ihn weiterhin im Griff hatte.

Andere Zünfte kamen mit ihren Bannern und psalmodierten laut Gebete; dann folgten Bettler, Vagabunden, Prostituierte, Lastträger, mehr oder weniger falsche Krüppel und zwielichtiges Gesindel, die sich alle in der Menge verteilten. Gemeinsam mit ihnen kam auch der eine oder andere Bauer in grober Arbeitskleidung. Doch vom größten Lärm begleitet war das Eintreffen der Söldner von Hauptmann Morlux, etwa fünfzig an der Zahl, die sich in die Menge warfen und Entsetzensschreie und ein allgemeines Durcheinander auslösten bei denen, die den Hufen ihrer Pferde ausweichen wollten.

Der Hauptmann sah erstaunt zu dem Turm, dann machte er sich auf die Suche nach einem Platz. Er warf einen herausfordernden Blick auf die Loge der Nayracs, ging rechts am Scheiterhaufen vorbei und erreichte den Bischof, der auf einem breiten Sessel saß. Er stieg vom Pferd und stellte sich ostentativ neben ihn, während seine Männer hinter ihm Aufstellung nahmen und dabei das Volk in Richtung Hofmauern zurückdrängten.

Herr d'Armagnac wies auf die Tribüne der Honoratioren. »Das wären also die *masc*. Aber seid Ihr sicher, dass nicht auch Unschuldige darunter sind?«

Eymerich antwortete mit düsterer Stimme, ohne den Blick vom Hof abzuwenden: »Auch in Libna und Laschisch hat es Unschuldige gegeben. Und doch hat Josua sie zerstört und alles, was darin lebte, mit scharfem Schwert erschlagen.«

Pater Corona schauderte und sah ihn entsetzt an. Vielleicht waren ihm zum ersten Mal Zweifel an der geistigen Gesundheit des Inquisitors gekommen.

Die Menge, die in der prallen Sonne litt, blickte oft

zum Turm herauf. Häufiger jedoch sah sie zum Eingangstor, von woher die Verurteilten kommen mussten. Doch es kam niemand, und die Anspannung der Wartenden wurde unerträglich.

Eymerich wartete noch etwas, um sicher zu sein, dass die gesamte Einwohnerschaft, mit Ausnahme der Kleinkinder, der Schwerkranken und ein paar Widerspenstiger versammelt war. Schließlich gab er den Mönchen ein Zeichen, die unter der Loge des Bischofs in zwei Reihen aufgestellt waren, unter dem Druck der Menge jedoch immer wieder aus ihrer Formation gerieten. Da erhob sich zunächst mit unsicheren Stimmen, nach und nach aber immer mächtiger ein Chor im getragenen Rhythmus, schlicht und schauerlich:

> Dies irae, dies illa
> Solve saeculum in favilla:
> Teste David cum Sybilla.
>
> Quantus tremor est futurus,
> Quando Iudex est venturus,
> Cuncta stricte discussurus…

Das Volk glaubte, der Gesang wäre der Auftakt zur Hinrichtung, auch wenn man keine Henker sah, und gespannte Aufmerksamkeit machte sich breit. Doch Eymerich hatte andere Pläne. Er sah zum Eingang des Hofes, wo der Bruder Pförtner die Augen auf ihn gerichtet hielt, und legte die Hand an die Stirn. Der Mann verschwand zusammen mit zwei Mönchen im Pförtnerhäuschen, und einen Augenblick später rasselten die Fallgitter eins nach dem anderen herunter. Der Lärm wurde vom Gesang übertönt, der nun seine volle Lautstärke erreicht hatte, und nur die ganz dicht beim Ausgang standen, sahen sich erstaunt um. Dann tauchte der Pförtner wieder auf, eine schwere Seilwinde in Händen, die er dem Inquisitor zeigte. Er zog einen Schlüssel aus der Kutte, hob ihn gut sichtbar in die Höhe und warf ihn über das Gitter hinaus. Eymerich nickte zustimmend.

»Ist es soweit?«, fragte Herr d'Armagnac.

»Ja, es ist soweit.«

In diesem Moment hörte der Gesang auf. Eymerich umklammerte mit beiden Händen das Geländer des Balkons und richtete sich zu voller Größe auf. »Volk von Castres!«, brüllte er.

Er konnte die Aufmerksamkeit der Menge nicht gleich gewinnen. Viele hatten die Schließung der Tore bemerkt, und es gab eine Bewegung in diese Richtung.

»Volk von Castres!«, wiederholte Eymerich. Dann lauter: »Im Namen des Vaters, des Sohnes und des Heiligen Geistes!«

Wie er vorhergesehen hatte, bekreuzigten sich alle, auch die von der Schließung des Hofes Beunruhigten. Tausende von Augen richteten sich auf den Turm.

Der Erfolg der Maßnahme beschwichtigte etwas das wachsende Beben, das Eymerich in sich verspürte und das in seiner Intensität fast schmerzlich war. Er sprach mit festerer Stimme.

»Wir, Nikolas Eymerich, Inquisitor von Gottes Gnaden, rufen den allerheiligsten Namen Unseres Herrn Jesus Christus an, der glorreichen Jungfrau Maria sowie Unseres Schutzpatrons, des Märtyrers und Heiligen Petrus, und verlesen das von uns verhängte Urteil, das Wir direkt aus der Heiligen Schrift ableiten.«

Dieser Anfang war derart ungewöhnlich, dass die Menge verstummte. Tiefe Stille senkte sich herab, unterbrochen nur von vereinzeltem Pferdegewieher.

Eymerichs Beben verwandelte sich in wilde Erregung. Er spürte, wie ihm das Blut in den Kopf schoss, während seine Muskeln krampfhaft zuckten. Er reckte sich noch mehr in die Höhe und rezitierte:

»Da ging Lot hinaus und redete auf seine Schwiegersöhne ein, die seine Töchter heiraten wollten, und sagte: ›Macht euch auf, und verlasst diesen Ort; denn der Herr will die Stadt vernichten.‹ Aber seine Schwiegersöhne meinten, er mache nur Spaß.«

Erstauntes Raunen lief durch das Volk. Unbeirrbar und konzentriert, fuhr Eymerich fort, nach und nach lauter werdend:

»Als die Sonne über dem Land aufgegangen und Lot in Zoar angekommen war, ließ der Herr auf Sodom und Gomorrha Schwefel und Feuer regnen. Er vernichtete von Grund auf jene Städte und die ganze Gegend, auch alle Einwohner der Städte und alles, was auf den Feldern wuchs. Abraham schaute gegen Sodom und Gomorrha und auf das ganze Gebiet im Umkreis und sah: Qualm stieg von der Erde auf wie der Qualm aus einem Schmelzofen.«

Die letzten Worte waren ein Schrei. Dann, während das Volk verwundert schwieg, suchte Eymerich mit den Augen den jungen Katharer und erhob die Faust zum Himmel.

Das war das Zeichen. Die Färber sammelten sich um ihren Zunftmeister und wichen in Richtung auf die Honoratiorentribüne zurück. Man sah, wie die Tribüne ins Wanken geriet, während die darauf Sitzenden aufschrien und versuchten, sich am Holzgeländer festzuhalten.

Doch die Tribüne fiel nicht auf den Scheiterhaufen, wie Eymerich dem jungen Mann erzählt hatte. Sie kippte vielmehr auf den dahinter gelegenen Stall; das Krachen des berstenden Holzes wurde sofort übertönt von den Schreien der Betroffenen.

In diesem Moment zog Herr d'Armagnac seinen Mantel aus und schwang ihn durch die Luft. Er vergingen ein paar Sekunden, dann loderte im Stall eine Flamme auf und fraß sich durch das dort aufgestapelte Stroh. Die Schreie derer, die zwischen den Brettern der

Tribüne eingeklemmt waren, wurden lauter und schriller, während hohe Flammen aus dem Gebäude nach oben schlugen und das Holz erfassten. Doch das war nur der Anfang. Im nächsten Augenblick breitete sich das Feuer mit lautem Geprassel im Stroh an den Wänden entlang aus.

Pater Corona stieß einen Schrei des Entsetzens aus. In einem Augenblick verwandelte der Hof sich in eine Hölle, aus der zweitausend Menschen, trampelnd und blind in alle Richtungen rennend, einen Ausweg suchten. Die Schreie waren so laut, dass sie ein einziges schauerliches Stöhnen bildeten, das alle anderen Geräusche übertönte.

Sehr bleich, starrte Eymerich wie gebannt auf den kollektiven Scheiterhaufen, den er mit so viel Sorgfalt vorbereitet hatte. Bruchstückhafte, grauenhafte Bilder drangen zu ihm. Die Gruppe der Färber, die die Tore zu erreichen suchte, wurde schließlich gegen diese gequetscht. Eine Mutter, die zwei Kinder vor sich hertrieb, stürzte in das brennende Stroh. Scheuende Pferde warfen ihre Reiter ab und trampelten die Menge nieder. Guy de Nayrac fiel von seinem Logenplatz, mitgerissen von der Bewegung der Flüchtenden. Einige Mönche kletterten auf einen Holzstapel, um sich in Sicherheit zu bringen. Der junge Vollkommene schickte einen Blick voller Hass und Verzweiflung zum Turm hinauf, bevor er zu Boden geworfen wurde.

»Der Bischof! Wir müssen den Bischof retten!«, schrie Pater Corona und packte Eymerich am Arm.

Da hingegen trat der unbekannte Fremde vor und warf die Kapuze zurück. »Nein. Lasst ihn, wo er ist. Er ist genauso schuldig wie die anderen.«

»Pater de Sancy!«

Der alte Prior warf dem Dominikaner einen strengen Blick zu, dann sah er wieder in den Hof hinunter.

Das ölgetränkte Stroh hatte angefangen, dichten

Rauch zu entwickeln, der in großen, rußgeschwängerten Schwaden aufstieg. In Flammen gehüllte Leiber liefen umher, verbrannte Glieder wirbelten durch die Luft. Ein unerträglicher, beißender Geruch stieg vom Hof auf, zusammen mit Wirbeln von verbrannten Stofffetzen. Das Gebrüll war unbeschreiblich.

Eymerich sah weiter mit gebanntem Blick auf das Inferno zu seinen Füßen. Er sah Monsignore Lautrec unter den Trümmern seiner Loge verschwinden, während Hauptmann Morlux sich wie besessen auf die Beine schlug, um das Feuer zu löschen, das seine Hosen erfasst hatte. Er sah den Färber Robert schreien, dass er sich die Kinnlade ausrenkte. Er sah, wie das Volk auf dem Scheiterhaufen Sicherheit suchte, obwohl er von unten her begonnen hatte, Feuer zu fangen.

Dann erfasste das Feuer die Schnüre, die den Scheiterhaufen in seinem labilen Gleichgewicht hielten. Große Holzscheite machten sich los, polterten brennend herunter und überrollten die, die hinaufzuklettern versuchten. Der ganze kunstvoll aufgeschichtete Scheiterhaufen fiel wie ein Kartenhaus in sich zusammen und legte seinen Kern aus jungem Holz bloß. Als das Feuer diesen erfasste, erhob sich eine schwarze Rauchwolke, die sich mit der des verbrannten Strohs vermischte.

»Gehen wir!«, sagte Herr d'Armagnac hustend.

Obwohl ihm die Augen tränten, wollte Eymerich noch einen letzten Blick hinunterwerfen. Eine einzige Rauchwolke lag über dem Hof und stieg darüber zu einer sehr hohen Säule auf, aus der die Funken stoben. Die Schreie waren leiser geworden, Ächzen und Stöhnen waren an ihre Stelle getreten, die insgesamt einen leisen, gleich bleibenden Ton ergaben, ähnlich wie das Jammern des Windes. Wer sich vor dem Feuer hatte retten können, der starb nun an Erstickung.

Es war wirklich Zeit zu gehen. Sie eilten die Treppe

im Turm hinunter, dessen Wände sich zu erhitzen begannen. Man bekam kaum Luft. Als sie in den Kreuzgang hinaustraten, wurden sie von einem Ascheregen empfangen; die Rauchsäule stieg bis zum Himmel auf und verfinsterte ihn.

Sie machten erst Halt, als sie ganz aus dem Kloster draußen waren. Dann sahen sie sich ins Gesicht. Eymerich war schweißüberströmt, und seine Augen flackerten noch immer in dem Fieber, das von ihm Besitz ergriffen hatte. Die anderen waren alle sehr blass. Die beiden Terziaren schienen einer Ohnmacht nahe und stützten sich gegenseitig, als ob ihre Beine sie nicht tragen würden. Padre Corona zitterten die Lippen, als ob er etwas sagen wollte und ihm das nicht gelänge. Herr d'Armagnac versuchte seinen Kragen zurechtzurücken, doch die Hände gehorchten ihm nicht. Berjavel schaute mit leerem Blick um sich, noch ganz erfüllt von dem grauenhaften Schauspiel, das er eben gesehen hatte.

Nur Pater de Sancy hatte sich, obwohl auch er bewegt war, eine gewisse Selbstbeherrschung bewahrt. »Kniet nieder«, befahl er.

Die anderen gehorchten mechanisch. Der alte Prior erteilte ihnen mit raschen Bewegungen seiner schmalen Hände die Absolution. Dann setzte er hinzu: »Ihr habt den Willen Gottes getan. Diese Stadt ist gereinigt worden. Schmerzhaft, aber notwendig. Pater Nikolas hat weise gehandelt. Nun erhebt euch und denkt daran, dass aus dieser Asche ein neues Castres entstehen wird, das den Geboten Unseres Herrn gehorcht.«

Alle standen wieder auf, eine gewisse Erleichterung im Gesicht. Nur Pater Corona war noch völlig erschüttert, doch er fand die Kraft, das nicht zu zeigen.

Eymerich fühlte sich sehr müde, als ob er eine kurze aber heftige Krankheit durchgemacht hätte. Er musste seine Energiereserven zu Hilfe rufen. »Gehen wir«, murmelte er. »Unser Auftrag ist noch nicht erfüllt.«

Sie kehrten zur Vorderseite des Klosters zurück. Die Soldaten des Vogts scharten sich vor den herabgelassenen Fallgittern zusammen und betrachteten erschüttert die riesige schwarze Wolke, die am Himmel stand und die Sonne verfinsterte wie das Vorzeichen eines Sturms. Rings um sie drängten sich ängstlich die wenigen Einwohner der Stadt, die aus dem einen oder anderen Grund der Bekanntmachung nicht Folge geleistet hatten und dem Massaker entgangen waren. Viele von ihnen weinten hemmungslos und riefen ihre Angehörigen auf der anderen Seite der Mauer. Andere schienen den Verstand verloren zu haben und starrten mit glasigem, ausdruckslosem Blick auf die Tore. Der Stall brannte lichterloh, das Feuer warf seinen gelben Widerschein auf den dunklen Boden.

Herr d'Armagnac musste einen seiner Offiziere beim Ärmel packen, um sich Gehör zu verschaffen. »Hauptmann! Ruft Eure Männer zusammen und folgt mir!«

»Aber wir... ich...«

»Hauptmann!«

Es dauerte einige Zeit, doch schließlich war es möglich, die Soldaten zu sammeln und aus ihrer Benommenheit zu reißen. Pater de Sancy erteilte auch ihnen die Absolution; noch einmal tat das seine Wirkung und richtete die Seelen etwas auf. Dann gab Herr d'Armagnac seine Befehle. Pferde wurden gebracht, Eymerich, der Vogt, der Prior, der Notar und Pater Corona stiegen auf. Letzterer hatte den Schock wohl überwunden, doch er trug noch immer einen Zug heftigsten Schmerzes im Gesicht. Sie entfernten sich von dem brennenden Kloster, gefolgt von den Soldaten. Zurück ließen sie die beiden Terziaren, die sich bemühten, die kleine verzweifelte Menge zu trösten, die auf die Tore starrte und nach Schreien lauschten, die verstummt waren.

Es war ein schweigsamer Ritt durch verlassene Straßen, auf die sich in Wirbeln der Ruß herabsenkte. Als sie an dem Palast Nayrac vorbeikamen, näherte Pater de Sancy sich Herrn d'Armagnac. »Das gehört jetzt alles Euch.«

»Ihr hinterlasst mir eine Totenstadt«, bemerkte der Vogt finster.

Eymerich, der das gehört hatte, hielt sein Pferd an. »Die Bauern werden sie wieder bevölkern. Die einzigen, die ohne Schuld sind.«

Dann gab er seinem Pferd die Sporen und setzte sich an die Spitze des kleinen Zuges.

In der Schlucht, die der Fluss Agout durch die Felsen des Sidobre grub, waren diesmal keine Wachposten zu sehen. Es war höchst unwahrscheinlich, dass Hauptmann Nayrac mit allen seinen Leuten in die Stadt gekommen sein sollte. Wahrscheinlicher war, dass die auf der Hochebene zurückgebliebenen Soldaten sich ohne ihre Offiziere nicht in der Lage fühlten, es mit den Leuten des Vogts aufzunehmen, und sich daher lieber versteckt hielten.

Der Ritt ging also ungehindert weiter, unter einer Sonne, die wieder sengend heiß herabbrannte, während in der Ferne hinter den Reisenden eine schauerliche Rauchsäule in den Himmel wies und anzeigte, dass der Brand im Kloster noch immer nicht erloschen war.

Als sie Burlats erreichten, musste bis zur neunten Stunde wenig fehlen, und doch verspürte niemand Appetit oder das Bedürfnis umzukehren. Es waren keine Mönche zu sehen. Wenn jemand hier geblieben war, musste er auf einen Felsen geklettert sein, um die rußige Rauchwolke zu betrachten, die den Horizont verfinsterte. An dem großen Kloster in dem Kastanienwäldchen standen Türen und Tore sperrangelweit offen; es schien verlassen.

Gefolgt von seinen Begleitern und den Soldaten,

ritt Eymerich direkt auf das Haus von Adelaide de Toulouse zu, das nach dem Vorbild alter Römerhäuser gebaut war. Auf der Wiese davor stand ein gedeckter Wagen. Unweit davon grasten zwei Mulis und ein prachtvolles Pferd ohne Zaumzeug.

Eymerich stieg aus dem Sattel, seine Gefährten taten es ihm nach. Er übergab die Zügel einem der Offiziere.

»Bleibt hier draußen. Falls sich jemand nähern sollte, kommt hinein und gebt uns Bescheid.«

»Ja, Pater.«

Der Inquisitor betrachtete die kräftigen Züge des Soldaten und suchte nach Spuren der Erschütterung. Doch er konnte keine entdecken.

»Noch etwas. Sucht unter Euren verlässlichsten Männern fünf aus, die am wenigsten müde sind. Wenn wir herauskommen, müssen sie sofort aufbrechen. Ihr werdet sie begleiten, wenn Ihr das wollt.«

Der Offizier zuckte mit den Achseln. »Ich bin nicht mehr jung, aber noch kräftig. Darf ich Euch fragen, wohin die Reise geht?«

»Nach Marseille, in weniger als zwei Tagen. Ihr werdet zwei Personen begleiten.«

»Zählt auf uns.«

Eymerich ging auf die Eingangstür des Hauses zu, gefolgt von Pater de Sancy, Pater Corona, dem Vogt und dem Notar. Die Tür stand weit offen. Sie kamen in einen Vorraum, der durch ein wunderbares Fenster in fein zisellierter Marmoreinfassung sein Licht empfing. Der einzige Wandschmuck war die plumpe Darstellung einer dicken, grünen Schlange, die sich in den Schwanz biss. Darunter stand geschrieben: *A te pater et per te mater, duo immortalia nomina, aevorum sator, civis coeli, inclyte homo.*

Pater de Sancy sah Eymerich fragend an. Der Inquisitor hatte keine Lust, sich in Erläuterungen zu ergehen, dennoch erklärte er:

»Für die Naassener ist Gott Vater und Mutter zugleich. Und die Schlange ist die des Moses, die vor Bissen schützt. Sie ist ihr Erkennungszeichen.«

Eilig ging er auf eine kleine Tür im Hintergrund des Raums zu und überschritt die Schwelle.

Sie befanden sich in einem quadratischen Hof, eingefasst von einem Laubengang mit einer Reihe von Säulen. In der Mitte des Hofes kauerte bei einem kleinen Becken Corinne de Montfort und schluchzte. Neben ihr stand reglos, die Arme verschränkt und finster, Piquier. Zwischen den beiden der skeletthaft dürre Körper Sophies, den Kopf über das Becken gebeugt und von heftigen Zuckungen erschüttert. Ihr Kopf verschwand völlig hinter dem Rand, und dabei gab es ein unangenehmes Geräusch, wie ein regelmäßiges Schlürfen.

Eymerich trat mit zwei Schritten näher, doch dann wandte er sofort den Blick ab. »Mein Gott! Was macht sie?«

»Seht Ihr das nicht? Sie trinkt.« Piquiers Stimme klang frech, fast höhnisch. »Los, habt doch den Mut, seht es Euch an.«

Eymerich warf ihm einen hasserfüllten Blick zu, dann sah er wieder auf die Szene, die sich zu seinen Füßen abspielte. Sophie hatte sich wie eine große Spinne an das kleine Brunnenbecken geklammert, das zur Hälfte mit dickem, dunklem Blut gefüllt war. Ab und zu hob sie den Kopf, dann tauchte sie ihn mit tierischer Gier wieder in die Flüssigkeit, wobei sie an sämtlichen Gliedern bebte. Das weiße Hemd, das sie trug, war bis zur Taille rot verschmiert.

»Das ist zu viel!«, schrie Herr d'Armagnac zu Piquier gewandt. Die anderen waren zu bestürzt und brachten kein Wort hervor. »Holt sie weg da! Tut etwas!«

»Oh, sie ist fast fertig.«

Außer sich, packte der Vogt Corinne am Arm und

schüttelte sie mit aller Macht. »Haltet sie auf, sage ich Euch! Oder ich töte sie mit meinen eigenen Händen.«

Die Frau hob das von Tränen überströmte Gesicht. »Es ist nicht ihre Schuld! Sie muss es tun, es ist stärker als sie.«

In dem Augenblick hörte Sophie auf zu trinken. Sie hob ihr schauerliches, von Blut triefendes Gesicht und schlug mehrmals mit den Lidern ihrer blauen Augen. Dann stand sie mit großer Mühe auf, jedes Glied einzeln aufrichtend.

Zu seiner großen Überraschung entdeckte Eymerich, dass er ein Gefühl tiefen Mitleids mit dieser gequälten Kreatur empfand, die, um zu leben, gezwungen war, anderen das Leben zu rauben. Jetzt, da sie versuchte, sich aufzurichten, wirkte sie wie ein extrem zerbrechliches Ding, nicht ohne eine gewisse Grazie. Man fühlte sich an ein Vögelchen erinnert, dem man die Federn ausgerupft und unter seiner durchscheinenden Haut die Glieder gebrochen hat.

Er bemerkte, dass Pater Corona das Gleiche empfinden musste wie er. Er sah, wie er zu Sophie hintrat, ihr beim Aufstehen behilflich war und ihr mit dem Saum des Umhangs das Gesicht abwischte.

»Sie ist nicht bei Sinnen, solange wir auf dieser Höhe bleiben«, erklärte Corinne. »Und wenn wir ins Tal zurückkehren, wird sie sich an nichts mehr von all dem erinnern, was vorgefallen ist.«

Eymerich sah sie an, dann fixierte er Piquier. Da schwand das Mitleid, und Groll erregte wieder seine Nerven.

»Du elender Hund!«, brüllte er. »Noch nie habe ich einen Dämon gesehen, der dir gleichkäme!«

Piquier ließ sich nicht aus der Ruhe bringen. »Es gibt einen, und das seid Ihr selbst«, erwiderte er kalt. »Ihr habt die Gräfin dazu gebracht, ihren Mann zu ermorden, damit Sophie das Blut ihres Vaters trinkt. Leugnet es, wenn Ihr könnt!«

Herr d'Armagnac sah Eymerich erstaunt an. »Ist das wahr?«

»Ja, und er hat sehr gut daran getan.« Pater de Sancy war vorgetreten. Er wies auf die Säulen des Laubengangs. »Seht ihr diese Ketten? Wer weiß, wie viele Unschuldige in diesem Hof den Augenblick erwartet haben, in dem sie abgeschlachtet wurden. Die Männer von Armand de Nayrac brachten nicht nur Blut, sondern auch Gefangene.« Es sah Corinne an. »Stimmt's?«

Die Frau schlug die Augen nieder. »Das stimmt.«

»Also ist es besser, dass das Mädchen einmal das Blut eines wirklichen Ungeheuers wie seines Vaters getrunken hat. Doch kommen wir zu den konkreten Dingen. Wie lautet Euer Urteil, Pater Nikolas?«

Eymerich runzelte die Stirn und verschränkte die Arme.

»Das ist nicht das Urteil, das ich eigentlich hätte sprechen müssen. Die Gräfin Montfort hat eingewilligt, sich in den Dienst der Kirche zu stellen, freilich unter bestimmten Bedingungen, die ich akzeptieren musste. Ich verurteile daher Sophie de Montfort und ihren Mann wegen Ketzerei und anderer Verbrechen zum Exil im Heiligen Land, bis ans Ende ihrer Tage.«

Corinne stieß einen Schrei aus. »Im Heiligen Land? Aber da stirbt Sophie! Ich flehe Euch an, lasst mich mit ihr gehen.«

»Ihr wisst, was unsere Abmachung war. Lasst mich nicht daran erinnern, dass Ihr Komplizin all dieser Ungeheuerlichkeiten wart.«

»Die Gräfin hat Recht«, sagte Piquier verwundert. »Wo soll ich im Heiligen Land Blut finden, um meine Frau am Leben zu erhalten?«

Eymerich zuckte mit den Achseln. »Das ist Euer Problem. Ihr tauscht ihr Blut gegen das von Sarazenen oder Mohren aus.« Er wurde lauter: »Wenn ich jedoch erfahren sollte, dass sie im Heiligen Land noch Christenblut trinkt, werde ich Euch dort unten zu belangen wissen und Euch endlich die Strafe auferlegen, die Ihr verdient habt. Das schwöre ich bei Gott.«

Piquier starrte ihn an und sagte nichts.

»Und jetzt gehen wir«, fuhr Eymerich fort. »Die Soldaten erwarten euch, um euch nach Marseille zu begleiten, wo ihr euch einschiffen werdet.«

Alle verließen das Haus, Sophie gestützt von ihrer Mutter und von Pater Corona. Auf dem Platz vor dem Haus wartete der Offizier, umgeben von den Männern, die er ausgesucht hatte. Eymerich übergab ihm ein Billett.

»Ihr werdet Piquier und Sophie de Montfort auf diesem gedeckten Wagen nach Marseille begleiten. Dort angekommen, bringt ihr sie zum Superioren der Viktoriner und übergebt ihm dieses Schreiben. Es ist auch der Passierschein für euch.«

Er sah dem alten Soldaten in die Augen. »Wenn die Gefangenen Euch entfliehen oder sonst etwas passiert, steht Ihr mit Eurem Leben dafür ein.«

»Ganz wir Ihr befehlt.«

Corinne umarmte ihre Tochter, die noch Opfer ihrer Krise war, und mischte ihre Tränen unter das Blut, welches das Hemd des Mädchens befleckte. Eymerich und Pater de Sancy betrachteten die Szene, hielten sich aber auf Distanz.

»Seid Ihr sicher, dass diese Frau einwilligt, Jehan de Blois zu heiraten?«, fragte der Prior mit einigem Zweifel in der Stimme.

»Sie weiß, dass Sophies Leben in unseren Händen ist. Sie wird alles tun, was wir von ihr verlangen.«

Wenig später wurde Sophie in den Wagen gehoben; Piquier stieg zu ihr. Als die Maultiere eingespannt waren, setzte sich der Konvoi in Bewegung, der Offizier vorneweg und die fünf Soldaten als Eskorte. Eymerich wartete ab, bis er außer Sichtweite war, dann ging er zu seinem Pferd, während Herr de Berjavel Corinne behilflich war, hinter einem der Wachsoldaten aufs Pferd zu steigen.

Im Laufschritt kehrte der Notar zu seinem Pferd zurück. »Soll ich ein Protokoll über die Ereignisse von heute aufsetzen?«, fragte er, während er neben Eymerich durch die Schlucht des Agout ritt.

»Nein«, sagte Pater de Sancy, der gleich hinter ihnen war. »Besser, es bleibt keine Spur von diesen Ereignissen, außer in unserem Gedächtnis. Herr d'Armagnac!«

»Sprecht.«

»Zu Euren neuen Aufgaben als königlicher Beamter wird es gehören, dafür zu sorgen, dass kein Chronist die Kunde vom Scheiterhaufen von Castres weitergibt.«

»Das wird wohl etwas schwierig sein«, murrte der Vogt. »Die Stadt hat keine Einwohner mehr.«

»Das wird nicht lange dauern, Ihr werdet sehen. Und die neuen Einwohner können vorerst nicht lesen und schreiben.«

Eymerich, der vorneweg ritt, angespannt und mit gerunzelter Stirn, verlangsamte die Gangart seines Pferdes, bis er neben dem Prior war.

»Meine Mission ist beendet. Wenn Ihr gestattet, würde ich gerne nach Saragossa zurückkehren.«

»Auf keinen Fall.« Ein verschmitztes Lächeln überstrahlte das faltige Gesicht von Pater de Sancy. »Der Heilige Vater verlangt nach Euch. Er will Euch in zwei Tagen in Avignon sehen und vielleicht auch ein Weilchen dort festhalten.«

»Aber ich bin doch bestimmt nicht der Mensch für ein Leben am päpstlichen Hof.«

»Oh, darum geht es auch nicht. Niemand will Euch

aus dem Amt entfernen, das Ihr in Aragón bekleidet. Trotzdem, der Papst meint, der Zeitpunkt sei gekommen, die Verfahrensweisen der Inquisition in einer Art Handbuch niederzulegen, das der Willkür Grenzen setzt und die Pflichten genau festlegt. Er suchte nach einem Juristen, und ich habe mir erlaubt, Euren Namen zu nennen. War das falsch?«

Eymerich dachte einen Augenblick lang nach. »Nein, das war nicht falsch«, sagte er dann. »Und was macht Ihr aus dem Tribunal von Castres? Wollt Ihr es auflösen?«

»Nein, sicher nicht. In der Stadt ist die Ketzerei vorerst beseitigt, aber Ihr werdet sehen, sobald die Bevölkerung wieder zunimmt, kehrt sie zurück. In dieser Gegend scheint das eine Art Seuche zu sein. Pater Jacinto ist der richtige Mann, sie auszurotten, jetzt, da er Euer Schüler geworden ist.«

Bei dieser Bezeichnung schauderte Pater Corona. Er trieb sein Pferd an und kam nach vorne. »Verzeiht, aber ich bin nicht sicher, ob ich die Methoden von Pater Nikolas in allen Punkten gutheißen kann.«

Der Prior sah ihn streng an. »Wichtig sind nicht die Methoden, wichtig ist das Prinzip«, sagte er mit Nachdruck. »Jedes Mittel ist billig, wenn das Ziel die Vorherrschaft der Kirche ist. Ist das richtig gesagt, Pater Eymerich?«

Der Inquisitor nickte finster. »Die Idee der Freiheit muss aus den Köpfen getilgt werden. Bevor uns das nicht gelungen ist, darf uns das Blut nicht kümmern, das zu vergießen wir gezwungen sind. Der Körper zählt wenig, wenn das Seelenheil auf dem Spiel steht.«

Pater Corona wollte etwas erwidern, doch in dem Moment rief Herr de Berjavel aus: »Hört doch nur! Der Wind!«

In der Tat erhob sich zum ersten Mal nach Monaten

der Dürre ein frischer Wind, der zwischen den Felsen pfiff und trockene Blätter durch die Luft wirbelte. Weiter unten in der Ebene des Agout zerstoben die letzten Rauchwolken. Eymerichs Schatten auf dem Granit war sehr lang, er wirkte wie ein erhobener Zeigefinger, der auf dieses Tal des Todes wies.

KAPITEL XV

Die Maske des Roten Todes

Seit fast einem Jahr wütete der Rote Tod in den Vereinigten Staaten. Es war die verheerendste und furchtbarste Epidemie aller Zeiten. Blut war ihr Zeichen und ihr Siegel, das Rot und das Grauen des Blutes.

Die Krankheit manifestierte sich mit heftigen Schmerzen, gelblicher Hautfarbe, Fieber und Schwäche. Dann schwollen die Blutgefäße an, und es kam zu Thrombosen. Das Blut verbreitete sich überall unter der Haut, bis die Blutgefäße im Hirn platzten und der Patient starb. Ausbruch, Fortschreiten und letales Ende der Krankheit spielten sich im Verlauf von wenigen Stunden ab, außer man nahm unentwegt Transfusionen vor. Doch die Kranken waren zu viele, und nicht verseuchtes Blutplasma war von Anfang an rar gewesen.

Die Ursache der Epidemie war bekannt. Im letzten Jahr hatte die Luftverschmutzung durch fossile Brennstoffe und Industrieabgase drastisch zugenommen, und der Sauerstoffgehalt in der Luft war zurückgegangen. Die latent schlummernde Erbanlage zu der Krankheit, die nur durch eine Verringerung des Sauerstoffgehalts in der Luft aktiviert werden konnte, war so zum Leben erweckt worden und hatte sich mit unerhörter Geschwindigkeit ausgebreitet. Eine grauenhafte Überraschung war die Feststellung gewesen, dass mehr als siebzig Prozent der Amerikaner, meist ohne ihr Wissen, das anomale Hämoglobin, auf dem das Übel beruhte, im Blut trugen.

Präsident Prosperous Doyle war jedoch ein optimistischer und vorausschauender Mann. Die republikanische Regierung unter seiner Führung hatte mit Nachdruck die Lockerung sämtlicher Umweltschutzbestimmungen betrieben, mit dem Argument, dass sie die wirtschaftliche Entwicklung behinderten. Als die Epidemie sich auszubreiten begann, war Doyle, der kein leichtfertiger Politiker war, die Dramatik der Lage augenblicklich klar gewesen. Doch getreu seinem Image als tatkräftiger Mann, wollte er sich von der Notlage nicht unter Druck setzen lassen und keine drastischen Maßnahmen ergreifen, die ihm die Sympathien jener *middle class* verscherzt hätten, die ihn an die Macht gebracht hatte.

Als das Land anfing, sich unter den Schlägen des Roten Todes zu entvölkern, versammelte Doyle fünfhundert gesunde und kompetente Mitarbeiter um sich und richtete einen Krisenstab ein, der Tag und Nacht an der Arbeit war. Mit ihnen und deren Familien zog er sich dann ins Weiße Haus zurück, das entsprechend sterilisiert und mit den erforderlichen Sauerstoffreserven versehen worden war. Türen und Fenster wurden versiegelt, ein Militärkommando überwachte die äußeren Tore. Ein einziger, luftdichter und mit Sterilisationskammern versehener Eingang war den wenigen Besuchern vorbehalten, die von Mal zu Mal eintrafen.

Die Gruppe machte sich mit Enthusiasmus ans Werk, obwohl die Nachrichten von draußen immer besorgniserregender wurden. Ärzte, Psychologen, Militärs, Techniker und Kommunikationswissenschaftler mussten tagtäglich zu Versammlungen zusammenkommen und durften unter gar keinen Umständen das Gebäude verlassen. Die Drastik dieser Maßnahme erklärte sich dadurch, dass nicht nur genetisch einwandfreie Personen hatten ausgewählt werden können; die Blutpathologie war schon zu weit verbreitet. Doch innerhalb des Weißen Hauses war der Sauerstoffdruck optimal, und die Erbanlage der Teammitglieder fiel nicht ins Gewicht. Wenn sie jedoch hinausgegangen wären, hätte niemand die Garantie übernehmen können, dass sie auch wiederkommen würden.

Jeden Morgen erteilte Präsident Doyle dem Land im Fernsehen seine Anweisungen. Zum Glück hatte Amerika seit einigen Jahren schon keine nennenswerten Feinde mehr, man konnte also in Ruhe vorgehen. Was die wirtschaftlichen Gegner betraf: Deutschland machte keine Probleme, weil es auf dem Balkan in einen nicht enden wollenden Krieg gegen das neonazistische Imperium der RACHE verstrickt war. Doch selbst Japan machte keine Angst. Der Rote Tod begann nämlich auch dort um sich zu greifen, sodass das Land die Schwäche Amerikas nicht ausnützen konnte. Böse Zungen im Ausland hatten sogar behauptet, die amerikanische Regierung hätte selbst dafür gesorgt, dass die Krankheit exportiert wurde, um auf diesem Wege Wettbewerbsnachteile zu verhindern. Aber nur wenige hatten so viel Zynismus für möglich gehalten.

Als umsichtiger Mann hatte Doyle es vermieden, die sofortige Schließung der umweltverschmutzenden Industrieanlagen anzuordnen, wie einige Demagogen in seiner eigenen Partei forderten. Auf Empfehlung seines Beraterteams hatte er es vielmehr vorgezogen, die Verlegung der Fabriken und ihre Konzentration in bestimmten Teilen des Landes wie Montana, Dakota, Minnesota, Wyoming, Michigan und Utah anzuordnen, in der Hoffnung, den anderen Staaten dadurch die nötige Sauerstoffversorgung zu garantieren, ohne aber zugleich die industrielle Produktivität zu beeinträchtigen.

Erste Erfolge in dieser Richtung waren auch erzielt worden, und in den Küstenregionen war die Krankheit im Rückzug begriffen. Die Verlegung der Produktionszentren hatte allerdings die Umsiedelung von Millionen Arbeitern erforderlich gemacht, unter denen der

Rote Tod – oder, um den medizinischen Fachausdruck zu benutzen, die Sichelzellenanämie – gnadenlos wütete. Weite Teile der *middle class* begannen jedoch, wieder Hoffnung zu schöpfen, und die großen Interessengruppen waren fast unbeschadet davongekommen. Über die neuen Probleme konnte man in aller Ruhe nachdenken. Im Inneren seines hermetisch abgeriegelten Rückzugspostens konnte der Präsident ziemlich zufrieden sein. Umfragen zufolge war seine Beliebtheit größer denn je.

Was der Präsident aber wirklich fürchtete, war, dass die optimistische Stimmung in seinem Krisenstab nachlassen könnte. Es waren dynamische junge Leute, denen das Eingesperrtsein erheblich zu schaffen machte. Um einer solchen Krise vorzubeugen, dachte Doyle an einen ungewöhnlich prächtigen Maskenball, den er seinen Freunden bieten wollte und der von sämtlichen Fernsehstationen live übertragen werden sollte.

Der Vizepräsident höchstpersönlich, ein junger Südstaatler mit erlesenem Geschmack, der wegen seines aufgeklärten Konservatismus gewählt worden war, gestaltete den festlichen Rahmen. Statt eines einzigen großen Festsaals wählte er sechs Räume unter denen der Präsidentenwohnung aus und ließ sie in verschiedenen Farben auskleiden. Die gleiche Farbe kehrte dann in den Scheinwerfern wieder, die die Räume beleuchteten.

Das Ergebnis war äußerst eindrucksvoll. Der Raum am äußersten Ende des Ostflügels zum Beispiel war in Türkis ausgeschlagen, und intensiv türkisblau war das Licht der Scheinwerfer. Im zweiten Raum waren die Wände in Purpur ausgekleidet, und purpurn war das Licht. Der dritte Raum war ganz grün, ebenso das Licht. Der vierte Raum war in Orange ausgeschlagen und beleuchtet, der fünfte weiß, der sechste violett.

Der letzte Raum war das *Oval Office* des Präsidenten,

aus dem alle Möbel entfernt worden waren. Die Wände waren mit schwerem, schwarzem Samt ausgeschlagen, der in weiten Falten auf den Teppich aus dem gleichen Stoff und in der gleichen Farbe herabfiel. Aus nahe liegenden Gründen stimmte die Farbe des Lichts hier nicht mit der der Wandverkleidung überein. Das Glas der Scheinwerfer war zinnoberrot, wodurch das Licht wie der Widerschein einer Feuersbrunst an den Wänden flackerte und dem Eintretenden einen unwirklichen, phantasmagorischen Eindruck vermittelte.

In diesem Fall hatte der gestalterische Wille des Vizepräsidenten die Grenzen des guten Geschmacks überschritten. Nur wenige Gäste wagten es, einen Raum zu betreten, der so unmissverständlich an die Trauer und die Krankheit erinnerte, die draußen wütete. Selbst Doyle ging nur ein einziges Mal hinein und kam gleich darauf angeekelt wieder heraus. Umso mehr, als die Fernsehstationen nicht dazu zu bewegen gewesen waren, ihre Kameras auch in diesem Raum anzubringen.

Aber noch ein anderes Detail machte den Eintritt ins *Oval Office* unangenehm. Dort befand sich der zentrale Rohrstutzen, durch den der Sauerstoff abgegeben wurde; er saß am oberen Ende eines anderthalb Meter hohen und leicht gebogenen Metallzylinders. Der Apparat gab ein dumpfes Rauschen von sich, finster und eintönig; und zu jeder vollen Stunde entwich seinen eisernen Lungen eine Art saugendes Geräusch, das so laut war, dass es Musik und Stimmen übertönte.

In diesen Augenblicken fühlten sich die Gäste unwillkürlich an die Künstlichkeit des Lebens erinnert, das sie führten, aufrechterhalten von der mechanischen Kraft eines Luftfilters; die Jüngeren erbleichten bei diesem Gedanken, während die Älteren die Hand an die Stirn legten, wie in einer unbestimmten Träumerei. Doch dann verstummte das Geräusch, die Verwirrung verflog, und alle kehrten mit neuem Mut zu Musik und Cocktails zurück, überzeugt, dass sie sich bei der nächsten vollen Stunde, beim nächsten Sauggeräusch der Maschine, nicht so in Verwirrung stürzen lassen würden.

Die prächtigen und raffinierten Kostüme, die Doyles Team und deren Angehörige trugen, hatten das Mittelalter zum Thema. Einige hatte der Präsident höchstpersönlich entworfen, der ein leidenschaftlicher Leser von Geschichtsbüchern war. So gab es Krieger mit Schild und in voller Rüstung; es gab Feudalherren im Purpurmantel mit goldbesticktem Saum; es gab Bauern in grobem Tuch und mit breitem Hut auf dem Kopf; es gab Kardinäle und Bischöfe; und es gab Inquisitoren in der weiß-schwarzen Tracht der Dominikaner, deren nachgezeichnete Augenbrauen ihnen ein Furcht erregendes Aussehen verliehen.

All diese Figuren gingen unablässig von einem in den nächsten der ersten sechs Räume, wo die wechselnde Farbe des Lichts die Physiognomien veränderte und der ganzen Szenerie phantasmagorischen Charakter verlieh. Die Menschen wirkten wie Traumfiguren aus einem phantastischen Mittelalter, ständig wechselten sie die Farbe und bewegten sich im Rhythmus einer alten Musik, der verborgen in den Akkorden des Orchesters mitschwang. Doch dann stieß der Rohrstutzen wieder sein Sauggeräusch aus, und die Träume erstarrten einen Moment lang; doch gleich darauf nahmen sie ihren vielgestaltigen Tanz wieder auf.

Doyle betrachtete die Szene mit tiefer Befriedigung. Er lieferte der Nation den Beweis, dass er selbst inmitten der schlimmsten Krise, die die Vereinigten Staaten je zu bestehen hatten, die Selbstkontrolle behielt. Seine Mitarbeiter entgolten es ihm, indem sie sich um ihn scharten, ganz als ob er der gute Vater wäre, von dem ihrer aller Leben abhing. Und Doyle war überzeugt, dass Millionen Amerikaner, die ihn live im Fernsehen sahen, diese Gefühle teilten und ihm dankbar waren für das, was er für sie tat.

Daher war er etwas verärgert, als ihm kurz vor Mitternacht ein Mitglied des Sicherheitsdienstes meldete, dass ein Mann an der luftdichten Tür erschienen war und verlangte, ihn zu sprechen.

»Wer ist das?«

»Der Direktor des G2 aus Fort Myer, Doktor Lycurgus Pinks.«

Doyle seufzte. »Ist gut. Lasst ihr herein. Unter der Voraussetzung, dass er maskiert ist.«

»Oh, er ist es«, erwiderte der Wachposten mit einem eigenartigen Gesichtsausdruck.

Doyle ging mit einem ausländischen Journalisten in einen anderen Raum. Er bemerkte daher ein paar Minuten später nicht die seltsame Bewegung in der Menge. Jemand hatte den Eintritt einer maskierten Person bemerkt, vor der die Menge in einer Art unwillkürlichem Abscheu zurückwich, als ob sie die Berührung mit ihr fürchtete. Und da sich die Nachricht von der Anwesenheit dieser neuen Person wie ein Lauffeuer herumsprach, erhob sich schließlich aus der gesamten Gesellschaft ein lautes Raunen, zunächst voller Missbilligung und Überraschung, dann voller echten Abscheus.

In der Tat schien der Neuankömmling, ein alter Herr mit Spitzbart und blauen Porzellanaugen, beschlossen zu haben, die Anwesenden zu provozieren. Das Kostüm, das er trug, war tatsächlich das des Roten Todes. Ein Schweißtuch voller Blut war um den Kopf geschlungen und fiel ihm auf die Schultern; und unter diesem Tuch erschien sein Gesicht, stellenweise von roten Flecken bedeckt und von bläulichen, bis zum Zerplatzen angeschwollenen Adern. Eine gekonnte Nachahmung der mittlerweile im ganzen Land bekannten Symptome.

Als Doyle seine Augen auf die Erscheinung lenkte, bebte sein Kinn vor Zorn. Er machte den Kameraleuten Zeichen, die Kameras abzustellen, dann schrie er mit heiserer Stimme:

»Wie können Sie es wagen, Pinks? Wie können Sie es wagen, uns auf so unflätige Weise zu beschimpfen?«

Bei diesen Worten, die im türkisblauen Raum gesprochen wurden, machten viele Anstalten, sich auf den Neuankömmling zu stürzen. Doch aufgrund des mysteriösen Schreckens, den seine Maske einflößte, wagte es niemand, die Hand danach auszustrecken und sie herunterzureißen. Der Mann konnte also in einem Meter Entfernung an Doyle vorbeigehen und in den purpurnen Raum eintreten, und dann in alle weiteren. Er ging mit raschen, aber feierlich gemessenen Schritten. Bei seinem Erscheinen wich die Menge wie in einem abergläubischen Schrecken an die Wände zurück.

Nachdem er die erste Verwirrung überwunden hatte, stürzte Doyle selbst durch die sechs Räume hinter Pinks her, ohne dass jemand gewagt hätte, ihm beizustehen. Im *Oval Office* holte er ihn ein, genau, als es Mitternacht schlug und der Rohrstutzen sein Sauggeräusch von sich gab.

Doyles Faust traf den Alten am Kinn und riss seinen Kopf nach hinten. Da fiel das Schweißtuch, und der Präsident konnte sehen, dass Pinks keine Maske trug. Das Hemd war völlig blutverschmiert. An der Kragenöffnung am Hals ließ es ein Gewirr von unglaublich aufgeschwollenen Adern sehen, von dem bläuliche Flecken ausgingen. Offenbar war das Schweißtuch dazu da gewesen, diesen schauerlichen Anblick zu verbergen; doch dann hatte das Blut es ganz durchtränkt.

»Sie auch, Pinks!«, rief Doyle, starr vor Schrecken.

»Alle, Prosperous, alle«, brachte Pinks mühsam murmelnd vor. »Ich bin gekommen, um Ihnen das zu sagen. Das Adenovirus…«

Er konnte den Satz nicht beenden. Aus seinem Mund kam ein kurzes Röcheln, gefolgt von einem Schwall Blut. Dann schwankte er, fiel auf den Zylinder des Rohrstutzens und glitt zu Boden. Seine Hände hielten jedoch die Ventile umklammert, die sich im Innern des Geräts befanden.

Der Apparat stieß ein leises Pfeifen aus, dann stellte er seinen Betrieb ein.

»Mein Gott!«, rief Doyle aus. Er versuchte, diese verkrampften Hände von den Sicherungen zu lösen, doch ohne Erfolg. Da drehte er sich zu der Menge um, die sich an der Tür des Raums zu sammeln begann.

»Bleibt da nicht wie angewurzelt stehen! Helft mir! Unser Leben steht auf dem Spiel!«

Keiner kam näher. Doyle fühlte einen starken Schmerz in der Brust, dann einen noch heftigeren im linken Bein. Beim Anblick seiner eigenen Hände entfuhr ihm ein Schrei. Die Adern, die darüber liefen, schwollen zusehends an und bildeten knorpelige Klümpchen.

Einen Augenblick später fiel der Präsident der Vereinigten Staaten leblos zu Boden. Die an der Tür zusammengedrängte Menge hatte nicht einmal die Kraft zu schreien. Alle begriffen, dass der Rote Tod bei ihnen eingedrungen war wie ein Dieb in der Nacht, und dass jede Auflehnung zwecklos war. Einer nach dem anderen kippten Doyles Gäste zu Boden. Bald lagen sie in grotesken Haufen da, einen verzweifelten Ausdruck im Gesicht. Dunkelheit, Zersetzung und der Rote Tod herrschten unangefochten über alles.

Micha Pansi

Das Debüt einer hoch
begabten Autorin!
Das faszinierende Epos
einer archaischen Welt
auf den Trümmern
unserer Gegenwart!

»Geschickt vermischt sich
Realistisches mit
Visionärem ...
Ein gekonntes Spiel mit
kruder Lust am Kitsch
und viel Spannung.«

Neue Zürcher Zeitung

06/9111

HEYNE-TASCHENBÜCHER